文芸社セレクション

煌めく夜のほとり

サトウ　マロウ

SATO Maro

文芸社

目次

序

二〇二〇年十二月。

朝四時に起床し、室内の灯りを灯す。寝室を出て台所へと行く。パンとコーヒー、野菜サラダ、玉子などの簡素ではあっても、自分なりには出来る限り健康に気遣っているつもりの朝食を済ませる。その後身支度を調え、五時十分に家を出る。人通りもほとんどない道を駅へと向かう。夜空には星が瞬いている。頭上には、柄杓の形をした北斗七星が見える。冬の星座と呼ばれるオリオンは、夜け間近のこの時間ともなれば、西の方角へと連なる建物の影に身を隠し始めている。そのオリオンの方角に、時折、途切れた建物の間からシリウスが姿を覗かせる。

こうして星空を見上げるのも、近頃ではこの時間帯に限られている。六十歳を過ぎて長く勤めていた会社を辞めてからは、外が暗くなる夕暮以降に戸外に出ることもなくなってしまった。夕飯が済めば風呂に入り、間もなく寝てしまう、そんな毎日を繰り返している。その分、朝は早く起きる。若い頃には辛いと感じていた早起きも、年齢を重ねた今では、それがあたりまえのことのようになってしまった。そうしたこともあって、漆黒の空に星を見るのも朝の早い時間、それも日の出の遅い冬の間のことだけとなった。その星空の下を、白い息を吐きながら歩き続ける。

冷たい暗がりの中で、人とすれ違うことがある。その幾人かはスーツ姿の男たちであって、駅を背に私の横を過ぎ、暗闇の中へと消えて行く。仕事が終わり、酒を飲み、そのまま最終電車を逃してしまった者たちだろう、私にも同じ経験がある。始発電車で家に帰り、シャワーを浴び、着替えをして再び仕事へと向かう。かつては、そんなことを何度も繰り返したものだ。

駅が近づくにつれて、人影が増えてくる。前を歩く人、路地から出てくる人、誰もが無言のままに駅の方へと歩いて行く。駅へと続く幹線道路には、幾筋もの眩しい車のヘッドライトが行きかっている。その向こうに駅が見えてくる。駅を照らす明かりに導かれるかのように、あちらこちらからは人が現れ、改札口の中へと吸い込まれていく。ホームに立つと間もなく電車が到着する。ドアが開き中へと入る。満員というほどではなくても、車内にはもう多くの人がいる、空いている席がある時には、そこに腰を下ろす。すぐに電車が動き出す。

昨年の秋に、長きに亘り勤務し続けてきた会社を定年退職した。今はアパートで独り暮らしをしている。半年間ほどを失業保険で暮らし、その後の半年間を無職で過ごし、先々月からアルバイトを始めた。コンビニエンス・ストアの早朝勤務、六十歳以上歓迎、の募集を見て、ハローワークからの紹介を受けて応募した。週三回、もしくは四回、朝の六時から午後一時までをそこで働いている。実のことを言えば三十年以上も前のこと、三年間ほどをコンビニエンス・ストアで働いていたことがある。そのうちの一年間は店長も務めた。その後、勤務先は変わりはしたものの長い年月を小売りと流通に携わり、そのまま定年を迎えた。

夜の闇が広がる黒一色の窓の外の向こうに、白色やオレンジ色の光が流れ、数分毎に明るい光の中に電車は停車する。そして五時四十五分、桜木町駅に到着した。改札を抜けると、ようやく深い青に染まり始めたばかりの空の色が、目の前の立ち並ぶ高層ビル群の輪郭を浮かび上がらせていく。駅の改札口から吐き出された人影の多くが、その巨大なビルの方角へと消えて行く。

私もその建物の一つへと入り、まだ動いていないエスカレーターを徒歩で上り、店の入口の前に到着する。この大きなオフィスビルの四階に店がある。二十四時間営業、年中無休が普通となっているコンビニエンス・ストアであっても、ここは全館が閉館となる午後十時に営業を終了し、建物の門が開く朝七時に営業を再開する、それを日々繰り返している。その開店のための準備、この店の従業員募集の項目に掲げられていた早朝勤務が私の主な役割となっている。

シャッターの鍵を開け、店内に入り照明を灯す。出入り口のそばにはコーヒーマシンが置かれ、カウンターには四台ものレジスター、その後方には五台の電子レンジが並んでいる。店の奥側には、銀行のＡＴＭも置かれている。そして売場には、食品、日用品などの様々な商品が並べられている。初めにゴミを片付けることから始める。売場に設置されたゴミ箱を空にして、周りの汚れを取り除く。コーヒーマシンの電源を入れ、コーヒー豆の量が不足している場合はそれを補充する。揚げ物を調理する電気式のフライヤーと、カウンターに置かれた販売用の什器のスイッチを入れる。ちなみに、ここでの調理は次に出勤してくる従業員が行うことになっている。倉庫に行き、昨日の夜、閉店間際に納品された商品を確認する。おむすびや弁当などが残されている時はそれから、次にパン、そして冷蔵庫の中に保管されたチルド商品と、売場と倉庫の間を何往復もしながら片付けていく。

最後に菓子やカップ麺などの加工食品、日用品を売場へと陳列していく。長さ三十センチくらいのハタキを手に、陳列棚やそこに置かれた商品の埃を掃いながら作業を進めていく。このハタキには自分なりのこだわりがある。どうでもいいようなことであっても、実はこのハタキ一つで棚と商品の清掃のほぼ全てが完了する。そうしたことから、これだけは使い勝手の良いものをホームセンターなどで探し、それを自前で購入して使用している。商品の陳列が終わった後には、ダスターモップと呼ばれる清掃用具を使って床に落ちた埃や砂を取り除いていく。店を綺麗に保つためには、ハタキ掛けと掃き掃除が最も効率の良い方法であることを、三十年以上も前に経験したコンビニエンス・ストアの店長業務の中で学んだ。こうした些細なことが、もしくは忘れてしまっていたはずのことが、身体のどこかに染み付くように残っていた。ここにアルバイトで応募したのも、それを特に強く望んだわけではないけれども、そこには何かしらの理由があったのだろうと自分なりに感じている。

　かつて私が店長をしていた店は、ここ桜木町からほど近い若葉町にあった。距離にして一キロ半ほど、徒歩でも二十分くらいのところだ。二十四時間営業の店だった。そこで、朝も昼も夜も働いた。一年間で取得出来た休日は一日だけだった。そして真夜中も働いた。今朝も見た、夜が青く染まっていく街の風景を、そこで何度も見た。そして、私の店長としてのたった一年間も、その店の閉店とともに終わってしまった。

　その頃はコンビニエンス・ストアという呼び名もまだ一般的ではなく、広くは深夜スーパーと呼ばれていた。その呼び名とともに、時代の流れとともにあらゆるものが変化していった。何よりも店の数、そのものが変わった。当時は未だ珍しかったこの業態も、今ではごく当たり前のものとなった。かつて働いていた店とここではコンビニエンス・ストアのチェーン看板そのものも異なってはいるけれども、それ以上に店内に配置されている設備の数々は、当時のものとは全くの別物と言ってもいいほどに変わってしまった。

私が店長をしていたその店のカウンターにはレジスターが一台置かれていた。一台きりの、オレンジ色をしたレジスターにはバーコードを読み取るためのスキャナーはなく、商品の値段は全て手打ちだった。売上を管理するためのコンピューターもなかった。電子レンジも家庭用のものとさほど変わらない出力のものが、これも一台だけカウンターの後方に置かれていた。コーヒーマシンやATMはなかった。コピー機もなかった。クレジットカード決済もポイントカードもなかった。フライドチキンやコロッケなどの店内調理は店によってはあったのかもしれないが、私の店では実施していなかった。それでも、おでんはあった、中華まんもあった。他にも宅配便の取り扱いは行っていた。今では見ることのない、ディッシャーでアイスクリームをすくいコーンに乗せて販売する、いわゆるディッシュアイスなるものも取り扱っていた。

商品も変わった。あの頃には、ペットボトル容器に入った飲料は存在していなかった。正確に言うならば、一リットル以上のものは既にあったけれども、五百ミリリットル以下のものはなかった。紙パックのチルド商品を除けば、そのほとんどが缶、もしくはガラス製の瓶に入ったものだった。あの頃、どんな商品があったかまでは詳しく憶えてはいないものの、コーヒーや紅茶、コーラやウーロン茶、スポーツ飲料がよく売れていたことだけは記憶している。

おむすびや弁当はその当時から売場に並んではいたけれども、味も見た目も現在のものとは比べものにならないくらいに粗末なものだった。店長をしていた自分でさえも、好き好んで食べたいと思うようなものではなかった。今でこそよく売れる商品となった惣菜や野菜サラダも一応あるにはあった。けれども、ほとんど売れたためしはなかった。それこそ自分で買って食べた記憶さえもない。菓子パンやケーキ、プリンなどのデザート類は長年に亘る改良の痕跡ははっきりと認められるものの、個人的には昔のものの方が良いものが数多くあったようにも感じている。

逆に売れなくなってしまった商品もある。私が店長をしていた頃のコンビニエンス・ストアでは、雑誌は極めて重要な商品だった。その日発売されたものを目立つように、そして手に取りやすいように陳列するために日々四苦八苦したものだ。今となってはその雑誌も、あの頃の半分にも満たないほどの販売スペースが、かろうじて残されているだけとなってしまった。

従業員たちの制服も変わった。他所の店にはあったのかもしれないが、私の店には制服と呼べるようなものもなく、エプロンがその代用品だった。男性用が緑、女性用がオレンジ色を身に付けていた。私も店にいる時は、いつも緑色のエプロンを着用していた。アルバイトの高校生たちが学校の帰りに制服の上にエプロンをして、レジに立った。女性のほとんどはスカートを穿いていた。今になって思えば、不自然な恰好だったかもしれないが、その頃はそれが普通だった、何の違和感もなかった。皆が好き勝手な服装で店にやって来て、エプロンを身に付け、売場に立つ、そして私もそれと同様だった。そもそも、身だしなみ、という概念さえもがなかった。

そうした時代の変化に紛れるように、かつてレジスターで金額を手入力していた頃の商品が、今もそのままの姿で販売されているものがある。パッケージや規格は気付かない程度には変更されているのかもしれないが、長らくその価値を繋ぎ続けているのだろう、そうしたものが少ないながらも売場に残されている。別に驚くようなことではないのかもしれないが、それを目にする度に、日々遠ざかって行く過去が、今も手を伸ばせば触れることの出来る場所に存在し続けているかのような、そんな思いを抱かせてくれる。あの日の自分は今の自分を想像することは出来なかったけれども、今の自分はあの日の自分を振り返ることが出来る。今があの日の未来であると、声を大にして語るようなものは何一つとしてないけれども、あの日が今に至る途上であったことは素直に認めてもいいと思っている。

ここで働くに当たり、店長による面接を受けた。私よりも二十歳ほど年下の、女性の店長だった。

「以前、コンビニの店長をされていたんですね、それもこの近くの」

履歴書を見ながら、ここの店長が言った。

「かれこれ、三十年以上も前になります。今では何もかもが変わってしまって、全て一から覚えないと、何も出来ません」

「それは、ここで横浜博覧会があった頃のことですか」

「そうです、ちょうどその年です。そこに見える大きな観覧車もその時に建てられたものでしたね」

「私も行きましたよ、まだ小学校の六年生くらいだったかしら、その博覧会に」

そんなやり取りがあった。

一九八九年にその博覧会は開催された。桜木町駅からは動く歩道、横浜駅に隣接する百貨店からはゴンドラ、山下公園からはディーゼル列車が会場を繋いだ。場内にはリニアモーターカーが走り、実物大のロケットが展示され、巨大な恐竜が頭をもたげ、三十ものパビリオンが立ち並ぶ大規模な博覧会だった。横浜博覧会が終わり、何年もの月日を経て、ここ、みなとみらい地区は高層ビルが立ち並ぶ横浜の美しい名所となった。

誰もいない店の中で、昨日に納品された商品を、売場に並べていく。その開店前の作業もほぼ完了した。間もなく店長と朝の従業員たちが出勤してくる時間だ。

「おはようございます」

店長の声が聞こえた。その後に続いて二名の女性スタッフが店内に入ってきた。一人は五十代、もう一人はまだ二十歳くらいだと思う。それぞれに挨拶を交わして、三人が事務所内へと消えて行く。事務所の中から、話し声が響いてくる。この光景も昔と変わらない。

その後、すぐにユニフォームに着替えた三人が事務所から出てくる、そしてそれぞれの持ち場に就いた。金庫から取り出してきた釣銭をレジスター内に補充する。電気式のフライヤーで揚げ物を揚げる音が聞こえる。店長がおむすびや弁当の売場を確認しながら、発注の修正を加えている。実はこの作業も三十年前に私がしていたことと、基本的には変わらない。時折、店長から商品の品揃えや発注について意見を求められることもあるけれども、それ以外では、この店の運営に係わるようなことは一切口にしない。自分なりに、自分の立場は理解しているつもりだ。

開店時間の七時を待っていたかのように、このオフィスビルに勤務する朝の早い社員たちが来店し始める。八時になるとこの店の従業員が二人訪れる。一人はやはり女性、そしてもう一人は男性だ。女性は三十代、男性は四十代くらいだと思う。店長と、私を除く四人の従業員たちがレジの配置に就いた。それにしてもなぜだろう、コンビニエンス・ストアには女性の働き手が多い。かつての私の店も、深夜の勤務時間帯を除けばそうだった。ただ、大きく異なることは、あの頃の私は三十歳になったばかり、私と共に働いていた従業員たちはそのほとんどが二十代だった。そこに数人の十代の高校生たちがいた。今となってみれば、よくそれで営業を続けられたものだと、つくづくと思う。

　開店後、間もなく客数は増え始め、八時十五分を過ぎるとその数は一気に膨れ上がる。店内には長蛇の列が出来、私もカウンター内に入り商品の袋詰めや電子レンジによる商品の過熱などを、その状況を見ながら対応していく。それこそ、息をつく暇もないくらいだ。けれどもその忙しさも、波が引くよう九時直前には終わってしまう。

　客足が途切れると一息つき、その後すぐに昼に向けた準備に取り掛かる。売れた商品を倉庫から補充し、売場を立て直していく。間もなく、おむすびや弁当の次の便が到着する。揚げ物用の電気フライヤーも休むことなく稼働し、朝よりもはるかに多い数の商品が保温ケースの中へと積み上げられていく。店長が四台あるレジから一台ずつ売上金を回収して事務所へと籠り、前日から今日までの分の売上を集計する。

　店長はほぼ毎日、開店から閉店までをここで働いている。私がここで働くようになってからも、一日も仕事を休んだことはない。それがいいことかどうかは解らないけれども、コンビニエンス・ストアの店長とはそういうものだと自分でも思っている。かつての自分もそうだった。それが嫌であるならばこの仕事はしないほうがいい、出来ないのであれば決してしてはいけない。休むことなく働く自分を不幸だと感じた時は、少しでも早く辞めたほうがいい。とにかく、大変な仕事だった。それは、想像を絶するような一年間だった。けれども、不幸だと感じたことはなかった。そう、自分自身に力強く言い聞かせてはみるものの年齢を重ねてしまった今となっては、早起きは毎日のことであっても夜遅くまで起きていることはもはやありえず、レジの文字やレシートの文字さえも見え辛い、それが現実となってしまった。心の中ではまだやれる、と密かに思い続けてはいるけれども、たぶん無理だろう。雇ってくれた店長はもとより、ここで働く皆の役に立つこと、それが自らの役割であることも認識しているつもりだ。

昼の準備が一段落した後、客数の少ない時間帯にはレジも担当するようになった。店長の計らいで、担当させてもらっている、と言った方がいいかもしれない。

「いらっしゃいませ」

あの時代のものとは全くの別物となってしまった目の前のレジスターを操作する。

「ありがとうございました」

けれども、挨拶の言葉はあの頃のままだった。基本的なことは今も昔も変わってはいない。店長にも打ち明けたことはないけれども、本当はこのレジ打ちが好きだ。こうしてレジに立つと、あの頃の感覚が少しずつ甦ってくる。少しずつ、あの頃の記憶が自分を引き寄せていく。

そこには、今も私の店がある。それは横浜屈指の繁華街、歌でも有名なあの伊勢佐木町のすぐ近く、その路地裏にあった。ここ桜木町「みなとみらい」の真新しいオフィスビルとは、目と鼻の先であるのに、全くの別世界だった。そこは記憶の中で、止むことのない時の流れに侵食されながらも、今も私の店のままであり続けている。

「いらっしゃいませ」

今、ここでレジカウンターに立ち、挨拶をする。その瞬間から、長い年月の中でセピア色のように退色してしまった私の店の物語も始まる。そこは令和の先、平成の向こう、まだ昭和の時代だった。

一

一九八八年四月。

夕暮れが過ぎ、夜の訪れとともに目覚める。歯を磨き、顔を洗い出勤の準備をする。着替えをして、世間一般で言うところの朝食のような軽い食事を済ませ、家を出る。そして、駅へと向かう。京浜急行駅への改札口へと続く幹線道路の向こう側には、大勢の人たちがいる。仕事が終わり家路へと急ぐ人たちが、横断歩道の信号が青に変わるのを待っている。信号が青に変わると、堰を切ったように、人の波が足早に押し寄せてくる。その合間を縫うように駅の改札へと辿り着き、中へと分け入り通路を抜け、ホームへの階段を上る。反対側のホームでは電車が到着する度に、乗降口からは多くの人たちが吐き出されていく。

視界を横切るように滑りこんできた電車が停止し、開いたドアから乗車する。間もなく電車は南太田の駅に到着する。電車から降り駅を出て、幹線道路に沿って徒歩で勤務している店へと向かった。

「おはようございます」

出勤時はいつもこの挨拶から始まる。入口から入り、レジにいた従業員に声を掛け、事務所のドアをノックし、中へと入る。ここに入社をして既に二年が経った。会社は、横浜市内で生鮮食料品を主に扱うスーパーマーケットを五店、深夜スーパーと呼ばれている規模の小さな店を四店、経営している。その一つがこの南太田店であって、他にも同じ京浜急行沿線の若葉町、相鉄線沿線の上星川と希望ヶ丘にそれぞれ店がある。この四店は、二十四時間営業並びに年中無休、といった通常のスーパーマーケットとは異なる営業形態を取り入れている。

その南太田店で、深夜の時間帯を中心に働いている。最近では、こうした店も徐々に増え、その呼び名もコンビニエンス・ストアへと変わりつつある。コンビニという省略された呼び名もよく耳にするようになった。今後このような店が更に発展していくものなのか、もしくは衰退し、やがては消滅してしまうものなのか、それは私には解らない。ただ、深夜の時間帯にも働く場所が与えられたことは、私のような者にとってはありがたいことだったと素直に受け止めている。

　この会社に勤める以前にも、仕事はしていた。二十二歳で社会人となり、職場を転々としながらも五年間働いてきた。アパレル関連、運送業、アルバイトを含めればバーテンなど飲食店の従業員も経験した。けれども、どの仕事も長続きはしなかった。どんな職種であれ仕事である以上、決して楽なものはなかった。その仕事の辛さには何とか耐えられたとしても、いつも人間関係で躓いてしまった。いつもなぜそこで同じように躓いてしまうのか、その原因が自分自身にあることも、それとなく気付いてはいる。世の中や将来の生活に対しての不安を感じてはいたとしても、取り立てて何かしら大きな不満を抱いているわけでもなく、自分なりの主義や主張、特別な思想などを秘めているつもりもない。そうしたものは、自分に限ってみれば全く縁遠いものだとさえ感じている。こうして、自分なりにはごく普通に生きてきたつもりなのだけれど、それがどうにも上手くいかない。

　あと数か月で三十歳を迎える。少なくとも六十歳になるまでは、働かなければならない。今は何とか定職に就いてはいるけれども、これさえもいつまで続くは解らない。これから先の三十年以上を、やり遂げるだけの自信もない。自分の力で生き抜いていこうという思いが足りないのか、自分の内に宿る生命力そのものが不足しているのか、もしくは根性がないだけなのか、たぶんそのどれもがそれなりに当てはまってはいるのだと思う。それを肯定することは出来たとしても、否定出来るようなものは何も見当たらない。

そんな自分であったとしても、これからも生きていくための居場所は探し、それを見つけて確保しなければならない。深夜の仕事であればあまり人と関わらずに済むかもしれない、これがこの会社への転職を希望した一番の理由となった。入社前の面接では、もちろんそんなことは打ち明けてはいない、深夜営業の将来性については何かで読んだ記事を、自分の意見のように話した。けれども、本音を言ってしまえば、その将来性などには全く興味はなかった。深夜にも営業している、言い換えれば深夜に働くことが出来る、自分にとっては都合のいい、数少ない職場の一つではないかと身勝手にも想像していた。深夜勤務を希望する人材そのものが不足していたこともあったのだろう、それも店長候補という肩書付きで、正社員としての入社は思いのほか順調に決まった。

仕事の内容もほぼ、自分が想像していた通りだった。夜の十時から勤務を開始し、翌朝の八時に終了する。実は、商品の多くはこの勤務時間内に納品されてくる。深夜十二時を過ぎた頃になると、菓子や、加工食品、飲料、日用品等の商品がそれぞれ決められた曜日に納品されてくる。配送車から下ろされ、店内に運び込まれた商品が漏れなく納品されているか、あるいは不良品などがないかを確認する作業、いわゆる検品を行い、それが終わるとハンドラベラーを握り納品された商品に一気に値札を貼っていく。値付けされた商品を棚に陳列し、売場に出しきれないものは倉庫へと片付けていく。

その後、一回目のパンの納品が終わり、午前三時を回る頃になると紙パック飲料、豆腐や麺、漬物や乳製品、野菜などの大量の荷、いわゆる日配品と呼ばれる冷蔵の商品が、それも毎日納品されてくる。ここでの、検品、値付け、陳列、この一連の作業は深夜勤務の中でも最も体力を消耗するものだ。作業が完了した後、商品の納品時に使用されたプラスティックのケースを、店の外の決められた場所へと運び出す。青くなり始めた夜の空を見上げながらも店内に戻ると、次は弁当や二回目のパンが、これも毎日納品されてくる。商品を並べ、空になったケースを店外に運び出す頃には、既に夜が明けている。そして日曜日の朝を除く勤務終了間際には、大量の雑誌が納品されてくる。その合間を縫うように来店する客のレジ打ちを行う、これが日々の業務となった。

通常、勤務時間中は一人で作業を行う。一人で何もかもをこなさなければならず、厳しい仕事であることには違いない。けれども、厄介な人間関係からは解放された。人間関係に関わる環境そのものが大きく変化した。自分自身がその時間帯の勤務を望んだこと、アルバイトであっても深夜勤務を希望する働き手が決して多くないという条件も重なり、最初の一年間はほぼこの深夜勤務者として働くことが出来た。

タイムカードをレコーダーに差し込み、勤務開始時刻を打刻する。エプロンを身に付け、勤務の準備をする。事務机を前に座っていた北村店長に挨拶をする。もともとは会社が経営するスーパーマーケットで店長をしていたがコンビニエンス・ストア事業への参入とともにここに異動してきた、と本人から聞かされたことがある。年齢は四十五歳くらいだろうか、細面で華奢な印象を受けるが、とにかくよく動く。店長業務以外にも掃除もすれば、缶飲料が並ぶ冷蔵庫に入って商品を並べていることもある。何よりもレジカウンターに立って自ら接客している姿は、それこそ頻繁に見かける。自分の仕事のほとんどは、この北村店長から学んだものだ。

「おはようございます、今日は何かありますか」

「アルバイトの、それも深夜勤務希望者のトレーニングをしてくれって、昼間本社から連絡があった、間もなく来ると思う、急でなんだけど、頼むよ」

売場の広さは約三十坪、従業員も十五人程度の小規模な店舗だ。社員は店長と私の二人だけ、あとは全てアルバイトで賄っている。同じ店で働いているとはいえ、店長は主に朝から夜、私は深夜の勤務であるから、接点は決して多くない。良かったのは、店長自身があまり細かいことに口を出さず、夜間の時間帯に限っては、私のやり易いようにさせてくれたことだ。そうしたことにも、大きな恩を感じている。

「わかりました、いつでも引き受けますよ」

　会社が経営している四店のコンビニエンス・ストアであっても、深夜勤務を中心に働いている社員は私しかおらず、他の店はその時間帯を全てアルバイトが請け負っている。アルバイトが手配出来ない時はその店の店長、もしくは別の社員が深夜勤務に当たらざるを得なくなる。最も過酷なことは深夜勤務を予定していたアルバイトが、出勤日、それも直前になって今日は休みたいと電話連絡をしてきた時のことだ。

「目の前が真っ暗になる」

　かつて、ここの店長もそう語っていた。朝から勤務をし、夜、帰宅の準備をしていると、その連絡が何の前触れもなく入ってくる。そのほとんどが体調不良だと言う、もちろんそれが本当かどうかは解るはずもなく、だからと言って休ませないというわけにもいかない。そこから、翌朝の勤務者が出勤するまでの十時間近くを、それも一睡も出来ないまま、継続して働かなければならなくなる。

　更に追い打ちをかけるように、翌朝従業員が出勤してきたとしても、そこからは再び通常の店長業務が控えている。その僅かばかりの、それも貴重な合間に仮眠を取る。結局のところ、次の深夜勤務者が出勤してくるまで家に帰ることが出来ない、という状況が発生する。加えて年中無休の店であるということは、店長の業務にも休日はない、ということになる。誰かが店長の代理を務めない限りは、休日の取得さえも出来ない。この会社が経営しているここ以外の三店では、そんなことが頻繁に起こっているらしい。良くはない様々な噂話も聞こえてくる。それでも、この店に限っては特に問題らしいこともなく、日々の業務が繰り返されている。店長も、少なくとも週に一回は休日を取得している。そうした日は、私が店長の代理を務めている。そして私も、週に一度は深夜勤務をアルバイトに任せ、休むようにしている。

その後、売上金と釣銭を確認し店長は帰宅した。間もなくすると、深夜勤務希望者がやって来た。ロッカーからエプロンを取り出し、身に付けさせ、売場に出た。深夜勤務をするようになり二年目を迎えた頃より、通常業務と並行して、深夜勤務希望者たちのトレーニングを任されるようになった。店そのものが、いわば深夜勤務者養成のための研修所、のような役割も担うようになった。

応募してくるのは深夜の時給の高い時間帯に働き、効率良く稼ごうとする大学生がほとんどだ。客の少ない時間帯にレジを打って、留守番程度に店にいる、を仕事だと思い応募してくるのだが、実際には夜間に商品が納品され、その荷捌きなど肉体的にも厳しい仕事であることを知り、大方はすぐに辞めていく。それでも残る者は残り、それぞれの店の深夜勤務者として長期に亘り働いている。

「田中と言います、よろしくお願いします」

眼鏡を掛けた、痩せ型の男子学生が挨拶をする。私もそれに応えた。

「吉岡です、よろしくお願いします。ところで、どこの店で働くの」

「上星川です」

そして、一晩の仕事の流れについて説明をした。

「そんなに、やることがあるんですか」

驚いたような返事が返ってくる。

「そうなんだよ。けっこう、きついよ」

早速、実際の業務へと移っていく。

こうして今日から三日間のトレーニングが始まった。今日初日は、全体の仕事の流れを覚えさせ、二日目は実務を中心に行い、三日目には全体の作業を一人で完結させる、そのためのプログラムとなっている。この三日間に亘る一連の流れも私が組み立てたもので、一年ほど前からこの内容に沿って研修を行っている。

夜の十時から十二時頃までは、まだ客数も多い。終電が駅に到着する時間は特に忙しくなる。その忙しくなる前にレジに立たせ、操作方法について教える。レジは極めて単純だ。商品の金額を入力し、商品の種類に合わせて食品、日用品、雑誌のいずれかのボタンを押す、そして預かったり金額を入力し最後に会計ボタンを押せば釣銭が表示され、レシートが打ち出される。特に難しいことは何もない。数回か繰り返し手本を見せた後、その後は私が横に立ち、実際にレジ打ちを実施させてみる。真剣な面持ちで、レジの金額ボタンを押している、緊張している様子が手に取るように解る。

十一時には、販売期限管理について教える。確認しなければならない売場、商品、製造日、賞味期限表示の見方、商品の撤去についてここでも実際にそれを行いながら、トレーニングを進めていく。一通り終了した後に、再度撤去漏れの商品が売場に残っていないかを確認する。そうこうするうちに、終電が駅に到着する時刻となる。客数が増え始める。私がレジを操作し、深夜勤務希望者の田中を横に立たせ、商品の袋詰めを依頼する。一生懸命に作業をしている様子が、レジ打ちをしながらも横から伝わってくる。本音を言えば、レジも袋詰めも一人で行った方が早い。けれども実際に作業をやらせてみて、出来るか出来ないかを、もしくは向くか向かないかを自分自身で判断させることも重要だと思っている。この仕事に就くことを諦めるのならば、それはそれで早い方がいい。私自身もこの会社に入社をして、初めて深夜勤務をした時は全く同じだった。全てが初めての体験だった。そしてその時に感じた、これならやれるだろうと。

終電の客が退け、売場に落ち着きが戻ってくる。雑誌の返品作業に取り掛かる。リストと照らし合せ、今日返品しなければならない雑誌を売場から撤去し、返品伝票を起票し、雑誌を段ボール箱に詰め所定の場所に置く。時折訪れる客のレジ打ちを夜勤希望者に任せ、自分は倉庫の整理を始める。間もなく到着する、カップ麺やレトルト食品などの場所を取る商品のストックのために、そのスペースを空けておかなければならない。ただ、こうしたことも重要ではあるけれど、必須ではない。後に習得すれば良いことはここでは教えず、必要最低限の項目に絞り込み、それを集中的に実施させていく。

店の前に、荷を積んだトラックが止まる。配送員が荷下ろしを始める。段ボールに入った食品、飲料が店の入り口の脇、雑誌売場の前あたりに積まれていく。商品を下ろし終わると検品が始まる。手渡された納品伝票に記載された商品名を読み上げていく、そしてその納品数を配送員が答える。入社したばかりの頃は知識もなく、納品伝票に打ち出されている商品名が全てカタカナのため、よく読み間違えた。

「チリコンコンカン」

「チリコンカン缶ですね、はいこれ」

とにかく、読みづらい。

「トッテモゾウサン……」

「ぞうさんではなくて、雑炊ですね、はい六個」

配送員に笑われたりもした。

検品が終了すると直ちに段ボールを開け、ハンドラベラーの使い方を教え、商品への値付けを行う。調味料や缶詰などの小分けにされた商品は箱やビニール袋から取り出し、納品伝票に記載された販売価格を確認して値札を貼っていく。カップ麺や缶飲料のようにケース単位で納品されるものは段ボールの上面を開き、一気に価格を打っていく。値付けされた商品を、二人で手分けして商品棚に並べ、売場に並びきらないものは倉庫へと移動させる。全てが終わらないうちに、店の外には次の納品車両が到着する。

パンが納品される。ここでの検品は配送員が立ち会うのもではなく、全て自分で確認しなければならない。商品が不足するなどした場合は、連絡票でやり取りする仕組みになっている。納品伝票を田中に手渡し、検品をやらせてみる。レジと同様特に難しいことは何もない。検品が終われば、陳列を行う。ここでは納品された商品は全て棚に陳列する、それを今度はやって見せる。パンはメーカーによって納品便が分かれていることから、明け方にはもう一便が納品される。

午前三時を過ぎた頃に日配品と呼ばれる、冷蔵商品が配送されてくる。商品量も多く、納品の単位も細かい、検品だけでも大変な作業だ。ここでの検品も、全て自分たちで行わなければならない。納品伝票の一枚分だけを田中に任せ、残りは私が行った。ちなみにここの冷蔵便で納品される紙パック飲料をチルド飲料と呼ぶのに対して、先ほど加工食品便で納品された缶飲料などはドライ飲料と呼んでいる。同じドライでもビールの銘柄などに使用されているものとは異なり、ここではチルド商品のように濡れていない、と言う意味で使用されているらしい。事実かどうかは知らないけれども、一応、それも教えた。

ここでもハンドラベラーで値付けを行い、商品の入ったプラスティック製のバットケースを冷蔵ケースの前に並べていく。そこから商品を一つひとつ棚へと収めていく。田中は検品作業が未だ終わらず、納品伝票を手にしたまま商品をあちこち探している。自分にしても、かつては同じだった。こうした一連の流れも、ここで仕事を始めたばかりの頃には作業が追い付かず、納品された商品が売場の床に散乱したまま夜が明けてしまうなど、とにかく大変な思いを何度もした。けれども、慣れとともに作業は格段に速くなった。毎日納品される商品であれば価格もほぼ頭に入っている、伝票を見なくても値段を貼る作業が完了する。値付けされた商品を陳列し、片付けたあとに伝票を見れば未納品の商品も即座に解る。その業務の中で、こうして実務を交えながらアルバイト希望者のトレーニングを行っていく。今ここにいるアルバイトの田中にしても、最初は戸惑いながらも、必ずや出来るようになるはずだ。

冷蔵商品の陳列がようやく終了した頃、弁当便と残りのパンの便が続けざまに到着する。そして新聞が納品され、全ての商品を陳列し終える頃には、外はもうすっかり明るくなっている。五時を回る頃になると、仕事に向かう客が徐々に増え始める。その合間を縫うように、最後のとどめとばかりに、大量の雑誌が納品されてくる。返品処理をした本の入った段ボールをドライバーに渡し、すぐさま納品されたものの陳列に取り掛かる。結わえられたビニール紐をカッターで切り、これも検品をし、陳列棚に並べていく。

「だいじょうぶ……」

「いや、たいへんです、こんなこと一人で出来るかな」

疲労の色が顔中に滲んでいる。

朝七時から八時頃までは、出勤前のピークになる。二人でレジをこなす。八時前になると朝からの勤務の女性従業員が入店してくる。

「おはようございます」

挨拶を交わして、ここで深夜勤務のための研修は終了となる。

「どうだった」

「疲れました、くたくたです、帰ってすぐ寝ます……」

そう言い残して、アルバイト希望者は帰っていった。彼は、この仕事を続けられるだろうか、ふと思った。

こうして、何人もの深夜勤務希望者と接してきた。この一晩限りの研修を受けただけで、翌日には辞めていく者たちもいた。それでも、ここでのトレーニング後、配置された店で長く活躍している者たちもいる。その彼らたちには何かしらの共通点のようなものが、何かあるのだろうか。彼らだけではない、自分自身も含めてのことだけれども。

「けっこう、きついよ」

トレーニングの度に、毎回同じ言葉を掛ける。

「体力には自信があります」

時折、こんな言葉が返ってくる。けれども、長続きをしたためしがない。どうも体力ではないらしい、根性でもないと思っている。「夜」の中に答えがある、なぜだろう、そんな気がしている。

深夜勤務終了後は、毎日納品される冷蔵商品、いわゆる日配商品の発注を行う。商品台帳と呼ばれる商品名とバーコードが載ったファイルを手に、その項目欄に発注数量を記入していく。記入し終えると事務所に入り、電話機に装着された端末で商品のバーコードを読み取らせ、数量を入力し送信する。これを午前十時までに完了させる。そうすると、この商品が今夜、日が変わった午前三時頃にここに納品される、そんな仕組みとなっている。これで、今日一日の業務が終了した。トレーニングのない日は深夜の時間帯、この一連の業務を一人で行う。大変な仕事ではあるけれども、慣れてしまえば、それほどきつい仕事でもなくなる、時間にも余裕が持てるようになる。

その日の夜、深夜勤務希望の田中がやって来た。トレーニングの二日目だ。動きが初日とは見違えるように良くなっている。たった一日のトレーニングが、功を奏していると感じる瞬間だ。一晩の流れは、昨晩納品されたカップ麺や調味料などの加工食品が菓子となる以外は基本的には変わらない。検品などまだぎこちないものの、昨日の通りに作業をこなしていく。もちろん私も、陳列などの作業は徹底して対応する。パン、日配品、二回目のパン、弁当便、新聞、雑誌が片付き、間もなく朝勤務の女性従業員が出勤している。そこで、彼の二日目が終了する。

研修の三日目。作業のほとんどを田中に任せる、仕事ぶりは二日目よりも更に良くなっている。昨日と同様に、深夜から明け方までの納品を片付けていく。処理しきれずに残してしまいそうなものを私が片付けていく。その一連の作業が終わる頃から、朝早い労働者たち、少し遅れて電車で通勤するサラリーマンたち、その後には学校に通う学生たちが来店し、おむすびやパン、牛乳等の朝食を購入していく。田中がレジを打つ横で、私が商品袋詰めをする。

「おはようございます」

顔見知りになった朝の女性従業員が出勤し、笑顔で挨拶の言葉を掛けてくる。

「おはようございます」

田中も笑顔で、挨拶を返している。そして、彼の三日間のトレーニングが終了した。

「どうだった」

私が声を掛けた。

「不思議ですね、夜がこんなにも短いなんて、思ってもみなかったです。もう十時間近くも働いているはずなのに、その半分くらいしか経っていないような気がします」

そんな言葉が返ってきた。その後田中は、上星川店の深夜勤務者として正式に配属された。北村店長が訊いた。

「あの田中君は大丈夫かな、続きそうかな」

「彼は続くと思いますよ」

今回トレーニングを受けた田中が、深夜勤務のアルバイトとして長続きするかどうかは、もちろん私にも解らない。けれども彼の言った、

「夜がこんなにも短いなんて……」

その言葉に、そう感じた。

社員として入社したこともあり、店長の業務を補佐することも徐々に増えてきた。深夜勤務後に任されている日配品の発注も、その一つでもあり、日によっては弁当便の発注を行うこともある。店長からの指示も、お互いに顔を見ない日は連絡日誌と呼ばれる、ノートでやり取りする。日々の売上金の精算、商品の発注、従業員のローテーション管理、給与計算など、店の業務全般についても一通り学んだ。運営は順調

にいっていた。四店あるうちのコンビニエンス・ストアの中では最も業績も良く、従業員もよくトレーニングされ、管理もされていた。近隣からの評判も良かった。他の店の店長たちも、見て学ぶためにここを頻繁に訪れるようになっていた。

北村店長が休暇を取得する日は、朝に出勤して夜まで勤務する。この時だけは、生活習慣の中の朝と夜が逆転してしまうけれども、週に一度くらいのことであればたいした問題ともならない。朝の来店客の波が過ぎると、昼までは静かな時間が続く。もちろんその間にも、商品の発注や売上金の精算は行わなければならない。昼になれば、近隣の事業所に勤める人たち、運送関係のドライバー、学生たちが昼食を求めにやって来る。午後三時頃からは、学校帰りの学生たちが立ち寄り、菓子や飲料を購入し、夕方を過ぎると現場を終わった労働者たち、夜になれば会社帰りのサラリーマンたちが酒やつまみ、夕食を購入するために店を訪れる。その他にも、近隣に暮らす人たちが頻繁に来店しては様々な商品を購入していく。その間の、手の空いた時間には、売場の棚に並ぶ商品の補充、店内店外の清掃もしなければならない。廃棄商品の集計と記録、納品伝票、返品伝票の処理もしなければならない。本社からは日々、それも何度も電話が掛かってくる。朝も昼も夕も夜も忙しい。それでも、ふと思ったことがある。あのアルバイトの田中が言っていた通りだった。朝から夜までの時間帯はなぜか、時間がゆっくりと流れていくような気がする。なぜ、深夜はあんなにも早く時間が過ぎていってしまうのだろうか……。

その日も深夜勤務のため夜に出勤をすると、北村店長から声を掛けられた。

「昼間に総務人事課長から電話があって、明日の午後に本社に来てくれって、時間は一時から三時くらいの間で、そこであれば何時でもいいそうだ、行けるかな」

「大丈夫です、行きますよ。でもスーツ、ネクタイは必要ですか」

「いや、いらないよ、そのままで何も問題ないよ」

翌朝に勤務が終了し、昼過ぎにここから本社に向かうか、もしくは家に帰るか、少し迷ったものの、さすがにこのままの姿で行くわけにもいかず、一度、家に戻ることにした。この会社に就職して半年が経ったころ、同じ横浜市内にアパートを借りた。そこで、独り暮らしをしている。アパートと勤務先の往復以外は、あまり出かけることもない。本社がある、それも決して遠くはない横浜の街中にも、ここ数か月ほど行ってはいない。買物も、そのほとんどは自分が働いているこの店で賄っている。洋服や家電製品以外であれば、何とか用は足りてしまうものだ。

家で風呂に入り、髭を剃り、服を着替えた。いつもであれば、午後一時頃には床に就く。テレビを見ながら、帰りがけに店で購入してきた弁当で昼食を済ませ、時間が過ぎるのを待つ。そして十二時半頃に、着替えはしたものの北村店長の言葉通りにスーツ、ネクタイではなく私服のまま、家を出た。駅に行き、電車を乗り継ぎ四十分程で本社に到着した。応接室に通され、間もなく総務人事課長が入ってきた。

「お疲れ様、今日も夜勤明けなんだって」

「ええ、でも、今朝は一旦家には帰りました」

「いつも深夜勤務のトレーニングもしてもらっているし、ほんとに助かる。この間の田中君も上星川の店で頑張っているよ」

「そうでしたか、それは良かったです」

ドアがノックされ、女子社員がお茶を運んできた。

「本社でも君のことはよく話題になっている。すごく頑張っているって」

普段よりも、どことなく愛想がいいように感じる。

「さて、本題なんだけど、若葉町店の店長を請け負ってもらいたい、今日はその打診だ」

その話を聞いた途端に、言葉には出来ないような不安に駆られた。店長になる、ということは単純に考えれば昇格だ。給料だって少しは良くなる。本来であれば喜ぶべきところが、そこには若葉町の店長、という素直に受け入れがたい大きな問題があった。

「君もある程度は知っていると思うけど、若葉町店は今君が勤務している南太田の店とは環境が全く違う。電車の駅も二つしか離れていないし、距離的には近いけど。早い話、そこの店長が辞めたいと言い出して、その後を君にお願いしたいと考えている」

　そこは、とにかく噂には事欠くことのない極めて特殊な店だ。今そこで働いている店長のことも、四半期に一度本社で開催される会議の席で顔を合わせ、会話もし、知ってはいる。それどころか、その店長の前任のことも知っている。その店長も会社を辞めて去って行った。一年以上そこで勤務出来た店長はいまだかつていない、ということも人づてに聞き、知ってはいる。

「本当は閉店するのがいいのだけれど、物件の賃貸借契約があと一年と少し残っている。またそこの家賃が安くて、利益が出てしまうんだよ。もちろんそれはいいことなんだけれども、それが理由で閉店に関しては社長が『イエス』とは言わない、ハンコを押さないんだ。これまでにも数回閉鎖の稟議書を上げてはみたけど、みな却下されたよ」

　その説明を聞き、何となく解ったような、良く解らないようなあやふやな思いのままに訊ねた。

「ということは、あと一年ほどで閉店ですか」

「とにかく、そうしたいと思っている。でも、それも決定したわけではないんだ。来年、桜木町で『みなとみらい』の博覧会があるだろう、そんなこともあって、家主も家賃の値上げを吹っかけてくると思うんだ。閉店させるなら、来年の契約更新の時がチャンスだと思っている」

そんな場所へと送り込まれるのかと思うと、何とも言えない憂鬱な気分になる。

「いつからですか」

「今勤務している店のこともあるだろうから、来月の一日から、まだ二週間ほどある」

その、現実的で曖昧さの一切ない言葉に、不安は更に大きなものへとなっていく。心の中で囁くように、自分が自分に語り掛けてくる。

「もしも、勤まらなかったら」

考えたくもない思いが、心の底に染み出してくる。

「会社辞めなければならないのか、また一からやり直しか」

躊躇しながらも、社員である以上は断るわけにもいかない、しかたなく引き受けることにした。

若葉町店のことは、この会社で働いている社員であれば、誰もが噂に聞き、知っている。とにかく問題の多い、いわくつきの店でもある。本社で行われる会議の場でも、他の三店は売上や利益、経費などの管理状況を問われるのに対し、この若葉町店だけは従業員は足りているか、今後の運営は可能か、危険なことはないか、といった別次元のやり取りが交わされる、それを幾度も耳にしてきた。

店は横浜の、あの「伊勢佐木町ブルース」で有名な伊勢佐木モールの奥側、その路地裏にあるらしい。らしい、というのは自分自身まだ一度も訪れたことがないからであって、これまで聞いてきた噂も、会議の席でのやり取りも、良くも悪くも他人事でしかなかった。その他人事だったはずの店の、店長の役回りがそっくりそのまま転がり込んできた。

翌日、出勤をすると北村店長が声を掛けてきた。

「聞いたよ、若葉町だって」

「ええ、断るわけにもいかないですし」

「昇進なんだから、おめでとうというべきなんだろうけど」

店長も、言葉に困っている様子だ。

「ここの店のことは僕が何とかするから、吉岡君は次のところのことを考えればいいさ」

南太田の店での勤務を一日残した前日の夜、店長と店の仲間たちが、ささやかな祝いの席を設けてくれた。

「あそこはすごいぞ」

酒が入った店長が言う。自分でも理解はしているつもりだが、本音を言えば不安で仕方がない。

「もし、だめだと思ったら早めに言った方がいい。いずれは閉店する店だ、早いか遅いかだけの違いさ」

それも知っている。今回の異動にしても、そこの店長が辞めると言い出したからに過ぎない。本社からすれば、厄介者みたいな店だ、いつ閉店になってもおかしくはない。

「ただ、店長となると、深夜以外の勤務が多くなるから、体調の管理も大切よ」

深夜明けの朝に勤務が重なる女性従業員が言った。

「はいこれ、みんなから」

餞別の品を渡された。リボンのついた箱を開くと、白い目覚まし時計と黒い革製の名刺入れが入っていた。

「目覚まし時計は持っていると思うけど、二つくらいは必要よ、寝過ごしたりしたら大変だもの。それにこれからは店長なんだから、名刺はちゃんと名刺入れに入れておかなきゃね」

最後に、お礼の言葉を述べた。数人の前であったけれども、人前で話すことが得意なはずもなく、極度に緊張した。それでも、ここで二年間の勤務をやり遂げられたことへの、感謝の思いを、目の前にいる皆に伝えた。

夜のほとり　神話

　翌日、ここで最後の深夜勤務に入った。深夜であっても決して多くはないが、客はやって来る。それも、明らかに昼間の客とは異なる者たちが訪れる。毎日来る客もいる。男も女もいる。毎日来る客は、ほぼ毎日同じような時刻に訪れ、同じような商品を買っていく。彼らは皆、夜の中で暮らしている。その日もいつもと同じように、納品された商品を片付けながら、接客業務も行っていた。

　十一時、作業服を着た男が来店する。おむすびや菓子パン、菓子等の食料を買い込んでいく。それに加えて、レジの横に置かれた和菓子を一つ、毎日欠かすことなく買っていく。その血色のいい顔、しっかりとした足取りからも、仕事帰りではなくこれから出勤であることが解る。彼も私と同じ夜の生活者だ。間もなく日付が変わる頃、毎日ではないけれどもそれでも頻繁に、小さな、まだ四歳くらいの男の子を連れた男性客が訪れる。仕事帰りなのだと思う。子供は楽しそうに欲しい商品を手に取り、男が持つ買物カゴへと入れていく。その子供の姿を見つめる男の顔にも笑顔が浮かんでいる。どこにでもあるような、父と子の幸福な一時が垣間見える。ただ、なぜこの時間なのだろうか、それは解らない。

客足が一旦遠のくと、今日の夜空を想像する。子供の頃、星や天体、そこに隠された神話や物語が好きだった。家にあった宇宙の図鑑を、繰り返し開いては、眺めたものだった。小学生の頃も、教室の後ろに置かれた図書に星や宇宙に関するものがあれば、それればかりを読んでいた。中学生の頃も同じだった、教室が図書室に変わっただけだった。夜の公園に出かけては空を見上げ、星座早見盤にある星の形を何度も確認したものだ。北の空にはいつも北極星がある。零時を回った今日の今頃であれば、その北極星を指し示すように頭上には北斗七星が見えるだろう。その北斗七星のひしゃくに沿うように更に天上を見上げれば、ほぼ真上あたりに一等星のアルクトゥルス、それをさらに南へ弧を描くように辿れば、同じく一等星のスピカへと続く春の大曲線が見えてくる。そのアルクトゥルス、スピカを経て、そこからやや西側に位置する二等星デネボラを結べば春の大三角も見えるはずだ。そして、そのデネボラの右に位置する一等星のレグルスをともに見上げるならば、そこにはしし座の姿が浮かび上がってくる。南の空、東寄りの方角に目を向ければ、その低い位置には蠍の心臓と呼ばれる赤い星、アンタレスが見えるかもしれない。さそり座がそこに姿を現す頃には、その毒針によって殺された狩人オリオンは身を隠すように西の地平と姿を消してしまう。

北斗七星はおおぐま座、北極星はこぐま座に属し、ここにも神話が残されている。

月の神アルテミスは、最高神ゼウスの子を産んだ侍女に怒り、その姿を熊へと変え森へと追放した。時が過ぎ、りっぱな狩人へと成長した息子は森で出会ったその熊が自分の母親とも知らず、弓で射殺そうとする。それを憐れんだゼウスは息子を小熊に変え、母親とともに天へと昇らせ、夜空の星座とした。星空にはこうした数多くの物語が隠されている。この国にも、竹の中から生まれたかぐや姫が月へと帰っていく竹取物語、夏の天の川に向かい合う織姫星と彦星の七夕伝説、などが昔話となって現在に伝わっている。そういえば今頃は、東の、少し北よりの低い位置には、その織姫星のベガも姿を見せていることだろう。こうして、夜空はこの地球のいたるところで数えきれないほどの物語を育んできた。

深夜一時頃、痩せた青白い顔をした無精ひげの男がアイスクリームを買いにくる。夏でも冬でも長袖の白っぽいTシャツを着ている。不思議なのは、いつ来店したかはいつも解らず、気付いた時には常にレジ前に立っている。けれども一言も話さない。慌ててレジへと走る。

「お待たせいたしました」

そして、なにも言わずに店を出て行く。気付かなければ、きっといつまでもそこに立ち尽くしていたかもしれない。

三時を過ぎた頃、週に四回、いつも決まった曜日に訪れる若い女性客がいる。一時間から二時間ほどを雑誌売場の前にしゃがみ込み、あらゆる雑誌をひたすら読み続ける。赤い色の派手な衣装が袖口から覗いている。そして、夜が明ける頃になると、何も買わずに店を出て行く。夜明け前、白い大型のベンツで乗り付け、缶コーヒーを買い店の前に置かれた灰皿の横でタバコを燻らし、吸い終わると再び夜の闇に消えていくスーツ姿の男がいる。暴力団の構成員だと思う。もちろん、彼がどんな仕事をし、どんな生活をしているかは知らない。夜の奥の方からここを訪れる者たち、その一人ひとりに挨拶をする。

「いらっしゃいませ」

こうして、私もここにいる。人と多くを語ることもなく、多くの人たちが寝静まった頃の、深夜のコンビニエンス・ストアで働いている、それをここで何度も繰り返してきた。それも自らが望んだことだった。仕事の合間に、レジの脇に立ち、ドアの向こうの、夜の闇を覗き込むように見つめる。空には無数の星が昇っている。けれどもここからは見えない。店の外に出ても、建物の影に隠れた小さな夜空の星たちは、煌々と光る店の灯りに追い払われるかのように、どこかへと消えてしまっている。

夜明け前、仕事が一段落すると再び想像する。大人になった今でも書店に行くとつい宇宙に関する本を手に取り、それを眺め、時折は購入もしてしまう。家にいる時は、それらの本を何時間も読みふけったりもする。独り暮らしのアパートのあちらこちらにも、幾冊もの宇宙や星に関する本が、無造作に置かれたままになっている。これといって趣味らしいものもなく、取り立てて好きだと思えるような何かしらも見つからない。もしかすると、こうした類の本を読むことだけが、自分にとっての唯一の楽しみなのかもしれない。そうした我が身を省みるなら、職場での人間関係に、それもすぐに躓いてしまうことの理由にも、それとなく納得もいく。

けれども、そのアパートの部屋に置かれた幾つもの本に描かれているものは、神話や物語ばかりではない。そこにあるものの多くは、数々の伝説や言い伝えの背後に隠されていた夜空の謎が、近年の科学の進歩とともにいよいよ解き明かされるかのような、そんな期待に満ち溢れた書籍たちだ。もちろん、宇宙について正式に学んだことはなく、物理学ともなれば全く縁遠い、それこそ別世界のものでしかない。購入する本も、その表紙には「図解」「よく解る」「面白い」といったような言葉が並ぶ、比較的優しいものに限られている。

そうしたものでも開きさえすればニュートンやアインシュタインの名は、それも漫画のようなイラスト付きで、必ずや登場してくる。そうなれば、万有引力の法則と三つの物理法則、特殊相対性理論、一般相対性理論のことが出てこないはずはない。ガリレオがピサの斜塔で実験し発見したとされる、空気抵抗を除けば物質は全て同じ速度で落下することの答えを、ニュートンは解き明かしたという。けれどもその答えが目の前にあっても、私の頭の中ではどうしても重いものが先に落下する。あのアリストテレスでさえも重いものが先に落ちると言っていたらしい。ということは、間違っているのはガリレオとニュートンのほうかもしれない、と自分勝手にそんなことを考えてみたりもする。アインシュタインの相対性理論となれば、全ての物質は質量に高速の二乗を掛け合わせたエネルギーに変換される、としたあの方程式も決まり事のように登場する。何度も見ているうちに方程式だけは覚えたけれども、それが何であるかは今もさっぱり解らない。

本の表紙に書かれている「よく解る」はずの内容は、更に量子力学へと進む。宇宙に存在する全ての物質は、クォークやレプトンといった十二種類の素粒子の組み合わせで出来ている。そこに力を伝える粒子と重さを与える粒子が加わる。であるということは、私自身も、宇宙に存在する物資その全ても、もとは同じもの、宇宙に漂う塵のようなものから出来ている、ということになるのだろうか……。であるならば自分とは一体何なのか、やはりこれも解らない。こうして、本の表紙にある「よく解る」はあまり実感することはなかったとしても、「面白い」ことだけは自分自身にも例外なく当てはまる。

そしてビッグバンだ。宇宙は小さな一点から始まった。およそ百十億年前の、その爆発によって宇宙は誕生し、四十六億年前に太陽系とともに地球が生まれた。そして、宇宙は今も膨張し続けている。ビッグバンも膨張する宇宙も、今となってはよく耳にすることでもあり決して珍しい話ではなくなってしまったけれども、その宇宙が誕生した百十億年後の最果てこそが、今、であることはどうやら本当らしい。その膨張していく宇宙の最先端で、深夜に一人きりでコンビニエンス・ストアのレジカウンターに立っている。その自分の姿を思うと、それまでは壮大であったはずの宇宙の物語が、途端に、あまりにもありきたりな現実へと変貌してしまう。これが、宇宙が誕生してから百十億年後の結果なのだろうか、それを考えると何とも妙な気持ちに駆られる。

そうした思いを心のどこかに抱きながらも、今夜もカウンターに置かれた商品の金額をレジで打刻している。そして、その商品を袋に詰めて手渡す。金銭を受け取りその金額を再度レジに打刻する。レジに釣銭の金額が表示され、機械音とともに現金の入った引き出し、キャッシュドロアーが開く。小銭を数えて手に取り、それを渡す。

「ありがとうございました」

挨拶をして、ドアを出て再び夜の奥へと立ち去っていく者たちの、その後ろ姿を見送る。こうして、普段と何も変わることのない今が過ぎていく。ここが夜の入口、自分自身もそこに立っている。けれどもその向こうには、未だ見たことのない世界が広がっているのかもしれない……。気付けば今も、こうして夜ごとに思う夢のいくつかを手繰っていた。

二

二日間の休暇を取得し、次の職場に移るための準備をした。準備と言っても、身体を休め、昼間に次の店で着る服と靴、バッグを買いに出かけ、夜に寝ることを試してみただけのことで終わってしまった。今では身体が、夜と朝が反転してしまった生活に、すっかり馴染んでしまっている。直ぐに、元に戻すことなど容易ではない。夜の暗がりの中で、眠っているような、目覚めているような、そんな感覚を繰り返しているうちに夜が明けていった。新しいスニーカーを履き、会社から支給された名刺の数枚を送別会の席で送られた名刺入れに仕舞い、それをバッグに忍ばせて家を出た。

名刺に店長と記載されているのを見た時は、少しだけ誇らしい気持ちになりはしたものの、不安は全く拭えないままだった。その不安と緊張感が入り混じった重苦しい思いを携えながらも、若葉町店へと向かった。総務人事課で手渡された手書きの地図を頼りに、京浜急行の日ノ出町駅で電車を降り、駅前の道を右方向へと進む。最初の信号を左に曲がり、橋を渡るとその先に店の看板が見えてきた。今日から二日間で引き継ぎを行い三日目からはここの店長に就任する。と、そう言えば聞こえだけはいいけれども、三日後には退社してしまうこの店の店長の代わりとして、都合良く利用されているだけのことでしかない。もしくは、自分にも利用されるくらいの価値はあったのだと、謙虚にそう受け止めるべきかもしれない。

　約束の時間、午前十時少し前に到着した。店の前に立ち、そこから店全体を眺める。今まで働いてきた店と同じ看板が掲げられているにも拘らず、全く違う店のようにも見える。建物自体が古いせいなのか、もしくはそういう目で見てしまうためなのか、どこか重く、淀んだ雰囲気が漂っているような印象を受ける。発注業務の、その締めの時刻が過ぎる十時を待って、店の中に入る。店内に入った瞬間に、先ほど店頭で感じた重く淀んだ空気を、より強く感じた。レジカウンターには女性の従業員が一人立っている。丸い大きなメガネをかけ、髪を頭の上の方で結わえている。黒っぽい服装、短めなスカート、そこにオレンジ色のエプロンをしている。その姿さえもが、何か普通ではない雰囲気を醸している。その従業員に声を掛けた。

「おはようございます、吉岡といいます。河田店長はいますか」

　女子従業員は何も言わず、レジカウンターを出て事務所に入って行った。すぐに中から河田店長が出てきた。

「待ってたよ、いや、悪いね、押し付けるみたいになっちゃってさ、ほんと申し訳ない」

　目の下に隈ができ、髭も伸びかかっている、深夜勤務明けであることがすぐに解る。

背は私よりも高い百八十センチくらい、髪も伸びていて、たぶん二か月くらいは床屋にも行っていないと思う。本社での会議の席でこれまでにも何度か顔を合わせていることから、私が河田店長を知っているように河田店長も私のことは知っている。

事務所に通されると、そこにはまた別の女子従業員が一人、ソファに座っていた。

「松井、明後日からここの店長になる吉岡さんだ、休憩中で悪いけど、ちょっと席外してくれる」

「松井です。よろしくお願いします」

大柄な女子従業員が笑顔で挨拶をし、事務所から出て行った。こちらは、その笑顔も声の調子も、先ほどレジにいた従業員と比べ、ずいぶんと愛想がいい。今まで心の中に薄暗い影を落としていたこの店の印象が、少しだけ明るいものとなるのを感じた。

「あれでまだ二十一歳なんだよ、二十五、六に見えるけど、もう二年半くらい勤務している。ここでは一番頼りになるバイトだ。それからレジにもう一人いただろう、あれは藤本、この店に来てまだ五か月しか経っていない。あっちはなんか高校生みたいに見えるけど二十二歳、松井より一つ年上……」

河田店長に勧められるままに、先ほどまで大柄な女子従業員が座っていた、この事務所には不釣り合いなソファに座った。

「いいソファですね」

「もともとは本社の応接室にあったものらしいけど、ここでは従業員の休憩用に使っている。夜勤明けの仮眠とかにも使っているし、とても役に立っているよ」

少し、気分が高ぶっている様子が伝わってくる。理由はわからないが、深夜勤務で夜が明ける頃になると、なぜか気分が高揚する、自分自身もそんな経験を何度もした。深夜勤務明けの気分に促されるように、取り留めのない会話が続いた。商品のこと、本社のこと、そこで働く社員たちのこと、コンビニエンス・ストアでの年中無休二十四時間営業のことなどを思いつくがままに話した。

そして、雑談の合間を見計らうように、聞いた。

「何か重要な引継事項はありますか……」

噂は色々と聞いている。深刻な問題が数多くあることも知っている。それを確かめておかなければならない。

「あるよ、たくさんある」

これまで、朗らかだった河田店長の表情が曇り始める。嫌なことには触れたくない、そうした思いさえもが伝わってくる。

「先ず一つ目だ。この近くに二本松総業という、暴力団の事務所、ヤクザの組事務所がある。毎日電話が掛かってくる。注文の電話なんだけど、商品はいつもほぼ同じもの、電話があったらそれを持って組事務所に行く」

この暴力団事務所との関わりこそが、この店が本社から厄介者扱いされている一番の理由でもある。自分自身もこれまでに、様々な噂話を耳にしてきた。暴力団組員から従業員が暴力を振るわれたとか、暴力団員同士のけんかが店内であったとか、近くで発砲事件があったとか、売場に覚醒剤の注射器が転がっていたというものもあった。他にも、ここの店長は組員たちから小間使い、それこそ奴隷のように扱われているとか、更には従業員の女子の中には売春をしている者もいる、などの聞くに堪えないようなものまであった。社員の誰もが、それが仕事であったとしてもここと関わりたくない、この店が早くなくなってほしい、と皆そう思っている。そして、私自身もその例外ではなかった。

噂話とはとかく大袈裟なものになりやすい。根も葉もないことが、真実のように語られたりもする。それだからといって、安易に考えてしまうことも危険だ。どちらにしても、事実は事実として正しく把握しておかなければならない。バッグからノートを取り出し、メモを取った。

「支払いはどうしています、掛売りですか、それとも払わないとか……」

「代金はその場でちゃんと払ってくれる。百円未満は切り上げ、例えば千二百五十円だったら千三百円支払っていく。だから釣銭は八千七百円用意していく。そうすれば、一万円渡されても、五千円渡されても、二千円でも、千五百円でも対応出来る。

余ったお金は余剰金として金庫に保管しておく、配達のお駄賃みたいなものだ。千七百円くらいの買物だと二千円渡されて釣りはいらない、というのもよくある」

「配達は毎日ありますか」

　暴力団の組事務所から電話があっても、自分がいなければ配達にも行けない、従業員たちをそんなところに配達に行かせるわけにもいかない。

「ある、毎日あるよ、日によっては二回、三回ある場合もある、ただし店長がいないとか、今日は休みとか伝えれば、自分たちで買いに来る」

「買物にも来るんですか」

「来るよ、失礼なことさえしなければ、普通のお客さんと変わらない、見た目ですぐにヤクザとわかるのもいるけど、中には見た目だけじゃわからないのもいる。以前、夜勤者がヤクザだとは知らないで、横柄な対応をして殴られたことがあった。その時は一旦家に帰ったのに、また深夜にここに呼び戻されて大変だった。でも事務所に出入りしているうちに、だれがこの辺のヤクザかわかるようになるよ」

　暴力団の構成員たちが、店内をうろうろしている光景が、あくまでも想像だけれども思い浮かんでくる。やはり普通ではない、強く断るべきだったと、本社に呼び出された日のことが、今更ながらに悔まれてきた。

「何か、商品のことについて注意しておくことはありますか」

「よく買うものは決まっている。先ず缶コーヒー、これは指定の商品がある。それから缶のウーロン茶、理由は解らないけど小さいサイズのもの、190グラム缶でないとだめなんだ、これはコーヒーもそう。大きいほうの250缶とか350缶はだめだからね。それから、黒の靴下、これも頻繁に注文がくるから品切れさせないように注意しないと。そのほかでは毎週お決まりの雑誌、チョコレートとかの菓子、アイスクリームの注文もよくあるね、それもディッシュアイス」

聞き慣れない言葉が出てきた。

「なんですか、それ」

「レジの横にあるアイスケース、霜だらけで中がよく見えないから気が付かなかったかな。そうか、ディッシュアイスはここの店しか扱ってないもんね。アイスクリームをディッシャーですくってコーンの上に乗せるやつだよ、後でやって見せるから、チョコマーブルがよく売れる」

「チョコマーブル……」

ノートにメモを取りながら、聞いた。暴力団組員とチョコマーブル、そんな組み合わせがあるものなのだろうか。何とも妙な気はしたが、店長が冗談を言っているようにも見えない。

「それから、組事務所以外の場所に配達を依頼されることもある。缶コーヒーやウーロン茶の注文が大量に入る時がそうだね。その場合は、とあるマンションやホテルの一室だったり、そこで何をしているかは知らないけど、周りはいつになく警戒が厳重だったりする。博打かなんかやっているのかもしれないね。あとは、すぐそこのラブホテルの部屋から電話が掛かってきたこともあったな」

　暴力団の組事務所に今まで入ったことなどあろうはずはないし、表からであっても見たこともない。話を聞くうちに、後悔の念は更に大きくなっていく。だからと言って、今更どうすることも出来ない。今後、いつまで自分の身が持つかは解らないけれども、とにかくもうやるしかない、と言うか、もはや何もかも諦めるより他はない。誰も長く続けることの出来なかった仕事だ、その時は潔く降参しよう、そんなことを考えていた。

「何か危険なことはないですか」

「危険なことばかりだよ、相手はヤクザなんだから。賞味期限切れの商品なんか、絶対に売らないように注意しないと、そんなことしたら後で大変なことになる。ヤクザ同士の抗争もあるらしい、そうした噂も頻繁に耳にする。そんなものに巻き込まれでもしたらもう終わりだよ」

　つい先ほどまで、気分が高揚しているように見えていた店長の顔にも、疲労の色が浮かび始めている。

「明日、組事務所に挨拶に行こう、新しい店長です、と顔を出しておいた方がいい」

河田店長は立ち上がり、事務所のドアを開け、

「松井、缶コーヒー二本持ってきて」

と言うと、あの大柄の女子従業員が缶コーヒー二本を持って事務所に入ってきた。

「はい、これ」

その時、気付いたのは、誰もその缶コーヒーの代金を支払っていないということだ。それが自分の顔の表情に出てしまったのだと思う、河田店長は少しあわてた様子で言った。

「コーヒー代は後で払っておくから……」

トイレに立ち、事務所を出て売場を見て回った。荒れている、チルド商品を陳列する冷蔵ケースに敷かれた青色のネットには、飲料なのか漬物なのか、何かの液体が茶色く付着し、嫌な臭いがする。その棚の隅に置かれた竹輪の賞味期限が切れている。たった今、河田店長が言っていたように、こんなものを売場に出しておけばヤクザが恐喝目的でそれを購入することもあるかもしれない。こうしたことも、これから先は全て自分の責任となる。脅かされたり、強請られたりしたとしても、全て自分で対処しなければならない。他にも賞味期限が切れた商品が無いかを一つひとつ確認した。幸いなことに、他にはなかった。その竹輪を手に取り、買物カゴに入れ、レジにいた

丸い大きなメガネをした藤本に渡した。

「期限が切れているよ」

　藤本は不思議そうな目をして商品を見ている。売場に出ていた松井がすぐに傍に来て、

「すいません」

　と言い、商品を倉庫へと持って行った。

　菓子や日用品などの商品を陳列する棚も埃にまみれている。床も掃き掃除くらいはしているらしいものの、幾筋もの黒いヒール痕が残り汚れている。倉庫に入った。整理整頓もろくにされておらず、売物にはならないような古い商品が、在庫棚の上に多数放置されたままになっている。その中には、二年前に入社した自分でさえも見たことがないような商品さえもあった。倉庫の奥、コンクリートが剝き出しの床には、段ボールが投げ棄てられるように、散乱している。トイレに入った。これからここで働くのかと思うと、気持ちが底へと沈んでいく。

　トイレから戻ると、河田店長はタバコを吸っていた。

「吉岡さんはタバコ吸うの……」

　この会社に入社する少し前から禁煙していることを告げた。

「引継項目の二つ目に入ろうか」

重要事項についての説明は終わったものだと、自分勝手にそう思っていた。どうやら、まだ続きがあるらしい。聞くことが嫌になってきたが、聞いておかないわけにもいかない。メモを取る用意をした。

「金が無くなるんだ、実はこれが一番厄介な問題だ。それも頻繁に。いつ頃からかは知らないけど、自分がここの店長になる時の引き継ぎでも、前任から言われた。結局さ、一年もたなかったけど、その間、自分では何一つ解決出来なかった。レジから金が消えるんだよ。誰かがやっている、それが誰なのか、一人なのか、複数なのか、全く解らない。従業員全員が悪い奴らに思えてくる、人が信用出来なくなる、ノイローゼになりそうだ。本音を言うけど、これがなによりも辛い。これが辞めたいと思った一番の理由だよ」

信じがたい話だった。前の店では、釣銭渡しの間違いなどで現金不足が発生することはあっても、誰かが金を盗む、などということは決してなかった。けれども、この店には誰であっても不正に手を染めても不思議ではないような、そんな雰囲気が漂っている。店内が、そうした雰囲気に満たされているような、そんな感じさえもがしなくもない。色眼鏡でものを見て何事も判断してしまうことは良くないことであると解ってはいても、その色眼鏡の色が徐々に濃くなっていくような気がした。

「いくらぐらいですか」

「日によって違う、五百円の時もあれば、千円の時も、二千円、五千円の時もある。ごくまれに、現金が不足するのではなく、多い日もある、奴らにいいようにやられている」

けれども、なぜ不正を行う者を特定できないのか、その理由が理解出来なかった。レジから金がなくなるということは、単にその時レジを担当していたものが不正を行ったのではないのか。

「本社に相談したことは……」

「何度かした。消去法で洗い出せば見つかるとか、本社の人間なんて口でああでもない、こうでもないと適当なことを言うだけで、何もしやしない。誰もここの店長なんかはしたくはないし、出来もしないし、関わりたくもないんだ。これからここで働く吉岡さんには悪いけど、適当にやった方がいい、そうしないと、身体か頭か、どこかおかしくなる」

飲み終えたコーヒーの缶をゴミ箱に抛り投げ、河田店長は続けた。

「ただ、本社はビデオカメラの増設だけはしてくれた。そこの金庫の上、天井に小さな穴が開いているだろう、あそこにピンホールカメラが設置されている。半年ほど前、両替金の引き出しから三万円やられた。その時に設置したものなんだ、今のところはそれ以降、金庫から金がなくなることはない。今日と明日は休みでいないけど、ここの主みたいな矢島がさ、金がなくなった翌日に新しいウォークマンなんかして出勤してくるんだよ。盗んだ金で買ったんじゃないかって、もちろん証拠はないけど、絶対に怪しい……」

ピンホールカメラなどという言葉を初めて聞いた。以前勤務していた店にも防犯用のカメラはあったけれども、従業員の不正を監視するための隠しカメラのようなものはなかった。

「その天井のカメラのことは、従業員たちは知っているんですか」

「従業員たちには何も話してはいないけど、みんな知っていると思うよ。仕事はろくにしないくせに、そういうことにだけは敏感だ。奴らからすれば、ここでは店長一人が敵なんだ」

私の顔に驚いたような表情が出てしまっていたのだろう、それを察するように河田店長は言った。

「あの南太田の店だけだよ、平和なのは。北村店長も吉岡さんも本当に上手くやっていたと思う。ここほどではないけれども、上星川の店も希望ヶ丘の店も似たようなものだもの。上星川なんて周りの環境はいいし、何の問題もないように見えるけど、やっぱり店長と従業員が上手くいっていない。どちらにしても、従業員たちのことなんて、信用しているふりだけはしても、絶対に信用してはいけない。そうでもしなきゃ、痛い目にあうだけさ」

　店長は、エプロンのポケットからタバコを取り出し、二本目に火をつけた。少し間を置いて、言葉を続けた。

「金銭だけじゃなくて商品の問題もある。三か月に一度の商品の棚卸でいつも不足が発生する、常に五十万円を超える。多いときは百万円に近い金額になる。商品が不足するということは、誰かがこの店から商品を持ち出しているのか、もしくは、レジを通さずに販売して、その金を着服しているかのどちらかなんだけど、こんなことってありえると思う。これには従業員だけではなく、本社の誰かが関与しているのではないかと思っている。何か事情があって、仕入れや返品を操作しているかもしれない、もしかすると売上金の可能性だってある。三か月で五十万円を超える分の商品が無くなるなんて、普通では考えられないよ」

　河田店長の表情には、苦痛の色が浮かんでいる。精神を病み、被害妄想に取り憑かれているかのようにも見える。

　質問を続けた。

「何か思い当たることはありますか」

「あの本社の大原だ。前の、吉岡さんの店にも週に一度くらいは顔を出していたと思うけど、あいつは以前、ここの店長もやっていたことがある。自分では店舗指導員だなんて名乗っているけど、あいつも続かなくてすぐに本社に行ったくちだ。そんなのが店舗指導員だなんて、ありえないと思う……。それはともかく、大原がここに来たときは注意が必用だ。納品伝票や返品伝票を回収して回っていることは、吉岡さんも知っているだろう。商品を持ち出す、もしくは納品伝票だけ入れて、商品はもってこないとか、そんなことだってやっているかもしれない。あいつは絶対に悪さしている」

ここで聞いたこと全てが、どの程度事実かは解らないけれども、噂に聞いていた以上に酷い状況なのかもしれない。つい先日まで勤務していた南太田店と同じ会社の経営する店とは思えないほど、何から何までが異なっている。

難題ばかりを話しながらも、河田店長は飲んだ缶コーヒーの代金を払わなかった。僅かな金額ではあっても、その行為が商品不足の一因ともなり、不正の一端を担っていることに変わりはない。先ほども感じた、不正を促すかのようなここの雰囲気に、店長さえもが呑み込まれている。もちろん自分だけがその例外であると断言出来るはずもなく、数か月後には金も払わずに店の缶コーヒーを飲み、更には商品を持ち帰る、もしくは金銭を着服する、そうした店長になってしまうことさえも全く起こり得ないことではない、ふと、そんなことを思ってしまった。

今度は河田店長がトイレに立った。その間にレジに行き、そこにいた松井に缶コーヒー二本分の代金を渡した。今度は、それを受け取った松井が不思議そうな顔をしている。すぐに事務所に戻り、周りを改めて見回してみた。ここも荒れている。本社から送られてくる書類が机の上に山積みになっている。昨晩に納品された商品の伝票類も、机の上の書類に紛れるように放置されたままになっている。こうした商品の納品伝票や、返品伝票の管理も杜撰だと思う。先ほどの、本社の誰かの不正が事実であるとするならば、真っ先にここがそのターゲットとなることは、ほぼ間違いのないことだ。何からすべきかをぼんやりと考えてはみたが、先ずは店長をやってみない限りは何も判断出来そうにない。どちらにしても明後日からは自分がここの店長となる、受けてしまった以上はもう逃げ道はない。

河田店長が戻ってきた。間もなく昼の十二時になる。

「お昼は、売場に出なくて大丈夫ですか」

私が訊いた。

「売場には発注の時以外は、あまり出ないようにしている。昼の時間帯も同じ、人がいない時は別だけど、レジもほとんど打たない。だって、そのくらいは従業員たちにやらせないとね、とにかく店長は大変なんだ、他にすることはたくさんある」

事務所に置かれた防犯ビデオのモニターには、レジに客がならんでいる様子が映っている。松井がレジを打ち、その横で藤本が商品を袋に詰めたり、電子レンジで商品を温めたりしている。さすがにこの時間は松井だけでなく、藤本も忙しそうに働いている。

「最後に人の件だ」

レジや売場の商品の様子が気になりはしたが、店長の話を引き続き聞くことにした。

「先ず深夜勤務者が足りていない、週に二回から三回程度は夜勤をしなければならなくなる。吉岡さんは深夜勤務をずっとしていたみたいだけど、店長業務をしながら夜勤も行うのは本当に大変だ。一応募集広告は出しておいたから、来週くらいから応募の電話が来ると思う。昼間のアルバイトも募集を掛けてある、こちらはすでに応募があって、明後日の午後二時にここに面接に来ることになっている、採用するかしないかは吉岡さんが判断すればいいと思う。この店の主力となっているのは、さっきコーヒー持ってきた松井。あれは発注も出来るし、売上金の精算も出来る。銀行にも行ける。時間帯も深夜を除けば、都合が付けばどこでも対応してくれる。前にペット関連の専門学校に通っているとは言ってはいたけど、実際にはそんな様子は見られないし、いざと言う時は何でも彼女に頼むのがいい。それからもう一人、今日明日は個人的な事情とやらで休んでいるけど、矢島という二十七歳の女性従業員がいる。ちょっと扱い難いのが困りものだけど週五日、朝から夕方まで働いてくれている。もう五年くらいここに勤務している。今レジにいる藤本は、なんだかよく解らない、変な子だ。夕方の勤務も引き受けてくれるけど、使えなかったら、辞めさせてもいいと思うよ。あと夕方五時から勤務している加藤もいい。週四回勤務して、菓子の発注も担当している」

「加藤さんは男性ですか」

「そう、男子の従業員の中では一番だ、他には深夜勤務の渡辺と田所がいる、もう一人生田がいるけど、彼は月に二回程度しか働かない。夕方から夜の時間帯では加藤の他に、高校生が三人いる。みんなここの近くに住んでいる子たちだ。安藤と島田が女子、この二人は一緒に面接に来た。でも面白いもので、安藤はしょっちゅうバイトに入っているのに、島田は二週に一回くらいだ。ただ、ここ二か月くらい仕事を休んでいる、何があったかは知らないけど……。あとは男子の鈴木、おとなしいけど、ちゃんと働く。でも、この時間帯は人の入れ替わりも多い、入ったと思うと、直ぐに辞めてしまう。周りもこんな環境だ、ヤクザだらけだ、まともなバイトなんて来やしない。ここの従業員なんて、吉岡さんのいた前の店とは比較にもならないよ」

　午後一時になり、業務を終了した藤本が帰って行った。レジに行き、売上金を回収して精算業務を始める。とりあえず、自分が行うことにした。レジから打ち出された精算用の長いレシートを見ながら、その内容を複写になっている記録用紙に転記していく。この売上金の精算も以前の店で何度も行ったことがある、特に困るようなこともない。その間に電話が一本掛かってきた。河田店長が電話を取り、何かをメモしている。受話器を置いた途端に私の方を向いて言った。

「ヤクザの事務所からだよ。ちょっと配達に行ってくるから、精算やっててよ」

そう言いって、売場へと出て行った。防犯カメラのモニターには、河田店長が数店の商品を買物カゴに入れ、レジ打ちをした後に、外に持ち出す様子が映し出されていた。精算業務が終了する頃、河田店長が戻ってきた。

「そうしたら、銀行に行こうか」

銀行に預ける金額と両替に当てる金額を分けてバッグに入れ、事務所を出た。

「松井、銀行に行ってくるから、昼も食べてくるから……」

河田店長が声を掛けると、

「はーい、行ってらっしゃい」

と明るい返事が返ってきた。

「一人、店に残して、大丈夫なんですか」

私が訊ねた。

「へいきへいき、彼女ならぜんぜん問題ない」

そして、店を出た。

店前の道に沿って百メートルも歩くと、いきなり伊勢佐木モールに出た。この商店街にはこれまでにも、それも何度も訪れたことがある。その伊勢佐木モールが店からこれほどまでに近いことを知り、驚いてしまった。この先の商店街の入口近く、この通りに面した大型の書店にはよく出かけたものだ。そこに行くときには、今朝電車を降りた京浜急行の日ノ出町駅ではなく、昨年国鉄からＪＲと名称が変更になった関内駅を利用していた。その書店の近く、通りの向かい側にある百貨店にも何度か行ったことがある。こうして、伊勢佐木モールを入口とは反対の方角から辿り、銀行へと向かった。これから私が勤務することになる店の、その周辺とはまるで別世界のような、左右に商店が立ち並ぶ華やかで賑やかな通りに沿って歩いた。銀行で売上金を預け、両替をして、帰り際に定食屋に立ち寄った。ここでも河田店長が話し掛けてくる。

「ここはさ、飲食店なら何でもある。とんかつ屋も牛丼屋も、そばでもうどんでもハンバーガーでも、とにかく何だってある。それだけは、ほんと助かるよ。吉岡さんは前の店ではどうしてたの」

「深夜勤務が多かったので、食事をするときはほとんど店にあるもので済ませていました、勤務明けの時も、朝に弁当買って家に帰るとか」

「そうだろう、上星川も希望ヶ丘の店長も吉岡さんみたいに食事は店のものばかりだって、言っていたよ。上星川の内山さんなんて出勤して帰るまでの間、銀行に行くとき以外は一歩も店から外に出ないって、昼飯も事務所で、それも防犯カメラのモニター見ながら済ます、なんて言っていた。従業員たちの行動や言動が気になってしかたがないんだって。もしかすると、あそこの店長も少し病んでいるかもしれない。そうそう、希望ヶ丘の中林さんは最近店の近くにラーメン屋が出来て、そこにも行くようになったって、そんなことも話していたな。上星川の内山さんよりは少しはましかもしれない。どちらにしても息抜きは必要だよ、俺なんかさ、銀行の帰りにこうやって昼飯食うことくらいしか楽しみなんてないもの。それだけが人生の楽しみさ」

昼食後はコーヒーショップにも立ち寄った。午後の三時を少し回った頃、店に戻った。店に帰ってからは、ディッシュアイスの販売方法についても学んだ。商品の発注についても、菓子以外は全て自分でやらなければならない。一通り説明と注意事項を聞き、河田店長は深夜勤務明けということもあり、午後四時には帰宅した。

ここからは自分が店長のようなものだ。実のところ社内で通達される人事回報でも、今日から自分がここの正式な店長でもある。店長としての職務をこなしている限りは、誰からも何かを指示されるわけでもなく、何事も自分で判断して決定しなければならない。些細なことかもしれないが、何時に出勤し、何時に帰宅するかも自分自身で決めなければならない。そう思うと、今日の店長業務は一旦終了したとはいえ帰宅してしまうことも出来ず、自己紹介の意味も含めながら、深夜勤務者が出勤してくる夜の十時まではここに残ることにした。

　河田店長が帰宅した後すぐに男子高校生の鈴木が来て、松井と交代した。挨拶を交わしたが小声で名を告げられただけだった。学校の帰りらしく、黒い学生服を脱いで、その上にグリーンのエプロンをしてレジに立った。客数の少ない時間帯ではあっても、高校生一人をレジに立たせておくのはさすがに心配でもあり、自分も一緒にレジに入ることを告げると、

「いつも一人だし、五時になれば誰か来ます。来ないこともあったけど、でもだいじょうぶです」

と、いとも簡単に断られてしまった。とりあえず、本人に任せることにした。松井は業務終了後も、特に何をするわけでもなく、二十分ほど事務所のソファに座り、居残っていた。自分の行動をそこから観察されているようで、なぜか妙に落ち着かない。

「あ、そうだ、松井さんお昼はどうしたの」

　思いついたように私が声を掛けた。

「さっき、店長と銀行に行っている間に、ここで食べました」

「藤本さんは帰った後だったし、ここに一人だけしかいなかったはずなのに、大丈夫だったの」

「いつもそうしています。お客さんが来たらすぐにレジに行けるよう、防犯カメラの画面を見ながらお昼にしてます。もう慣れました」

そして、松井は帰って行った。五時になると大学生の加藤が出勤してきた。

「加藤です、よろしくお願いします」

「吉岡です、こちらこそ、よろしくお願いします」

背の高い、黒縁のメガネを掛けた、感じの良い青年だ。

「僕がここに来てから店長が交代するのは、これで三度目です。ところで店長、今日は何時まで店にいますか」

初めて店長と呼ばれた。特に意識をしていたわけではないけれども、これまでどこか頑なだったかもしれない自分の心が、少し解けていくような気がした。

「深夜勤務者が来るまでは、ここに居ようかと思っている、挨拶くらいはしておかないと」

「それは大変ですね、朝から夜まででは……。河田店長は僕が来ると、いつも帰っていましたよ。それに、今日の深夜勤務は田所さんだから心配ないし、店長、帰るなら今ですよ、明日はどうなるか解らないし」

タイムカードを押し、エプロンの紐を後ろ手に結わえながら、笑顔で話し掛けてくる。

「忙しくなる前に菓子の発注、とっちゃいますね」

事務所から、菓子の商品台帳を持ちだし、売場へと出て行った。今日の午前中に河田店長から聞き、自分勝手に思い描いていたものとは、どこかそぐわないものを感じた。従業員は絶対に信用してはいけない、と彼は言っていた。店長業務一日目の自分には、解らないことばかりだ。

彼が言った通りに、五時半時を過ぎる頃から忙しくなり始めた。商品を販売するという視点に限ってみれば、昼過ぎに一度だけ暴力団事務所から電話があったことを除けば、これまで勤務してきた店で日頃見てきたものとそれほど大きな違いはなかった。もちろん、暴力団の事務所から注文の電話があるということ事態が全く普通ではないのだけれども、それに加えてこの時間からは店の中の風景も、店の外の街の風景も、それぞれが大きく変わっていった。

昼間は賑やかな商店街の姿を見せる伊勢佐木町は、ここ横浜の最大の歓楽街でもある。夜ともなれば、昼間とは全く別の姿を見せるようになる。その夜の街に、多くの人たちが吸い寄せられるように集まってくる。そこで働く女性たちが、出勤前の買物のためにここを訪れる。そして陽が落ちる頃になると、伊勢佐木モールの路地裏に、それまでは息をひそめるかのように群生していた店々の軒先に、明かりが灯り始める。誘蛾灯の明りに引き寄せられるかのように、多くの男たちが街を訪れ、そして路地裏へと吸い込まれていく。

明日の朝、出勤してから行おうと考えていた弁当類や牛乳などの日配品の発注を、今のうちにやっておくことにした。アルバイトの加藤が言っていたように、明日は何が起きるかも解らない。とりあえず、やれるだけやって、明日の朝必要に応じて修正すればいい。発注用の台帳を手に売場に出た。冷蔵ケースの前で商品ごとの在庫を確認しながら、台帳に必要な数を記入していく。カウンターでは先に菓子の発注を取り終えた加藤が、レジの応対をしている。接客時の挨拶も、レジ打ちも全く問題なくこなしている。その加藤の横で、高校生の鈴木が商品を袋に詰め手渡している。二人とも忙しそうに、そしてよく働いている。

事務所に戻り、今度は発注の送信業務に移る。電話機の下に設置された発注用の端末に取り付けられたペンで、発注台帳に記載された商品のバーコードを読み取っていく。ペンの先から出る赤いレーザー光でバーコードをこすると商品番号が記録される。そこに発注数量を入力していく。その作業を一品ずつ繰り返す。全て入力した後に電話番号をダイヤルして、そのデータを送信する。その業務が完了すると、発注端末からレシートのような記録紙が打ち出される。

加藤が事務所に入ってきた。

「鈴木君が九時で終了ですから、十時までは僕が一人でレジやりますけど、たまにすごく忙しいときがあるんです。そんなときは店長、レジ手伝ってもらってもいいですか」

「いいよ、モニター見ていて忙しくなったらすぐに行くから。ところで菓子の発注、送信はしたの」

「送信はいつも深夜勤務、だから今日は田所さんですね、が来てからやります」

九時になると加藤が言っていた通りに鈴木が帰宅した。すると間もなく、レジに人が並び始めた。すぐに売場に出て、カウンター内へと入った。

「レジ、やるからさ、袋詰めやってよ」

「店長、だいじょうぶですか」

「もちろん」

やり馴れた仕事というものは、楽しいものだ。それに、客数は前に勤務していた南太田の店よりも多い。

「いらっしゃいませ」

その一人ひとりに接客の挨拶をする。カウンターに置かれた商品の金額を、右手の指でレジに打ち込んでいく。代金を受け取り、釣銭を渡す。この一連の動作に、心が昂っていくのを感じる。店長としての仕事はこれから覚えていかなければならないけれども、それ以外の業務であれば一通りは何でも出来る、それが唯一の救いだった。

十時少し前、深夜勤務者の田所が出勤してきた。小柄な専門学校生だった。挨拶を交わして、今日から自分がここの店長となることを告げた。彼もここに勤務して、一年と一か月が経過したと語った。その言動からも、その立ち振る舞いからも、しっかりした印象を受ける。忙しい時間帯となる十時から十一時までは田所と加藤の二名体制で対応し、加藤はその日の状況に合わせて深夜零時までの残業も許されている、とのことだった。それを聞き、今日はこれで帰宅することにした。

エプロンを外し、売場に出て、家に持ち帰るための弁当とスープ代わりのカップラーメン、明日の朝食用の菓子パン二つを購入する。田所にレジを打ってもらい、

「あとはよろしく」

と二人に声を掛け、店を後にした。長い一日だったような気がする。家に帰る間も、店のことが頭から一時も離れなかった。今日、初めて会った松井も加藤も田所も、前の店の従業員たちと比べて、もちろんそれ以上とは言わないものの、何かが劣るようにも感じられなかった。

「他の店と変わるものなんて、何もありはしない」

そう自分に言い聞かせながらも、今朝最初に出会った藤本のことを思い出した。丸い大きなメガネ、頭の上で結わえた髪、黒い服と短いスカート、その姿が目に浮かんだ。

「やはり、他とはちがうかもしれない……」

どちらにしても、その答えはすぐに出る。こちらから追わなくても、答えは向こう

から訪れる、そんなことを漠然と思い描いていた。

三

翌日は朝七時半に、店に到着した。深夜勤務者田所がレジの金額を数え、業務終了のための準備をしている。

「おはようございます」

「あ、店長、おはようございます、早いですね……」

「レジの引き継ぎをしようか」

田所がレジの中の現金を金種ごとに数える、私がそれを引継表に記入をし、集計をする。その金額とレジから確認用のレシートを打ち出し、相違がないかを確認する。

「百円のプラスだね」

「昨日の夕方も百円のプラスですから、そこからの過不足はゼロですね。缶コーヒーか新聞か、何かレジを打ってないものがあるかもしれません。お金だけおいて出て行っちゃうお客さんもよくいますから」

とにかく、心配していたような売上金の不足は発生していない。胸をなでおろすような心地だった。

「昨日、加藤さんが言っていましたよ。店長、レジが速いんだ、って。驚いていましたよ」

「南太田の店で、深夜勤務を長く、週に六回くらいかな、やっていたからだよ」

「ええ、そうなんですか、店長も夜勤やってたんですか」

「深夜勤務が大変なことはよく知っているよ。あと松井さんが八時に来るからレジはそのまま交代すればいいから」

八時少し前に、昨日も勤務に入っていた松井が事務所に入ってきた。

「店長、おはようございます、でもまだ八時ですよ、ずいぶん早いですね」

「田所さんにも同じこと言われたよ」

「レジの引き継ぎ、やっちゃいますね」

「あっ、今、やったばかりだから、しなくていいよ」

「えっ、店長がしたんですか」

少し驚いたような表情を浮かべながら、売場へと出て行った。前にいた店とは違って、店長が朝早く出勤することも、自らレジの引き継ぎを行うことも、もしくはレジを打つことも、ここでは何か特別なことだったのかもしれない。

松井と入れ替わるように田所が帰宅し、九時になる頃、今度は昨日の朝レジに立っていた藤本がやって来た。丸い大きなメガネと頭の上で結わえた髪は今日も変わらない。服装は昨日とは違うものの、やはり今日もどこかおかしい。単に自分の偏見かもしれないが、ヒラヒラしたスカートの裾がこの職場にはどうしても似つかわしくないような気がする。そしてタイムカードを押し、エプロンを身に付けると、何も言わずに売場に出て行った。少し慣れてきたら挨拶も教えないと、もしくは辞めさせてしまうか、と、そんなことまでをつい考えてしまった。昨日の夜に済ませてあった日配商品の発注を見直すことにした。発注台帳を手に、売場へと出た。冷蔵ケースの前に立ち、商品の在庫と昨日記入した発注数を照らし合せながら、一品ずつを確認していく。するると、藤本が傍にやってきて言った。

「店長、血液型は何型」

唐突な質問に一瞬呆気にとられたが、答えた。

「B型だよ」

藤本は握った両手をあごの当たりにあて、くるりと後ろを向き、

「やぁね、やぁね、やぁね……」

と言い、レジカウンターへと戻って行った。一体何が起こったのか、全く理解出来ないまま事務所に戻り、発注の追加分を発注端末から送信した。

十時を過ぎた頃、河田店長が来店した。店長業務の引き継ぎ、その二日目だ。今後

のルーティンとなる店長業務は特に滞りなく終了したものの、もう一つ、暴力団事務所への挨拶という極めて大きな項目が残されたままになっている。

「どう、なんとかやれそう」

私の顔を見るなり、河田店長が言った。

「まだ何とも言えませんけど、店の状況は少し解ってきました」

「それはよかった、でも、安心しないように、ここには恐ろしい魔物が隠れている。吉岡さんには悪いけど、昨日家に帰って思ったよ、やっとそれから解放されたって、ようやく安心して眠れた……」

その言葉が語るとおりだった。そこには髭も綺麗に剃り、服も着替え、明らかにさっぱりとした、それこそ昨日の印象とは異なる前任の店長の姿があった。

「十一時くらいになったら、行こうか」

「そうしましょう、何か準備しておくものはありますか」

「とくになにもいらないよ、挨拶だけだから」

十一時になり、河田店長と出掛けた。エレベーターのない古いマンションの二階に暴力団の組事務所、二本松総業はあった。それも店舗から二百メートルほどしか離れていない。階段を上り、そのドアの前に立った。

「ここだよ」

表には表札らしきものは何も掛かっていない。その周りもごく普通の住宅となにも変わるところは見られない。あまりの近さと、勝手に想像し思い描いていた暴力団事務所との落差に驚きはしたものの、冷静を装い呼び鈴を押した。返事はない。けれども、小さな物音がする。ドアの向こう側に人の気配がする。覗き穴からこちらを覗っていることが解る。ドアが小さく開くと、河田店長が小声で挨拶をした。するとドアが更に少しだけ開き、その間から人の顔が覗いた。

「そうか、あんたが新しい店長か」

その言葉に応えるように名前を告げ、挨拶をした。

「あんたんとこには、いつも世話になっているよ。それにしてもよく変わるな、まあいいや……またなんかあったら電話するから」

暴力団組事務所への挨拶は何事もなく、あまりにも簡単に済んだ。河田店長が店に帰る途中に言った。

「色々あるけど、一番のお得意様かもしれんね……」

店に戻り、ここまでで店長業務の引き継ぎは一応終了した。社内ルールに則れば、河田店長の勤務は今日の夕方五時で終了となる。それだからといって特にすることもなく、本人自身も帰りたそうにしている。

「何かあったときは困るので、五時になったらここに定時連絡だけ入れてください。

後は僕がやりますから」

河田店長の顔に笑顔が浮かんだ。

「そう、なら昼飯食って、この辺うろうろしているから」

レジにいた松井と藤本に、簡単な別れの挨拶をして、河田店長は店を出て行った。実質的にはこの時点から、私がこの店の店長となった。

午後の一時から、今日も売上金の精算業務を開始する。売場にいた松井と藤本に交代で昼の休憩を取るように伝えた。事務机の前に売上金を並べ、集計していく。松井が店で購入したカップラーメンと菓子パンを手に、事務所に入ってきた。ソファに腰を下ろし、昼食を取り始める。精算業務が終了して銀行へ行く用意を始めると、それを察した松井が訊いてきた。

「二本松から電話があったらどうしますか。店長は出かけました、と伝えればいいですか」

「そうだな、店長が戻りましたらすぐにお届けします、と言って、注文受けてもらえれば助かるかな」

「わかりました、そうします」

銀行に行き売上金の入金と両替を済ませ、昼食も取らずにそのまま急いで店に戻った。そして、レジにいた松井に訊いた。

「電話あった」

「ありませんでした」

　一安心して事務所に入ると、今度は藤本がソファに座り休憩を取っている。特に会話もなく、何ともいたたまれない心地がする。自分が店長なのだからそのように感じる必要はないのだけれど、どうにも落ち着かない。両替金を金庫に片付け、帳票類を整理し、そうこうしている間に電話が鳴った。二本松総業からだった。注文のメモを取り、受話器を置いた。

「店長、大変ね」

　話し掛けてきたのか、それとも独り言なのか、藤本が声を発した。

「うん」

と店長らしからぬ返事はしてみたものの、その後の言葉は何一つ出てこなかった。

　メモを手に売場に出た。缶コーヒーと缶ウーロン茶、黒い靴下と雑誌の注文だった。河田店長から教えられた。通りにコーヒーは指定されたもの、ウーロン茶は小さいサイズのものをそれぞれ注文された数、それと靴下、雑誌をレジに持って行き、レジを打った。

「配達ですか」

　私の右往左往している様子を見て、松井が言った。

「ついにきたよ、緊張するよ」

「でもすぐになれますよ、毎日のことですから」

　松井が笑っている。

　合計金額は千六百八十円、引継では百円未満は切り上げとなるとのことだった。ということは千七百円、釣銭は最大で八千三百円を用意すればいいことになる。ただ、万が一ということもある。あと二十円をポケットに忍ばせ、商品を手に二本松総業の事務所へと向かった。先程も挨拶に来た組事務所の前に立ち、呼び鈴を押した。先ほどとは違う男が出てきた。午前中の挨拶の時もそうだったが、テレビドラマや映画で見る「ヤクザ」とはどことなく雰囲気が異なるような感じもする。店名を名乗り、商品を渡して金額を伝えた。

「千六百八十円です」

　千円札二枚を渡された。

「三百二十円のお返しです」

　額面どおりの金額を伝えた。

「釣りはいいよ」

「ありがとうございました、これからもよろしくお願いします」

　ことの流れは、これも河田店長から開かされていたとおりだった。

店に戻り、売上金千六百八十円をレジに入金し、余剰金となった釣銭三百二十円は袋に入れて金庫に仕舞った。そうしたのは、余剰金をレジに入れてしまうと河田店長が言っていた魔物の仕業による不足金が発生した場合、その金額が把握し辛くなるだろうと判断したからだ。どちらにしても、レジから金を盗むなどという行為がいつまでも特定できないことなどあるはずもなく、先ずはこれを明らかにすることが自分の仕事の第一歩だろう、と考えていた。

夕方の四時になり、藤本と交代するように安藤が来た。背の低い、おとなしい女子高校生だった。

「店長の吉岡です」

初対面でもあり、自分から挨拶をした。安藤は昨日の鈴木と同じようにグレーの制服の上だけを脱ぎオレンジ色のエプロンをして、売場へと出て行った。その格好が仕事として相応しいかは別として、なぜか妙に似合うような気もした。するとすぐに松井が事務所に来て言った。

「店長、安藤さん五時まで一人なんですよ。私一時間残業してもいいですか」

「いいよ、そうして」

事務机を前に座り、防犯カメラが映し出すモニターを見ていた。レジでは安藤と松井が楽しそうに何かを話している。五時になり、今日も加藤が勤務に入った。加藤が勤務に入る際、松井と加藤との間で売上金の点検が行われた。今回も現金不足は発生していない。松井が勤務を終え、事務所のソファで何をする訳でもなく二十分ほどを過ごした後、帰って行った。九時で安藤が勤務を終え、十時には深夜勤務の渡辺が訪れた。細面の、快活な大学生だった。河田店長と約束していたはずの、夕方五時の定時連絡はなかった。ここは、既に私の店だった。

こうして、二日目も無事に終わった。店長として不慣れなことばかりだけれども、今のところは平和だ。このままこの状態が続くのであれば、一年後の閉店まで何とか持ちこたえられるかもしれない。ただ、人員が足りない。従業員が一人でも欠けたりすれば、店の運営はすぐにも成り立たなくなる。とにかく、それだけは何とかしなければならない。

翌日も昨日と同じ朝七時半に店に入った。昨晩挨拶を交わした渡辺がレジに立っていた。すると間もなく、今日が初対面となる矢島が来た。先日、河田店長が言っていた、例のウォークマンをしている。

「矢島さんですね、今度ここの店長として配属になった吉岡です。よろしくお願いします」

「よろしく、お願いします」

そっけない挨拶を交わした。

「渡辺さんと、レジの引き継ぎをやってくれる」

「いつもやってます」

渡辺が帰宅すると、店内には矢島と私の二人きりになった。初対面とはいえ、そのよそよそしい態度といい、とにかく気まずい雰囲気だ。体型は松井を一回り小さくした感じで似ていなくもないが、松井のような愛想の良さは微塵も感じられない。エプロンを身に付けた姿もあの藤本とは違い、何処かしらおかしな点があるわけでもないのに、なぜか不自然な感じがする。そういう目で見てしまうからいけないのかもしれないが、前任の店長が魔物と呼んでいた、そのいかにも怪しい雰囲気が漂っている。

「何かあったら、声掛けて」

事務所と売場を行き来しながら、弁当とパンの発注を行う。十時になると藤本が来た。今日は夕方の五時までがこの矢島と藤本が勤務となっている。防犯カメラのモニターを見ると、この二人も何かを楽しそうに話している。自分の心の中の、あの気まずい雰囲気が少しだけ和らいだような気がした。その後、事務所を出て売場を見て回った。とにかく売場はどこもかしこも荒れている。冷蔵ケースの前に立ち、ここをどうするかを考えた。時折客が来店する。

「いらっしゃいませ」

レジカウンターにいる矢島と藤本、そのどちらか、時には二人の挨拶の声が聞こえてくる。それに呼応するように、私も声を掛ける。

「いらっしゃいませ」

二人とも一応すべきことはしている。店長たる自分が挨拶をしないなどということは、あってはならないことだ。

「ありがとうございました」

そのレジから聞こえてくる声を繰り返すように、私も売場から挨拶をした。

「ありがとうございました」

客足が一旦途切れた時、藤本が私の横に来て言った。

「店長、いらっしゃいませはね、ませー、ありがとうございましたはね、したーっていうの、ませー、ませー、したー、したー」

「ええ、そうなの」

「そうよ……」

と言って、向きを変えレジの方へと戻って行った。その後ろ姿の向こうに矢島の顔が見えた。不機嫌そうな表情をしている。何か不機嫌になる理由でもあるのか、それともそういう顔なのか、それはさておきレジからは再び、それも妙に元気のいい藤本の挨拶が聞こえてきた。よく聴けば確かに「ませー」とか「したー」とか言っていることに気付く。時折、その間を縫うように矢島の挨拶が聞こえてくる。矢島は正しく発声はしているけれども、表情に浮かんでいるあの不機嫌さがそのまま声に滲み出ている。店長としてこれにどう応対するべきか、それを思い、考えを巡らせてはみたものの答えは出せず、

「まあいいや、今度にしよう」

と、この件は先送りにすることにした。先ずはここの雰囲気に慣れることが重要であると、自分なり判断することとした。

そうこうするうちに、二本松総業から配達の依頼が来た。例のごとく、黒の靴下とウーロン茶、缶コーヒー、それにアサゲの注文だった。商品と釣銭を用意し組事務所に向かった。昨日とは違う組員が出てきた。金縁のサングラスをかけ赤いシャツを着た、今回はどこから見てもヤクザそのものといった風体の組員だった。商品を手渡すと、袋の中を覗き込みながらその男が言った。

「なんだよ、これ」

どきっとした。何かやらかしてしまったかと、恐怖にも似た不安がよぎった。その直後に、

「アサゲって味噌汁のことじゃなくて、雑誌だ雑誌、アサヒ芸能のことだろうが、バカじゃねえのか、おまえ、いいかげんにしろよ」

大きな声で脅かされた、殴られるかとも思った。平謝りに謝り、直ぐに店に戻り、

商品を交換し、組事務所へと走った。恐る恐る金額を告げ、代金を受け取り、釣銭を返そうとすると今回もいらないと言われた。

午後の二時から売上金の精算をし、銀行に行き店に帰ってくると、矢島が言った。

「面接の人が来ています」

事務所のドアを開けると、ソファに小柄な女性が一人座っていた。河田店長から伝えられていた今日の面接のことを、すっかり忘れていた。

「すいません、遅くなりました。ここの店長をしている吉岡です」

「先日電話しました、菅野です」

「私も、ここの店に来て未だ三日目なんですよ。ちょっと銀行に行っていて、菅野さん、でしたね、電話していただいた時はまだ前の店長で、連絡は受けています……」

緊張していたためかつい言い訳めいた、それこそどうでもいいようなことを口にしてしまった。そもそも、面接をする側が緊張していること事態がおかしなものだが、これも初めての経験となれば仕方のないことだ。持参した履歴書を見ながら面接を行った。こちらからの質問にも的確に答える、歳は二十四歳、しっかりした、どことなく水商売風の感じはしなくもないが、どう見ても今売場にいる矢島や藤本に比べればまともだ。面接の席であるからそう振る舞っているだけかもしれないが、どちらにしても人手は不足している。是非ともここで働いてほしい、と切に思いながらも、それを表に出すことなく冷静を装って聞いた。

「いつから、勤務出来ますか」

「明日からでも」

その言葉のとおり、勤務は翌日の午前十時からと決まった。面接を終えた菅野が帰宅した後、売場にいた矢島と藤本の二人に声を掛けた。

「菅野さんだ、明日からここで働いてもらうことになったから」

藤本が少し興奮気味に訊き返してきた。

「何時から、何時から」

「十時からだよ、明日のその時間も矢島さんと藤本さんだから、そこに入ってもらうことにした」

「やったあ」

藤本にしてみれば、この店での初めての後輩となる。彼女にしてみれば、そんなことがきっと嬉しいのだろう。それに反して、矢島は相変わらず不機嫌そうな顔をしている。午後になり松井が出勤してからも、話題はそのことで持ち切りだった。というよりも、藤本がそれを一人で吹聴していただけなのだが。それを見ていて、ふと思った。菅野の教育を誰に担当させるか、藤本であればまたあの変な挨拶を教えるに違いない。だからと言って、矢島がそれを快く請け負ってくれるだろうか。

「まあ、いいや、その時に考えよう」

結局これも、後回しにしてしまった。

翌日の午前中、昨日と同じ顔ぶれの矢島と藤本、そこに今日からは新たに菅野が加わる、そのはずだった。ところが、勤務が始まるはずの十時少し前、その菅野から電話が掛かってきた。その内容をレジにいた二人に伝えた。

「今日から来るはずだった菅野さん、体調が悪いから今日休ませてくれって、連絡があったよ」

「もう、来ませんよ、別のところに行くにきまってる……」

矢島が言った。矢島の無愛想な態度に自分自身も、別のところに行きたいと内心思いはしたもののさすがにそうとも言えない。

「また募集するから、いいよ」

藤本の顔には、明らかに落胆の色が浮かんでいる。

一時間を過ぎた頃、二本松総業から電話が掛かってきた。こうした商品の注文の電話は毎日掛かってくる。掛かってこない日はない、というのもどうやら本当らしい。

「あのさー、ウーロン茶と靴下、それとウィズマン、あとカプリコ持ってきてくれる」

「はい、お届けに上がります」

と答えたものの、ウィズマンはカー雑誌のことで間違いないと思う。けれどもカプリコが、思い当たるものはあるものの、先日のアサゲの件もあり何とも不安だ。注文を受けた商品の内容をいちいち確認するのも、また脅かされてしまいそうで、気が引けてしまう。とりあえず、レジにいた矢島と藤本に聞いてみることにした。

「カプリコってなに……」

するど藤本は、

「店長、カプリコも知らないの」

と言って売場に出て行き、

「これ」

と、楽しそうに商品を掲げて見せた。思っていた通りだった。ピンク色をした、アイスクリームみたいな形をしたチョコレート菓子、それも子供向けの商品だ。レジのところからは矢島が、このやり取りを興味深げに見ている。

「ヤクザがそんなもの食べるかな」

「だって、カプリコって、これしかないもの……」

この前のアサゲもそうだったけれども、何かの略かもしれないと、それこそ絞り出すように考えてみた。

「たとえば、カップルリンコとか、でもそんな商品はもともとないし……」

売場も隈なく見渡してはみた。けれども他にそれらしいものは何も出てこない。

「おまえ、ばかにしてんのか、こら」

と、組事務所の玄関先で怒鳴られ、商品を投げつけられている自分の姿が目に浮かんだものの、いつまでも待たせておくわけにもいかず、そのまま袋に入れて届けることにした。

事務所の呼び鈴を押す。電話をしてきた暴力団組員が出てきた。こわごわ商品を手渡すと、組員は袋の中を確認して、そこからカプリコを取り出した。緊張が一気に頂点へと達する。

「やっぱり、だめだったか」

そう思った次の瞬間、その組員はカプリコの封を切り、かじり始めた。お金を貰い、暴力団組事務所を後にした。途中、ただひたすらに可笑しさが込み上げてくる。店に入ると、藤本が気にしていた。

「あってたよ、その通りだった、かじってた」

そう伝えると、

「でしょう、でしょう」

と、言い藤本が嬉しそうに笑った。カウンターの後ろでは矢島が、笑いをかみ殺している。

午後一時になると松井が出勤し、今日は矢島と交代した。何を思ったのか、突然藤

本が箒を持ちだし店内の床を掃きはじめた。それを見た松井が、それも年上の藤本に向かって、

「箒持って屈むな、パンツが見える」

と笑いながら大きな声で注意している。こうした従業員の会話も、短いスカートで勤務していること自体も、他の店ではありえないことなのに、なぜかそうしたこともここではごく普通のことのような気がした。少しずつであっても、ここの雰囲気に慣れ始めたのかもしれない。

けれども、人員不足の件は早急に解決しなければならない重要な課題だ。事務所に張り出してある勤務のローテーション表には、数日後の深夜の時間帯がいつまでも空白になったまま残されている。その空白も、結局は自分が埋め合わせをしなければならなくなる。深夜勤務そのものは苦になるものではなくても、それが頻繁に起こるのであれば、先ずはこの朝から昼間に掛けての体制を固めておかなければならない。そうしておかないと、しわ寄せは全て自分に掛かってくる。超が付くくらいの長時間労働が、来る日も来る日も続くことになる。少なくとも朝から夕方に掛けて、そして夕方から夜、更には深夜とそれぞれ一名ずつの補充はどうしても必要だ。本社に電話をして、新聞折り込みの人材募集広告掲載の依頼をした。電話を受け取った女子社員が、広告会社に連絡を入れてくれるとのことだった。

ところが、翌日、菅野が店に来た。

「昨日はすいませんでした、熱が出てしまって……今日から働きます」

矢島の言葉を真に受けたわけではないけれども、自分も、菅野はもう来ないものだと諦めていた。今日も勤務に入っていた矢島、藤本の顔にも、驚きの表情が浮かんでいる。どうしたものかと多少の戸惑いを感じながらも、矢島にレジの打ち方を教えるように依頼した。矢島がレジに立ち、その横に真新しいオレンジ色のエプロンをした菅野が立った。商品の入ったカゴをカウンターに置き、来店客の合間を縫うようにレジのトレーニングが始まった。

「お客さんが、買物カゴを持ってきたら、商品を手に取って金額を打ち込んで、それが食品なら、この食品ボタン、食品でないときはこの日用品ボタンを押して……」

そこに藤本が割って入ってくる。

「週刊誌とか漫画はね、そこの下の雑誌を押せばいいの」

矢島がむっとしている。むっとしながらもトレーニングは続いた。

「商品を全部打ち終えたらこの小計ボタンを押す。そうすると合計金額がここに表示されるから、その金額を伝えてお金をもらって……」

再び藤本が横から話しかけてくる。

「ねえねえ、菅野さんは血液型、何型」

「わたしねО型なの」

その唐突な質問に、菅野が笑顔で答えている。

その様子を少し離れたところから見ていて、気が付いたことがある。矢島が明らかに緊張している。人間の相性とは不思議なものだ。この店の主のような矢島に、教わる側の菅野がなんの気後れもなくあれこれと質問するのに対し、教える側の矢島は明らかに舞い上がっている。

「お金を貰ったら、それが千円だったら千円って打ちます」

「商品の値段を打つ前に、貰った金額を打ったりしてはだめよ」

また、藤本が横やりを入れている。

「そうなんだ」

「先にお金を払うお客なんていません、藤本さんの言うことは聞かなくていいです」

菅野がおどけた顔で、舌を出している。

何かおかしなことになっている。レジの周りが異様に騒々しい。やはり自分が教えるべきだったかと少し後悔もしたが、今更口を出すわけにもいかない。ここは二人に任せることにして、事務所へと戻った。防犯カメラのモニターの音声を少し上げた。

矢島の、緊張しながらも、一生懸命教えている様子がモニターからも伝わってくる。

「お金を貰って、その金額を入力してこの大きな会計ボタンを押すと、ここにお釣が表示されるから、それを渡す。商品を袋に入れてそれも渡したら、ありがとうございました、って言って……」

「ありがとうございましたはね、したーでいいの、いらっしゃいませはね、ませー」

「うるさーい、藤本さんは、ちょっと黙ってて」

いらいらした様子で矢島が言う。

「矢島さん、こわーい」

これを順調だったと言っていいものかは別としても、菅野は呑み込みが早く、間もなく一人でもレジをこなせるようになった。午後になり、この三人に松井が加わった。事務所に籠り、売上金の精算をしていると、ここまであの四人の話し声や、笑い声が聞こえてくる。客が店内にいる時は一旦静かになるが、いなくなるとまた騒ぎ出す。あの愛想のない矢島も、一緒になってしゃべっている。今日から勤務を開始した菅野も、すっかりその輪に溶け込んでいる。藤本の甲高い声と、松井の豪快な笑い声が響いてくる。何がそんなに楽しいのか理解出来ないが、異様に明るい。前任の河田店長から聞き思い描いていた、あの魔物の巣窟のような若葉町店のイメージとはずいぶんと掛け離れている。騒々しいのは困りものだが、明るく楽しいことは決して悪い事ではない、と前向きに考えることにした。

二日後より勤務表に菅野の名を加え、朝八時から夕方五時までは矢島、松井、藤本、菅野の四人を交代で勤務させることにした。矢島以外の三人は夕方以降も働くことが出来ると言うので、その時間帯の勤務についても今後は調整していこうと考えている。と思いながらもあの四人ときたら、客が多く来店するわけでもないのに、だからなのかもしれないが、ろくに仕事もしないで、いや出来ないなりに仕事をしながら、おしゃべりばかりして、大笑いをして、それぞれの勤務時間を過ごしていた。

「まるで天国のような職場じゃないか、従業員の天国、店長の地獄とよく言ったものだ」

　それであっても、あの四人がその時間帯を守っていてくれないと、もはやこの店の運営は破綻する。口には出さないが、今後は、あの四人がこの店の要となることに違いはない。ただ幸いなことに、自分がここに来てからというもの、まだ一度も売上金の現金不足は発生していない。暴力団事務所への配達も日々の業務とはなっていても、あのアサゲの件を除けば今のところトラブルもなく平和な日が続いている。今後も平和な日々が続くことを、商売の神様に、こっそりと願っている。ちなみに「従業員の天国、店長の地獄」は私の言葉でもあり、けだし名言だと思っている。

夜のほとり　ハマのメリーさん

深夜勤務の日が訪れた、と改めて思ってはみたところで、すでに朝からここにいる。朝は矢島と藤本、午後からは松井と菅野、夕方からは加藤と鈴木が勤務に入り、そのそれぞれとここで顔を合わせた、会話もした。今日の深夜勤務に備え、この事務所でもいいから仮眠を取ろうと試みてはみたものの、それさえも出来ずに今に至ってしまった。さらに良くないことは、二人の深夜勤務者の内の一人、渡辺が学校の関係で二か月間ほど勤務に入れないと言う。つまりその期間は週に三回から四回ほどは深夜勤務をしなければならない、ということになってしまった。

夕方、暗闇が降りる頃になると、街には様々な色の光が溢れだす。

「あなた知ってる　港ヨコハマ」

伊勢佐木町ブルースの歌詞、

「伊勢佐木あたりに灯がともる」

そこに歌われた灯は、調和することを拒むかのように妍を競い、美を反転させたかのような色彩を放ちながら、街の中心から路地裏へと流れ込んでくる。街が夜の姿に装いを整えた頃、そして今日も多くの者たちがここに群がり始める。その一角、夜のほとりに私の店がある。街の風景に呑み込まれていくように、訪れる暗がりとともにこの店の様子も変貌していく。どこからかこぼれ落ちてくるかのように、その群れの幾人かは私の店を訪れ買物をして、足早に明りの灯る軒先のどこかへと消えて行く。

夜九時に高校生の鈴木が帰宅し、店には私と加藤が残った。夜十時を過ぎる頃になると、酔った男たちが街をうろつき始める。通りすがりの男たちが、おぼつかない足取りでここに立ち寄り、飲料やアイスクリームを購入していく。その彼らの様子を暗闇の向こうから見つめる、いくつもの目がある。その男たちを狙って、多くの客引きたちが街角のここかしこに佇んでいる。あの客引きたちの中には女だけではなく、女装した男たちも交じっている。その背後には、あの暴力団組事務所の構成員たちが影のように寄り添っている。暗闇の角から囁くように、店を出ていった男たちを呼び止める声がある。そして、彼女たち、彼らたちは、私の店の光に照らされることを避けるかのように、男を連れ、一人二人と夜の奥へと消えていく。ここでは、そうした光景が日常のように繰り返されていた。

その酔った客たちとは全く不釣り合いな、小学校の高学年くらいの子供を連れた何組もの母親たちの姿を見る晩がある。その親子が一斉に訪れ、途端に店が賑やかになる。どうやら、近くに有名な進学塾があるらしい。夜遅くまで街をうろつく大人たちと、夜遅くまで塾で学ぶ子供達、この全く異なった二つの風景が、私が打刻するレジの中で数字に変換され、記録されていく。

間もなく日付が変わろうとする頃、真夜中に黒いサングラスをかけ、髪を短く刈り込んだ男性が来店した。見かけは暴力団の構成員のようにも見えるが、毎日出入りしている組事務所では見かけない顔だ。加藤が、予め取り置きしておいたスポーツ新聞を手渡した。サングラスの男は、お決まりのスポーツ新聞、それもその日の朝刊を受け取ると店を出て行った。

「あの人もほとんど毎晩のようにここに来ます」

加藤が言った。夜明け近くに納品される朝刊を、その男のために毎夜必ず一部は取り置きをしておかなければならない。そうしたことからも、彼が夜の住人であることが解る。

零時が過ぎ、それまで勤務に入っていてくれていた加藤も帰り支度をしている。

「店長、だいじょうぶですか、もう少し手伝いましょうか」

加藤が声を掛けてきた。

「なんとかするさ、それに明日も学校なんだから、学生はバイトよりも学業を優先しないと」

その後加藤は帰宅し、自分一人が深夜の店に残された。ここからが私の深夜勤務となる。この夜を徹しての仕事も、これまで二年間に亘り、それも週に一回もしくは二回の休日を除けば、ほぼ毎日のように続けてきた。体力的には大変なものであっても、今となってみれば心理的な負担となるようなものは何もない。この仕事でさえ、もともとは煩わしい人間関係から逃れるために自ら選んだものだった。こうして深夜の売場に立つと、かつての自分の古巣に戻ってきたかのような、そんな気持ちにさえなっていた。

　この頃から、商いを終えた飲食店で働く者たちの来店が増え始める。その中には、ハンバーガーショップなどで働く若いアルバイト店員たちもいる。仕事が終わった後だからだろうか、今は客であることを誇示するかのように大声で話し、商品さえも乱暴に扱い、時にはレジにいる私に対しても横柄な態度を見せる。けれども、店内や店頭にヤクザたちの姿を見かけると、そんな彼らも途端に行儀が良くなる。

　白いジャケットを着た男が来店した。近くにあるソープランドの支配人だ。彼は数日前にも、それも今日よりも早い時間に来店した。そして店に入るなり、明るい口調で話し掛けてきた。

「傘、ここに在る分だけ……」

　急に降り出した雨の中を、傘を買いに来た。

「客に持たせるんだよ、ビニールのもっとないかな」

「倉庫に在庫ありますけど、何本くらい必要ですか」

「二十本くらいあると助かるんだけど」

「今お持ちします」

「また、仕入れといてね」

お金を払い、私が書いた領収書を受け取り、傘を抱えて店を出て行った。その彼が今日は弁当を買って帰って行った、本日の業務が終了したのだろう。

その合間にも商品が納品されてくる。前に勤務していた南太田店よりも明らかに商品量が多い。商品量が多ければ検品にも時間がかかる。値付けや商品陳列の作業は更に大変なものとなる。それに輪を掛けるように、夜の客数が多い。売場と倉庫、そしてレジを何度も行き来しなければならない。そして、何よりも今朝、いや日が変わってしまったから昨日の朝と言うべきか、その八時からここにいる。

深夜二時を過ぎる頃になると、仕事が終わった水商売の女性たちやオカマたち、そこで働く従業員たちが帰宅前の買物に立ち寄る。店内に大きな声が響く。

「ほんとあの客いやよね、すぐ触りたがる、手も握るし、無理やりキスもしようとするし」

「それに、胸の間とか、スカートの中とか、そんなとこばかり覗こうとする」

「そのくせ、オーダーするものはけち臭いもんばかりだしさ」

「明日も来るかしら」

「あんなのに限って、また来るのよ、他に行くところもないし」

女たちの会話に、オカマが口を挟んできた。

「いいじゃない、少し触らせてあげれば、私だったら触らせてあげるのに」

「あんたはさ、オカマだからいいけど、私たちは女よ、女」

「そんな、オカマも女も大差ないわよ、別に減るもんでも腐るもんでもないし」

「いやよ、あんな汚らしいじじい、ぜったいにいや」

女性たちは、その日のストレスを発散させるかのように食品、日用品等の商品を買物カゴ一杯に入れレジカウンターに置く。それまで売場に置かれていて、果たしてこんなものが売れるのだろうか、と思っていたような商品、例えばスリッパやマグカップ、木製のハンガーなどが買物カゴの中に収まっていたりもする。

その集団に紛れるように、黒い服を着た初老の男がいる。どうやら、風俗店の従業員らしい。週末以外は毎晩のようにここを訪れると、深夜勤務者の田所が話していた。働いている薄暗い職場では立派な黒服なのかもしれないが、この店の蛍光灯の下ではその服も薄汚れ、擦り切れていることが解る。買物も、女たちとは違い極めて質素なものだ。そして、おむすびとゆで卵を買っていく。ちなみに、ゆで卵はここでゆでたもので、彼のために毎日用意をしてレジの脇に置いている。それが深夜勤務者たちの、暗黙の了解事となっていた。それも田所から聞かされたことだ。

午前三時頃になると、仕事を終えた客引きたちが、来店する。仕事が終わってしまえば、店内の蛍光灯に照らされることも余り気にならないようにも見える。女装した男たちが、片言の日本語で私に話しかけてくる。

「あんまん」

と言って、人差指を立てる。どこの国の人たちかは解らない。気温の高い低いに関係なく、彼らは皆そろってカウンター上のスチーマーで販売している「あんまん」を購入する。彼らの祖国にも、きっとこの「あんまん」のような食べ物があるのだろう、これも毎晩仕込みをし、用意をしておくことも、ここの約束事になっている。それにしても、闇に立つ彼らの姿、その街灯の薄明かりに浮かび上がるシルエットは、それこそ本当に美しい女性のようだ。でも商品を受け取る手は大きく、話す声も低い男の声をしている。

その女装した男たちから間を置くように、今度は彼らの客であった男が訪れ、騙されたことをこぼしていく。

「知ってる、あいつら男なんだよ」

「ええ、知っています」

レジを打つ私に話し掛けてくる。

「逃げ出そうとしたら、今度はヤクザが出てきやがんの、もうほんとまいったよ」

「気を付けてくださいね、ここはそういうところなんです」

「そうなのか」

そして、

「でも、みなさん、いいお客さんなんですよ」

と、つい言いそうになってしまった。気付けばそこには、いつの間にかこの街の住人となりつつあった私がいた。

客足が途絶え、冷蔵ケースに収める商品、いわゆる日配品の荷受けが終わって、仕事が一段落する。次の弁当とパンが納品されるまでには少し時間がある。さすがに疲れてきたのかもしれない、レジカウンターに立ち夜の星空をぼんやりと思い描いた。頭上には、光り輝く都会からは見ることは出来ないけれども、そこには天の川の姿があるはずだ。その銀河の断面が、この街の空の遙か彼方を流れていく。銀河のほとりにはこと座のベガ、あの織姫星が、そしてその向こう岸にはわし座のアルタイル、彦星が輝き、ベガ、アルタイルを経て、はくちょう座のデネブを結べば、夏の大三角も見えてくる。他にも、ギリシア神話に登場する勇者ヘルクレス、ゼウスに殺され、夜空に昇り蛇使いとなったアポロンの子、酒神ディオニュソスがクレタ島の王女に送った王冠など、今日の夜空の彼方にも様々な物語が煌めいていることだろう。もしかすると朝日が昇る方向のどこかには、太陽と月を除けば最も明るい星、あの金星がその名のごとく金色の光を放っているかもしれない。疲れ切った身体と心がここから逃げ出そうとするかのように、そんなことばかりを想像していた。

その時、自動ドアの開く音がした。その音とともに、真っ白な化粧をした、そして白く光るドレスのような服を着た、年齢不詳の女性が訪れた。その姿に、それまで私が思い描いていたものの全てが、一瞬に消え去ってしまった。あのハマのメリーさんだ。噂はこれまでにも何度も耳にしてきた、けれども出会うのは初めてだった。ここで起こることにはあまり動じなくなっていたつもりの自分でさえも、その異様な光景に声を発してしまいそうなくらいに驚いてしまった。レジの前に菓子パンを置くと、小さく細い手が財布を歩き、菓子パンを手に取った。白い影のようにゆっくりと店内から小銭を取り出す。その小銭がこぼれないように、すくうように、私の両手がそれを受け取った。

「ありがとうございました」

こうして、ここを訪れ、去って行く夜の客たちを背後から見送る。

夜が明けていく。漆黒の夜が、少しずつ青く染まっていく。夜が終わり、間もなく朝が訪れる。商品の納品の際に使用され、今は空になったプラスティックのバットケースを店外の置き場へと運ぶ。人が眠り、街も眠りにつくこの瞬間を、なぜだろう、美しいと感じた。空が青くなり始める頃には、天上の星たちがどこかへと姿を隠してしまうように、この街からも明りが消えていく。この街そのものが、宇宙に浮かぶ星のようだ。その星は、宇宙が誕生し、百十億年後の果てを彷徨い続けている。その片隅に私の店がある。今夜もここを多くの人が訪れ、私がレジを打った。その多くの人たちも、そこにいた私も、宇宙が生まれた百十億年後の今そのものだった。この街の夜が、私にそう語り掛けていた。

四

私の深夜勤務は二回目、三回目と徐々に増えていった。店長である以上は深夜勤務だけを行う、というわけにもいかず、勤務明けであっても売上金の精算や商品の発注は行わなければならない。事務所で仮眠を取ったり、朝に家に帰り夕方にもう一度出勤するなど、生活も不規則なものとなっていった。家に帰ることの出来ない日も頻発した。本社の人事担当から、タイムカードの打刻漏れが多い、との連絡があった。打刻漏れではないことを、逐一説明しなければならなかった。疲労が蓄積していく。注意力も散漫になっていく。両替金の金種を間違えたり、電話で受けた暴力団事務所からの注文を、銀行に行っている間に危うく忘れてしまいそうになったりもした。

その日も深夜勤務だった。午前五時を回ると、仕事に出かける労働者の来店が増えてくる。彼らもまた毎朝見る顔だ。やはり決まったように、いつも同じ商品を買っていく。深夜に納品された商品を全て片付け、レジの対応をする。疲労もピークに達する。そして、朝八時になると、矢島が出勤してくる。

「おはようございます」

相変わらず無愛想だが、挨拶はする。深夜勤務の日は、ほぼ毎回のようにこの時間に顔を合わせることになる。お互いに少しだけ、慣れてきたかもしれない。

その日は、朝から矢島と藤本、午後からは松井と菅野が勤務に入ることになっていた。事務所で朝食を取り、その傍らで、いつもは午後に行う売上金の精算を朝のうちに済ませ、九時に藤本が出勤してくるのを待ち、一旦家に戻ることにした。

「銀行に間に合うように、二時までには戻るから」

と、レジにいた二人に伝え、店を出た。陽の光が異様に眩しく感じる。日ノ出町の駅に向かい、電車に乗り、独り暮らしのアパートへと戻った。洗濯物が室内に干したままになっている。洗濯物をたたみ衣装ケースに仕舞い、急いで風呂に入った。その後、送別会の席で贈られた目覚まし時計を一時にセットして、ベッドに横になった。

三時間後、目覚まし時計のアラーム音に起こされ、再び若葉町の店へと向かう。電車の中でも、強い睡魔が襲ってくる。このまま行けるところまで行ってしまおうか、ふとそうした誘惑に駆られる。その思いを振り払うように店へと行く。レジには松井と菅野がいた。事務所に入ると、矢島と藤本が帰り支度をしていた。金庫から売上金の入った布袋を取り出し、矢島、藤本が店を出るよりも一足先に銀行へと向かった。銀行から戻ると、矢島と藤本と入れ替わるように、見たことのない若い男が一人、ソファに座っていた。

「店長ですね、初めまして、生田です」

そう言えば、前任の河田店長から、深夜勤務者がもう一人いるということを告げられていた。そんなことさえも、すっかりと忘れていた。挨拶を交わしたあと、生田が話し掛けてきた。

「どこか、空いていたらバイトしたいと思って」

「空いているどころじゃないよ、渡辺君が来月まで休みで、大変なんだ」

「そうだったんですか、連絡があれば、お手伝いできたかもしれません」

「まだ不慣れで、そこまで気が回らなかったよ。ところで、いつならいい」

他の二人の深夜勤務者、田所、渡辺と同じく大学生ではあるが、その少し派手目な服装からは、それなりに遊び歩いているかのような、そんな印象を受けた。そうは言っても、今目の前にいる彼こそが、天の助け、そのものだった。勤務表を見ながら、勤務の日程を決めた。とりあえず、明日の深夜勤務は免れることが出来た。ちなみに今日の夜は田所が予定に入っている。これでようやく一息つける、胸を撫で下ろす思いだった。

夕方から勤務に入った高校生の鈴木が、勤務終了間際に事務所に来て言った。

「店長、今レジの引き継ぎやったんだけど、お金が合わない」

どきっとした。そしてすぐに聞きかえした。

「いくら」

「二千円とちょっとたりない」

「わかった、そのままにしておいて」

ついに始まったか、と思った。そう思いながらも、誰かが釣りを間違えてしまったのかもしれない、単なる鈴木の計算違いか、もしくは両替金の間違いか、そうした一途の望みもあった。どちらにしても、明日の売上金の精算で確定する。それまで待つことにした。

翌日は午前十時から勤務に入った。午後一時、事務所で売上金の精算業務を始める。レジスターから打ち出した精算用のレシートを見ながら項目ごとに集計し、複写式の記録用紙に転記していく。売上金を金種ごとに数え、その合計金額を記入する。今ここになければならない金額と、実際にある金額の差異を確認する。昨晩鈴木が報告した通りに、二千円の不足金が発生した。誰かが不正をしている、何ともやりきれない思いがする。その不足分には二本松総業への配達で貯めた余剰金を充てようかとも考えたが、正確な記録を残しておくことが優先と判断し、それは差し控えた。

その日の夕方からは、加藤と、また昨日同じ鈴木が勤務に入った。そして、鈴木が勤務終了時、再び事務所に来て言った。

「店長、お金が足りない」

「また……いくら」

極度のストレスを感じ、自分の顔が歪んでしまいそうだった。

「千五百円くらいかな」

「お金なんだから、気を付けないと」

出来る限り、冷静を装いながら言った。けれども、仮にレジから金を盗んだとしても、それを自分で報告しに来るようなことなどあるものだろうか。

「ちゃんと、やっているんだけど、おかしいな……」

全く悪びれる様子もなく、そんなことまで言っている。さすがに、疑う気にもなれない。

他に勤務しているのは加藤、それと今夜深夜勤務に入る生田が売場にいる。生田は勤務間外ということもあり、雑誌売場で立ち読みをしている。今、ここにいる三人の従業員の内の誰かであることには間違いないはずだ。その可能性を一人ずつ探ってみた。

生田は昨日の勤務に入ってはいない。ということは、生田は対象外なのか。ただし、ここには来ていた。昨日、自分が銀行から帰ってくると、彼は事務所にいた。事務所には金庫がある。金庫そのものは、自分以外の誰かが開け閉めすることは出来ない。けれども、釣銭のための両替用ストッカーは、従業員の誰もが使用可能だ。例えばレジの十円硬貨が不足した場合は、五百円硬貨一枚とストッカーの中の十円硬貨五十枚とを交換することが出来る。両替と見せかけて、ストッカーの金を着服することは決して不可能ではない。ただ、現金不足が発生しているのはレジだ。思考が混乱し始める。河田店長が言っていた、誰も信用できない、その言葉の意味が解るような気がした。

結局、この日の現金不足は翌日の売上金の精算で確定した。二日間連続での現金不足となってしまった。今日は、自ら深夜勤務にも入らなければならない。それも今日は加藤が休みで、夕方から夜に掛けては女子高校生の安藤しかいない。ということは、夕方四時から明日の朝の八時まではほぼ売場での勤務となる。そんなことを考えながらも、すでに今ここにいて、売上金の精算をしている。これから明日に掛けて、何時間働かなければならないのだろうか、そんなことを考えている。

午後四時になり安藤が出勤し、松井とレジの引き継ぎをした。現金の過不足はなし、ここまではいつもと変わらない。松井が事務所に入ってきた。

「今日、加藤さん、お休みですよね」

「そう、今日はね」

「私、九時頃まで残業してもいいですか」

即座に了承した。ここから九時までの間は松井と安藤の二人に任せておけばいい。家に帰ることは出来なくても、休憩を取ることは可能だ。早めの夕食を摂り、ソファに横になって仮眠を取った。時折、事務所に入ってくる松井や安藤の気配を感じながらも、すっかり寝入ってしまった。

目覚めた時は既に九時半を回っていた。安藤は既に帰っていた。松井が一人レジにいた。

「ごめん、寝過ごしてしまった」

「店長、疲れているだろうと思って、それに、大きないびきかいてましたよ」

「ほんと」

急いでレジの確認を行い、松井を帰宅させた。心配していた現金不足もなく、身体は疲れ果ててはいたものの、平和な一日が過ぎた。事務所内に、

「レジで現金不足が頻発しています。釣銭を渡す際は必ず金額を確認してください。

店長」

不正とは気付いていないことを装いながらも、目立つように、事務所内のタイムカードの脇に注意書きを貼った。店内に設置された四台の防犯カメラで録画される、それも四分割された白黒の不鮮明な映像は、とても犯行を特定出来るようなものではなかった。それでも従業員たちに気付かれることのないように、カメラの角度を調整するなどの工夫も行った。自分だけの記録ノートを作り、現金不足の発生日、発生時間、発見時間を一覧にし、従業員との接点を探った。

ところが、その翌日にはこんなことが起こった。その日の夜、勤務を終えた安藤が、慌てた様子で私のところに来て言った。

「店長、一万円足りない」

さすがに動揺した、もはや狼狽えてしまったと言ってもいい。レジも金庫も全て金額を数え、確認したが、見つからない。冷静を装うつもりが、いくら努力しても気持ちが苛立ってくる。相手の術中にすっかり落ち込んでいる、そう考えると、腹立たしさが更に募った。最後にレジから現金の入ったキャッシュドロアーを抜き、中を覗いた。一万円札が奥のスプリング手前部分に引っかかっている。

「ああ、ここにあったよ、よかったよ」

「店長、すいません、これから気を付けます」

こうして、この件は無事に済んだ。けれども、レジのドロアーの奥に一万円札が入り込むことなど、起こりうるはずもない。誰かが、意図的にやっている。

　間違いなく、誰かが不正を行っている。自分自身の疲労もピークに達している、明らかにそこを狙われている。私の行動を物陰から見つめ、その時が訪れることを待ち続けていた誰かがいる。何か病的な悪意さえも感じる。不正を防止するのではなく、排除しなければならない。そのためには不正者を特定しなければならない。そんな思いに取り憑かれ始めていた。

　そうこうするうちに、あっと言う間に二か月ほどが過ぎた。大変な思いをしながらも、とりあえず朝から夕方までの間は矢島、松井、藤本、菅野の四人でほぼ安定してきた。松井はもともと、深夜勤務以外であればどの曜日、どの時間帯にも対応してくれてはいたが、その他にも藤本が夕方から夜の勤務、矢島と菅野も残業を引き受けてくれるようにもなった。その菅野が、いつも彼女たちの会話の中心にいた。無愛想だった矢島の表情も、見違えるように明るくなった。勤務交代の時などにこの四人が揃ってしまうと、とにかく騒々しい。事務所にまで話し声や笑い声、時には藤本の叫び声まで聞こえてくる。このまま放置しておいていいものか悩みどころではあるものの、こうした体制が整っただけでも少し改善が進んだ、と都合よく解釈することにした。

それでも、毎日ではなくとも、相変わらずレジや事務所にある両替金ストッカーでの現金不足は頻発し、ついには映画の前売り券なども被害にあった。当初は、従業員が交代する夜から深夜の引き継ぎの際に集中していた現金不足が、今では深夜から朝に掛けても時折発生する。売上金の精算時に、そこで初めて現金不足に気付くこともある。売場にあるレジと事務所に置かれた両替金のストッカーの間はどうしても死角になる。そこで現金を抜かれてしまえばレジ、両替金のどちらかで必ず不足が生じてしまう。

それとは逆に、それも昨日の現金不足が間違いだったかのように、レジ、もしくは両替金が多い日もある。本来、そのようなことが起こるはずはなく、これにもずいぶんと振り回された。とにかく手が込んでいる。一つだけ気が付いたのは、自分がレジに入る前と後には現金不足は発生していないということ、でもこれは当然のことだ。

現金不足が起こる度に、防犯カメラやピンホールカメラで収録された画像は確認するものの、それらしいものは何一つ見つけられなかった。従業員たちの意表を突くようにレジの中の現金を数え、点検を行ったりもしたが、やはり問題は特定されなかった。映画の前売り券に限ってはそれが売れたのか、もしくは紛失してしまったのか、を明確に確認する方法さえもない。レジの中の記録紙と呼ばれるレシートの控えからレジ打刻の記録を探し出すしか方法はなく、結局はこれも徒労に終わった。

前任の河田店長から、現金がなくなる、という話を聞かされた時は、「すぐに、解決出来るだろう」

そう考えていた。今となっては、自分の認識の甘さを痛感するばかりだった。犯行が単独なのか、もしくは複数なのか、それさえも解らない。解決の糸口さえも見つからない。河田店長の言っていた、

「従業員を信用してはいけない、でないと痛い目にあう」

その言葉の意味がよく解った。それどころか、

「もしかすると、レジそのものに何か欠陥があるのでは……」

と、冷静にさえなれば誰でもばかばかしいと思うようなことを、本気で考えていたりもした。本意ではなかったが、本社にも相談した。過去にもどこかの店で、同じようなことがなかったか、どんなことでもいいから情報が欲しかった、何かにすがる思いだった。けれども、これも河田店長が言っていたとおりだった。本社の社員たちは、口では思いつくことを何でも話しはするけれども、役に立ちそうなものは、何一つなかった。

更に一か月が過ぎた頃、その日、勤務していた松井が少し早く帰りたいというので、五時少し前にレジの引き継ぎをした。松井が帰った後、夕勤者の鈴木が来るまで一人でレジに立ち、接客業務を行った。ところが、来るはずの鈴木が来ない。事務所の電

話が何度も鳴っていたことに気付いてはいたが、一人きりでは電話に出ることも出来ない。客の合間を見てやっと電話に出ると、やはり鈴木からだった。今まで一度も休んだことのない鈴木が、体調不良でどうしても仕事を休みたいという。その時間帯は他に誰も勤務に入れていなかったことから、そのまま接客業務を続けなければならなくなった。

五時少し前にレジの確認をして過不足金はなし、そこから夜十時までを一人でレジを担当した。一日のうちで最も客数の多い時間帯を一人でこなした。このレジ打ちと、ハンドラベラーを使っての商品に値付けする作業の速さだけには自信がある。他店も含めた社員、従業員の中でも、自分が一番速いと密かに思っている。それこそ、煩わしい人間関係や今ここで起こっている忌まわしい不正の問題にさえも関わることなく、一人で全てが完結出来たのならどんなにいいだろう、ただそれを思い続けていた。

十時になり、深夜勤務の田所が来た。

「店長、レジの引き継ぎはどうします」

一人でレジを打っていて、過不足金など起こり得るはずもなく、他にも発注などの業務が残っていたことから、しなくてもいいか、と思ってはみたけれども従業員の手前もありルール通りに実施することにした。金種を分け、自分が枚数や小銭の数を数え、伝える。田所がそれをレジ引継表に記帳し、計算する。

「店長、二千円足りません」

「ええっ」

一瞬、何が起こったのか理解出来なかった。すぐさま、もう一度レジの中の金額を全て数え直した。明らかに二千円不足している。レジを操作していたのは自分だけだ、それなのに不足金が発生している。思考が混乱する。この時間帯に、店を訪れた従業員はいただろうか、いや誰もいない。釣銭を間違えたか、客が盗ったのかもしれない。あらゆる可能性を想像した。無意識のうちに自分が金を盗んでいる、犯人は自分だった……自分のポケット、財布まで確認した。けれども、そんなサイコミステリーのようなことなどあるはずもない。もしかすると、不足した二千円は自分がレジを始めた時には、既に持ち去られた後ではなかったのか……。

自分の心の中では、不正者が特定できた。ただし証拠がない。その後、毎日防犯ビデオを確認した。四分割のモニター画面を、レジ回りだけの一画面で録画し、詳細を逐一確認した。それこそ、うんざりするような、悪く言えば仕事とは言えないような作業の連続だった。それをひたすら繰り返した。そして、遂に発見した。そこには、信じられないような、目を疑うような光景が映し出されていた。

その翌日の午後、出勤してきたばかりの松井を事務所に呼び、防犯ビデオの画像を見せた。白黒の画像の中には、松井と私が写っていた。レジの中の紙幣と小銭を松井が数え、その横で私もそれを目視しながら金種ごとの数をレジ引継表に記帳している。レジから売上合計額のレシートを打ち出し、記帳した合計金額と引き合わせる。金額は一致した。ビデオの中の松井が言った。

「店長、今回もレジ過不足金ゼロでしたね」

「よかったよ、最近はレジのお金を数える度にドキドキする……」

私が笑顔で言うと、松井も笑顔を返した。その瞬間だった。私の横で、松井が千円札二枚をレジから手品のように抜く一瞬が写っていた。その一瞬を指さしながら、松井に言った。

「これは何だ」

それまで顔に浮かんでいた愛想のいい笑顔が、たちまちのうちに凍りついた。ビデオテープを少しだけ巻き戻し、再生した。

「何なんだこれは、不正ではないのか」

もはや声も出ない、うなだれた頬に涙が伝った。

「いつから、やっていた」

涙を床にこぼしながら、すいません、すいません、と小さな声で何度も謝る。語気を強めてもう一度、言った。

「いつからだ」

「ここに来て、すぐ……」

「両替金もだな」

声もなく、ただ頷いている。

「仲間は誰だ……一緒にやってた」

この、答えを聞くことは、本音を言えば怖かった。

「いません、一人です」

少しだけ、ほっとした。即刻解雇する旨を伝え、ただし本社には自己都合での退職とするから、後日退職届をここに郵送するように伝えた。松井はその日、その場限りで店を去った。

勤務終了時のレジ引き継ぎが終わった直後に現金を盗む、そうすれば現金不足はその次の引き継ぎ時に発生する。深夜勤務者と朝にレジの確認を行うのはほとんどが矢島だったが、その時の現金不足も従業員の勤務表と照らし合せれば、松井が前日の夜遅くまで残業していた日と合致する。松井が矢島や高校生の鈴木に、疑いの目を向けさせようとしていたことは明らかだった。そして、自分もそれに上手く操られていた。両替金ストッカーからは予想していたように両替時に金銭を着服し、レジもしくは両替金のどちらかで不足が発生するように操作していた。そうした不正の手口も、ほぼ全体が明らかとなった。

勤務に入ることもなく、一言も交わすことなく、店を出て行った松井を矢島、菅野、藤本が不思議そうな目で追っている。

「松井さんは、今日でここを退職することになった。藤本さんは五時までだけど、矢島さんか菅野さん、急でなんだけど、少し残業してもらえないかな」

何かしら大変なことが起こっていることはさすがに感じているらしい、結局、矢島も菅野も五時まで残ることになった。夕方、大学生の加藤と高校生の安藤が出勤してきた。

勤務を終えた矢島、菅野、藤本が事務所に入ってきた。彼女たちも落ち着かない様子だ。どうするか迷いはしたが、彼女たちだけには事の真相を伝えることにした。三人がソファに座った。売上金や釣銭の現金不足が続いていたこと、そのために皆の行動を事細かに確認し続けていたこと、そして疑っていたことを話し、謝罪した。

矢島の目から涙がこぼれたかと思うと、しゃくり上げ、遂には、大きな声で泣き出した。

「私、ずっと疑われてきた。どの店長も私のことをどろぼうだ、どろぼうだって、陰で言ってた。私だって一生懸命がんばってきたのに、店長たちはみんな松井さんばかり可愛がって、金庫の鍵だって、私は預かったことないけど、松井さんのことは信頼して預けたりして、それに売上金の精算も、銀行に行くのもぜんぶやらせて……。

ウォークマン買った時も、盗んだお金で買ったって、みんなでひそひそ噂し合ってた。ここで働いて、貰ったお金で買ったのに、それなのに……。私、何度も辞めようと思ったけど、仕事も探したけど、他に行くところないし、ここしか働けるところないし、保母さんにもなろうと思ったけどなれないし、結婚もしたいけどできないし……」


遂には、何を言っているのかよく解らない状態になった。よせばいいのに藤本が、

「よしよし……」

と矢島の頭をなでると、泣き声はそれこそ吠えるように更に大きくなった。

「そうよ、店長がいけないの、店長いつもここで寝てばっかりいて、店長がちゃんとしないからだめなのよ、ねえー」


菅野も、何か適当なことを言っている。

「だって、店長B型だもん、人のことなんてお構いなしよ」


そうこうするうちに、いつも通りの大騒ぎになった。つい間際まで一緒に働いていた、松井の悪口ばかり言っている。それはそれで、どうかとも思ったが、ほとぼりがさめるまでは、そのままにしておくことにした。それにしても、矢島はウォークマンで一体何を聴いているのだろうか、ふと、全くどうでもいいようなことが気になってしまった。

三人を事務所に残し、売場に出て日配商品の発注を始めた。夕方から勤務に入った大学生の加藤が、事務所から聞こえる泣き声に気付いていたらしく、私に訊いてきた。

「何かあったんですか」

「何か、うれしいことがあったみたい」

加藤は怪訝な顔をしている。

しばらくすると、三人も事務所から出てきて、

「店長、バイバイ」

と、笑顔で手を振っている。

「あ、ほんとだ……」

加藤が驚いた様子で、店を出ていく三人を目で追っている。

「バイバイじゃなくて、お疲れ様でした、とか、お先に失礼します、じゃないのかな」

と思いつつも、とりあえず一つは片付いた。

その日以来不足は、数十円程度の誤差は起こるにしても、現金不足は霧が晴れるように消滅した。ただし、他にもいる。少なくとももう一人、不正を行っている者がいる。今回色々と調べた結果、松井では絶対にやりようのない日に現金不足が発生していることも確認している。今まではそれが不正者を特定するための厄介な足枷となっ

てはいたが、松井の件が明らかとなったことで、こちらも解決の兆しが見えてきた。

両替用のストッカーから、一万円が消えたことがあった。鈴木が一万円札一枚と千円札十枚を両替した際の、その一万円札がなくなった。ピンホールカメラでは、夜の八時半頃に鈴木が両替をした行為が捉えられており、そこでは全く問題が発生していない。その後、その日の深夜勤務者が十円玉の両替をした記録は残されてはいたが、そこにも鈴木が両替した際の一万円札はストッカーの引き出しの中にはっきりと映し出されていた。それ以降は翌朝まで、自分が両替金の確認をするまでは、誰も両替金に触れた形跡はなかった。その一万円札が消えた。そのころ、松井の不正行為は、証拠はまだなかったものの自分の中では確定していた、ただし、この一万円に限ってはどこにも松井との接点はなかった。結局、その手口は不明のままとなった。けれども、不正者が複数存在していることはこの時点で明らかとなった。そして私自身も学んだことがある、成功した不正は必ず繰り返されると。

松井が辞めて二週間ほどが経過した日、生田が深夜勤務に入った。生田は、渡辺が戻ってきた後も二週間に一回程度の割合で働いている。けれども、どうにも気になることがある。その一つは、同じ深夜勤務の田所や渡辺に比較すると、仕事が雑な点だ。値付けも、商品陳列も、倉庫整理もいつも中途半端だった。そうしたことは、人それぞれの熟練度や能力もあることだから仕方のないことだとしても、どこか仕事に対する誠実さ、を欠いているような印象を受けた。納入された商品の検品さえも、正しく行われているのかいささか怪しい。

　更に、もう一つある。彼が勤務に入る日はその時間帯の売上が低い、と感じてしまうことだ。売上が日によって異なるのは当然ではあるけれども、自分の経験の範囲からしても、どこか不自然なものを感じた。レジを打たずに商品を販売してはいないか、そうした不安が拭えきれずにいる。録画された防犯ビデオの画像を確認しても、特におかしな様子は見受けられない。そして、あの両替金の中の一万円札が消えた日の深夜勤務も生田だった。

　その翌朝、生田が勤務を終え帰宅し、午後に売上の精算をし、両替金のストッカーを確認したところ、今度は一万五千円が不足していた。銀行から戻り、ピンホールカメラの映像を確認した。今回も鈴木が両替をしている、前回と同じ一万円札と千円札、加えて五千円札一枚と五百円硬貨十枚の両替だった。それ以後、矢島が朝、十円玉の両替に来るまでは、だれもそこには触れていない。触れていないはずなのに、矢島が両替金のストッカーを開いた時には、そこにあるはずの一万円札と五千円札は消えていた。

　松井に続く二人目の不正者が確定した。けれども証拠がない。防犯ビデオの画像で何度も確認した。確かに鈴木は間違いなくレジから取り出した一万五千円を事務所の両替金ストッカーに入れた、ここまでは画像記録として残っている。ところが、その金がない。何度もビデオを確認した。金庫を開け、それを誰かが持ち出すような画像はどこにも残されていない。けれども、ある一瞬の変化に気付いた。鈴木が集金した金を金庫に入れレジに戻った時、そのストッカーの扉はごく僅かに開いていた。誰も手を触れていないのに、その扉が閉じる瞬間を見つけた。ビデオを巻き戻し、再び確認する。同じ画像が繰り返される。

「なぜだ……」

その画像が記録された時間を確認する。午前三時二十分から二十五分までの五分間が録画されていない。

「ビデオが止められている」

証拠を摑んだ。

すぐさま生田の自宅に電話をした。生田本人が電話に出た。

「両替金から一万五千円取っただろう」

「そんなこと、僕がするわけないじゃありませんか」

「いいよ、どちらにしてもビデオ持って、今から伊勢佐木警察署に相談に行くからさ」

生田は無言のままだった。

「じゃあね、後は警察に任せるから」

と言って、電話を切った。

三十分も経たないうちに、生田が店に来た。事務所に入るなり、深々と頭を下げ一万五千を差し出した。大学四年生で就職も決まっているから、警察には通報しないでくれ、と懇願する。私の怒りは、ほぼ頂点に達していた。見苦しいと思いつつも、すぐに親をここに呼ぶように言った。母親が訪れ、母子揃って私に謝罪した。

「まだ、あるだろう」

怒鳴り散らしたい感情を抑えに抑え、私が言った。

「えっ」

生田が息を呑んだ。

「他にもしていたのなら、正直に言いなさい」

その横で、うつむいたままの母親が囁いている。

「別の日にも、一万円やりました」

母親が財布から一万円札を取り出し、私に渡した。本心を言うならば、レジを通さずに商品を販売し、着服した金銭の全ても取り戻したいと思ってはみたものの、なにしろ証拠がない。やむなく、ここで終わらせることにした。生田は即刻解雇とし、そして母子は帰って行った。

事務机の前に座り、防犯カメラの映像を見ると、矢島、菅野、藤本の三人がカウンターの中で話している。いつものように大声で騒いでいる時の様子とは違い、何かをひそひそ話し合っている。防犯カメラには集音のためのマイクも取り付けられている。普段は絶対にしないが、今回は少し気になった。マイクの音量を上げた。三人の話し声がモニター画面の中から聞こえてくる。

「また、捕まっちゃったの」

「生田君、真っ青な顔してたもの」

「あれ、お母さんかしら、泣いてたの」

「気を付けないと、そのうちに矢島さんも捕まっちゃうわよ」

「私、何もしてないわよ」

「それにしても、店長、すごいわね、刑事みたい」

「刑事って言うより、ヤクザみたいね、店長」

「毎日、ヤクザのところに行っているから、すっかりその気になっちゃって、ほんと単純よね」

声が小さいだけで、話している内容は、普段とあまり変わらなかった。なぜか、少し安心した。そしてマイクの音量を下げた。しばらくすると、売場の方から三人の笑い声が聞こえてきた。

「疲れたな……」

そんなことを思っているうちに、うとうとと眠ってしまった。

五

「おはようございます、店長は夜勤明けなんだから、午前中は事務所で休んでいてください」

矢島が出勤してきた。松井がここを去った日以来、手の平を返したように、それも露骨に優しい。二時間ほど仮眠をした。十時に菅野が出勤してくるのを待ち二人体制となった後、売上の精算をし、銀行にも行き、それから一旦帰宅をした。矢島は午後一時に藤本と交代、午後四時には菅野が高校生の安藤と交代する。六時には菓子の発注を担当している加藤がシフトに入り、藤本と交代する予定だ。松井の抜けた部分を、新たに人を雇い補うことを検討はしているものの、あの三人は自分たちでやれると言い、なぜか妙に張り切っている。そうしたこともあり、店を抜けられる時間も増え自分の生活も少しだけ安定してきた。

その日の夜の夜八時に発注と連日の深夜勤務のため再び店に行くと、高校生の安藤が帰りがけに事務所に入ってきて言った。

「店長、私、藤本さんと一緒に勤務するのが嫌なんです……」

理由はわかってはいる。自分自身もここに来たばかりの頃は安藤と全く同じだった。

それでも一応、話を聞いてみた。

「だって、格好も変だし、『私、病気で薬飲まないと死んじゃうの』とか、言っていることもよくわからないし、なんだか気味悪いし」

「最初は変に思うかもしれないけど、いい子だよ、ちょっと我慢してみな」

「でも……」

「どうしてもだめだったら、勤務する曜日を変えるから」

安藤は帰って行った。こんな小さな店の中でも、人間関係というものは隅から隅まで、厄介なものだ。もつれた糸のように、解くことはとても難しい。

それから一か月半ほど経った日曜日の夕方、その日は勤務に入っていない、藤本と安藤が一緒に店に来た。安藤はいつもの制服ではなく私服だった。

「今日は二人で渋谷に行ってきたの」

藤本が言う。一瞬耳を疑った。

「店長が前に言っていた通り、藤本さんいい人だった」

安藤が楽しそうに言った。とりあえず、この問題は、特に何もしなかったが自然と解決した。それどころか、安藤は学校の休みの日にも勤務に入るなど、ここでの活躍の場が増えてきた。藤本以外にも、矢島、菅野とも臆する様子もなく上手くやっている。そういえば、安藤と一緒にここでアルバイトを始めたという島田はどうしたのだろう、ふとそんなことを思い出した。従業員名簿に名前は残してあるけれども、未だに会ったことがない。もとはと言えば、安藤は島田に誘われてここに面接に来たと言っていた。島田本人が今後どうしたいのかは、安藤に聞けば解ることだ。

その島田が突然店に来た。これからは、一週間に一度くらいは勤務に入りたいという。背の高さは安藤と同じくらい、同じ制服を着ているせいか、見た目の印象は安藤とよく似ている。けれども性格は、おっとりした安藤とは真逆と言ってもいいくらいに違っていた。

「安藤さんから聞きました、店長が替わったって、今度の店長はすごいって、それに、おもしろいって」

何がすごいのかは解らないけれども、とりあえずそれはいいとしても、面白いと言うのは違うと思った。あの三人と安藤が一緒になって、私のことを好き勝手に話しているだろうことはおおよそ想像がつく。けれども、他人を面白がらせるようなことは何一つしているつもりもなく、ましてそんな余裕もない。それどころか、これまでの人生においても過去にそんなことをしたこともないし、しようと思ったこともない。

数か月に亘り、それこそ避けるように顔を出すことさえもしなかった島田も、安藤との会話からこの店の変化のようなものを感じ取ったのかもしれない。どちらにしても、こうして再びここで共に働いてくれることはありがたいことでもあり、その場で勤務表に予定を書き加えた。

数日後、島田が勤務に入った。レジスター周りはすっかり島田に占拠されてしまい、一緒に勤務していた鈴木はレジを全く触らせてもらえず、売場に商品を並べたり、倉庫を片付けたりなどの裏方の作業に徹していた。私が売場で発注の業務をしていると、レジから男の声が聞こえてきた。

「なにが千四百六十円なんだよ、おかしいだろう」

するると島田は、

「え、なんでなんで、今何買ったたっけ、ちょっと見せて……」

と言い、たった今手渡したばかりの買物袋を乱暴に引っ張り、中を覗いている。

「あー本当だ、店長、店長……」

島田の呼ぶ声が売場中に響く。すぐにレジへと走って行く。

「カップ麺千円でレジ打っちゃった、どうすればいいの」

「申し訳ございません」

と、謝罪しレジを打ち直した。店内にいた他の男性客が、見ないふりをして笑いをこらえている。

「いい、あわてなくていいから。それに、お客様にはちゃんと敬語を使わないとだめだよ」

「店長、わかってる、ちゃんとできるから」

とにこにこしながら答える。暫くするとまたレジのところから、

「店長、店長……」

と、島田の大きな声が聞こえる。そちらを見ると、

「店長、これいくら、値段ついてないの」

商品を手に、振って見せている。レジへと走り、

「申し訳ございません」

と言って再び頭を下げる。悪気もなく、明るくて元気なことはいいのだが、とにかく危なっかしい。島田に限らず、接客応対については従業員全員に教えなければならない、そんなことを感じていた。それと同時に、少しずつ普通の店へと近づきつつあるような気もしていた。

こうして、人員の体制は徐々に整ってはきたものの、自分自身の休みは取得出来ない状態が続いていた。商品の発注や売上金の精算を店長自らが実施している以上は、一日を通して休むということは不可能だ。そうしたある日、本社の店舗指導員の大原

から電話があった。

「人事課から、吉岡店長を休ませるようにとの指示があって、どこか都合のいい日で休日を取得してくれないかな。その日は朝から夜まで僕が店に入るから、以前そこで店長もしていたし、人員の体制だけちゃんとしておいてくれたら、発注も売上金の精算もするからさ、もちろん銀行にも行くから」

休ませてもらえる、ということはありがたいことでもあり、本社の指示でもあるから、それに従うことにした。

ただし、大原は、前任の河田店長より不正している可能性がある、と聞かされていたこともあり、自分なりに注意はしてきた。特に商品の納品伝票については毎月本社より入力されたデータ一覧を入手し、店控えと照らし合せ、不明な納品が発生していないかを確認した。この店から他店に持ち出す商品がある場合も、正しく伝票が起票されているか都度確認した。ただし矢島が言うには、大原は、私がここに着任したばかりの頃までは、私の不在時を見計るようにやって来ては無断で商品を持ち出すこともしていたらしい。実際に、その頃に実施された商品棚卸では五十万円近い不足が発生した。

この棚卸とは、三か月に一度、専門の業者に委託をして店の中の商品を全てカウントしその合計金額を確定する作業のことであり、五十万円不足しているということは、納品と販売から算出される帳簿上の数値と照らし合せると、その分の商品が不足している、ということに他ならない。つまり、三か月間の間に五十万円に相当する商品が売場からどこかへと消えている、ということになる。

ともあれ、四か月ぶりだった、一日休暇を取った。特に何をするわけでもなく、その一日をぼんやりと過ごした。平日の朝から午後にかけて、普段は見ることのないテレビを見た。世の中の事情に自分がいかに疎いか、もしくはそこからどれほど遠いところに暮らしていたのか、を改めて知る機会にもなった。夕方になり、店で取り扱っている商品ばかりではなく、たまには美味しいものをと思い、近所のスーパーマーケットに行って出来合いの寿司とビールを買って持ち帰った。少し長めの風呂に入り、着替えをして、再びテレビを眺めながら、買ってきた寿司とビールで夕飯を済ませた。

「休みを取る、ということはいいもんだな……」

と思いながらも、なぜか店のことが気になり始める。やがて酔いが回り、目覚めた時は既に明け方だった。

八時に出勤し、昨日の売上を確認した。一日の売上金額を見てすぐにおかしいと思った。自分が見込んでいた売上金額よりも二万円ほど不足している。売上とは不思議なもので、曜日やその他の条件によって変動することは起こり得えたとしても、毎日眺めていればおおよその予想は立ち、そこから大きく乖離することはない。不正を行っていた深夜勤務者の生田の時も、最初におかしいと思ったのは、勤務時間帯の売上金額が普段よりも少ない、と感じたことだった。いつの間にか、こうしたことには無意識のうちに過敏に反応するようになってしまった。嫌な予感に捉われながらも、詳細を確認せずにはいられなかった。

昨日の精算内容を確認すると、約二万円の売上金の戻し処理が行われている。この戻し処理はレジ打ちを間違えた際に、もう一度打ち直すために行うものだ。この作業によってレジの中の売上の記録の一部が消去される。その消された記録分が余剰金となり、それを着服してしまえば特に証拠らしいものは残らない。ただしそのつけは、三か月に一回の棚卸において商品不足の異常値となって巡ってくる。無効とされたレシートの全てには、昨日休んでいたはずの私の名がサインとして残されている。戻し処理をして、売上金から二万円ほどの現金を抜いたのは明白だった。従業員だけではない、社員までもがこんなことをしていた。複数の者たちが、自分の欲得のためにここに群がり、そして利用していた。

本社にすぐに電話を入れ、大原を呼びつけた。午後一時を回る頃、本社の社員らしくネクタイをし、スーツの上着を手にした大原が店に来た。事務所に入るなり、悪びれることもなく、偉そうな様子で、

「どうしたの、なんかあったの」

と、言った。

「これは何ですか」

私のサインの入ったレシートの束を見せながら言った。僅かばかりの沈黙の後、大原はそれに答えた。

「金、返してもらったんだよ」

「どういうことだ」

自制しなければと思いつつも、私の語気は荒くなっていく。大原の顔からは、先ほどまでの余裕を含んだ表情は失せ、言葉もしどろもどろになっていった。

「それはさ、前にロックコンサートに行くつもりでチケット買ったんだよ。彼女の分と二枚。でもそれがさ、仕事が入っちゃって行けなくなったんだよ。だからムダになったチケット分を返してもらおうと思ってさ、それでそうしたんだよ。ここのレジの金だって、どうせ会社のものだし、別におかしなことじゃないだろう。吉岡さんだって、やろうとも思えばなんだって出来るしさ……」

さすがにもう我慢できなかった。手元にあったレシートの束を机に叩きつけ、本社の人間だろうが先輩だろうがお構いなしに怒鳴り散らした。大原は、不正を謝罪した。二万円返すから本社には言わないでくれ、と懇願する。それ以外にも、先々月の棚卸で発生した商品不足の五十万円も全て払え、と口元まで出かかったが、そこまですると恐喝になりかねないこともあり、やっとの思いで止めた。二万円を置いて大原は出て行った。

「店長の声、売場まで聞こえてましたよ」

矢島が言った。

「お客さんが、びっくりしてた」

藤本が言う。

「小指、ちょんて、切らせちゃえばいいのに、映画みたいに」

菅野が楽しそうに言った。

「なにそれ」

私が訊き返すと、菅野は舌を出した。

大原はその後、会社を辞めた。なぜ、こんなことばかりが起こるのか、けれども悪いのは店ではない、店が存在しているこの場所でもない、この周りに暮らしている人たちでもない、であるならば一体なにがいけなかったのか、私にはよく解らない。

この若葉町店に勤務して、既に五か月目になる。相変わらずほぼ毎日、二本松総業には商品の配達で事務所に出入りしている。初めて彼らと接した時は、そこで目にしたものの多くが映画か何か別の世界のことのように感じたものだ。ここに来る前は、店舗内で組員たちが暴れたとか、拳銃を宅配便で送りにきたとか、様々な噂を聞いていた。いつ何が起こるかも解らない、それこそ近くで発砲事件、殺人事件があったとしても何の不思議もない街だ、くらいに想像していた。

組事務所に商品を届けにいく、最初の頃は玄関で商品を手渡していたものが、最近は部屋の中まで通されるようになった。もちろんそれを望んだわけではないけれども、日々顔を合わせていれば自然とある程度は親しくなる。玄関を入り、部屋の扉を開くとソファが置いてある。その周りには、なぜか上半身は裸で体中に墨を入れた男たちがたむろしている。ソファの前にはテレビが置かれ、ビデオが流されている。かつて人気があった、最近はテレビでもあまり見かけなくなった歌手が、昔のヒット曲を歌っている。その歌手の背後には、組の名と人の名が書かれた吊り看板が掲げられている、何かのパーティーを撮影したものなのだろう。その後ろを通り、一番奥の部屋まで行く。更にその奥に置かれた机の前で商品を手渡し、会計をする。事務所そのものは、意外に小ざっぱりとしている。

そこで、色々な光景に出あった。小指を詰めて包帯を巻いている組員がいた。

「指がさ、こんななんだ。悪いけどそこの手さげ金庫から千五百円持っていってくれよ、釣りはいいから」

見るからに、痛々しい。菅野が言っていた「小指、切らせちゃえばいいのに」は、映画の世界だけのことではなかった。刑務所から出てきたばかりの組員と出会うこともある。初対面の場合は大概に脅かされる。

「なんなんだ、おまえ、おまえなんかが来る所じゃねえぞ、こら……」

やはり本物は、身体の芯から震えあがってしまうほど恐ろしい。

すると別の組員が、

「須藤ちゃん、脅かしちゃだめだよ、そこの店長だよ、世話になってるんだから」

と助けてくれたりもする。

ある日のこと、組員の一人と一人の若者が向き合って床に座っていた。まだ二十歳前だと思われるその若者は、紺色の特攻服のような服を着ていた。その若者が、この界隈では頻繁に見かける同じ服を着た若者たちの一人であることはすぐに解ったが、彼らが何者であるかはそれまで全く知らなかった。彼らは時折、竹箒を手に近所の舗道を掃除するなどの活動も行っている。私の店にも度々買物に来る。その彼らが何者であるかを、この時に知った。

二人の間には電話機が置かれている。その電話は部屋の奥の事務机に置かれたプッシュ型のものではなく、昔ながらのダイヤル式の黒電話だった。

「電話がチンと少しでもなったらすぐに受話器を取る」

組員が向かい合っている若者に言う。若者の、その表情は極度の緊張でこわばっている。

「いいか……チン」

組員の、チン、の合図で受話器を取り、そして言った。

「もしもし、二本松……」

「おまえな、もしもしなんて言うな、受話器を取ったら二本松そうぎょうとだけ言えよ」

どうやら、電話の出方を教えているらしい。ただ、なぜ最初の一音で電話に出なければならないのかは解らない。もちろんそれを訊ねる勇気もない。

「二本松そうぎ……」

「そうぎょうだ、バカかおまえ、もう一度やれ」

実際に組員がやって見せている。特攻服の若者はそれこそ必死に学んでいる。

「おまえへたくそだな、そんなんじゃ、怖かねぇだろう」

こうしたことも教えるんだ、と思いながらも感心してしまった。そして、従業員たちに何も教えていない自分が、なぜか後ろめたくも感じてしまった。

その横を通り過ぎようとすると、

「ああ、店長、ちょっとちょっと、店長やってみてよ」

と、無茶なことを言う。

「私ですか……」

電話の前に座り、受話器を取った。

「二本松そうぎょう」

「店長の方が上手いじゃないか、ちゃんとやれよ、おまえ」

それにしても、ここの組員はなぜこんなことが出来るのかと思うくらいに上手だ、この世界ではあたりまえのことかもしれないが。

また別の日、組事務所のあるマンションの階段を上っていると、怒鳴り声が聞こえた。二階の通路に出ると、組事務所の入口近くで組員が暴れていた。一人の男が床に腰を落とし、両手で頭を抱え、泣くような、呻くような声を発していた。服装からすると、蕎麦屋か何処かの出前持ちだと思う。周りには割れた食器が散乱している。恐ろしさに、身も凍る思いだった。その場から一旦離れようとしたが、遅すぎた。見つかってしまった。

「おー、店長」

通路に座り込んでいる男を迂回するように、恐る恐る組事務所の玄関先へと行った。

「ひーひーわめいてんじゃねぇぞ、このたこ」

と言い、今度はその男を蹴り飛ばそうとしている。その蹴り上げようとした足を止め、私の方を向いて言った。

「店長、いいところに来た」

何がいいところなのだろうか、恐怖心は募る一方だった。そして、こう言われた。

「店長も殴れよ」

「いえ、あの、それは、すいません」

それ以上はもう何も言えなかった。注文を貰っていた別の組員から代金を受け取り、そのまま逃げるように、出前持ちの男を置き去りにして、店へと戻った。とりあえず、自分だけは助かった。一体何があったのかは知らない。それにしても酷い、とにかく理不尽極まりない、それがヤクザというものなのだろう。

また別の日、商品を届けて帰ろうとすると、事務所の玄関ドアが開き、一人の男を先頭に数名が室内に入ってきた。その場の空気が一瞬にして変わった。それまで部屋のあちこちでごろごろしていた組員たちが一斉に立ち上がり、ドアの前に整列した。私は何ごとが起こったのかも解らず、ただ行き場がなくなってしまい、仕方なく売上金の入った布袋を手にしたままその組員たちの端に並んだ。皆が、

「おかえりなさい」

と大きな声で挨拶をし、お辞儀をする。私もそれに合わせるように、一緒にお辞儀をした。もちろん私は、その時に誰が入ってきたのかは知らない。ただ、あの組員たちの様子からすると、親分とか組長と呼ばれる人だったのではないか、と思っている。

様々なことは、店でも起こった。ある日、事務所で売上金の精算処理をしていると

ころに、血相を変えた矢島が来て、

「店長、大変です、血だらけの男が店に入ってきて、とにかくすぐ来てください」

と言う。急いで売場に出ると、こめかみの辺りから血を流した男がレジの前に立っている。着ている服とズボンは、なぜか泥にまみれていた。レジカウンターには藤本が茫然と立ち尽くしている。男は片手に瓶ビールを運搬する際に使用するプラスティック製の、黄色のケースを持っている。

「まずいな、薬物常習者かもしれない」

すぐにレジカウンター内に入り、藤本に矢島とともに店の外に出るように、もし何かあった時はすぐに公衆電話から警察に通報するようにと小声で伝えた。男はビールケースを胸のあたりにまで持ち上げ、喉を詰まらせるような声で言った。

「これ、買ってくれよ」

「ええっ」

この男が、血を流していることの理由は解らなかったが、何をしにここに来たのかはすぐに理解出来た。黄色のビールケースは、どこかの酒屋の軒下から盗んできたものだと思う。ここでは酒の取り扱いを行っていないことから少し躊躇したが、買い取ることにした。正式な値段は解らず、とりあえず三百円支払うと、その男は店を出て行った。

「なぜ、血だらけなの……」

藤本が言った。

「転んだのよ、それで頭ぶつけたのよ」

あれだけ狼狽えていた矢島が、冷静を装いながら答えている。もしも何かあった場合、私はこの二人を守らなければいけないのだろうか、店長とはそこまでしなければならないものなのか……一瞬そんな思いがよぎったが、それ以上は深く考えないことにした。

秋の彼岸が過ぎ、九月も間もなく終わろうとする日の午後、店頭に一人の男が倒れていた。倒れていた、と言うよりは寝ている、この辺りでは時折見かける光景でもある。店頭を清掃しに行った菅野がそれを見つけ、店内に戻り矢島、藤本に言った。

「店の前で、矢島さんのお父さんが倒れているわよ」

その言葉を聞いたとたんに藤本は店の外に走り出て、

「矢島さんのお父さん、大丈夫……」

と声を掛けている。冗談で言ったつもりの菅野も、一瞬、むっとした矢島も呆気にとられ、藤本の様子を見ている。間もなく藤本は店内に戻り、

「ここ、風の通りがいいから、少し寝かしてってって、お父さんが言ってる」

と言うと、今度は菅野が、

「しょうがないわね、矢島さん手伝って」

二人は倉庫に行き、数枚の段ボールを持ち出した。私の脇を通りすぎる時、矢島が菅野に言った。

「店長の許可は」

「大丈夫よ、店長、だめ、なんて言わないから、このごろわかるの」

と言いながらも、私には何も訊こうともしない。

「べつにいいけど……」

心の中で呟いてしまった。そうかと言って、それを止めさせる理由もない。

事務所で、弁当の発注をしていると、勤務を終えた藤本が入ってきた。

「さっき、ヤクザが来て、店の前で浮浪者が段ボール敷いて寝てるぞ、って言ったの」

少し不安を感じつつも、聞き返した。

「それで、どうしたの」

「そうしたら菅野さんが、そのおじさん、少しの間ここで寝ていたいって言ったから、段ボールあげたの、って答えたの」

藤本の表情を見ている限り、特に心配することはなさそうだった。

「それで」

藤本の表情が、途端に明るくなった。

「そうしたらね、へんな店、って言って、あの男にやってくれって、千円くれたの」

「それで」

藤本が楽しそうに、話を続けた。

「三人で、寝ていたおじさんのところに行って千円渡したら、段ボールの上に正座して、手を合わせて、拝んでた」

「ふーん」

藤本が事務所から出ていった、つい呟いてしまった。

「へんなの」

ここを頻繁に訪れる客の中にも、とにかく手間の掛かる者がいる。来店する度に、何かにつけて文句を言う、何も言わずに帰ることはほとんどない。この客が店に入ってくると藤本は必ず事務所へと逃げ込んでくる。

「また来たの」

私が藤本に訊ねる。

「菅野さんが話を聞いているけど、あのおばさんいつもあれがないとか、これがないとかすごくしつこいの、もうほんといや」

防犯カメラのモニターを見ると、その五十代前半くらいの女性と菅野がやり取りしている。

「それで、何がないって」

「お味噌、なんだか赤い色のお味噌が欲しいんだって、前に来た時はソース、お好み焼きに使うとかわけのわかんないソースで、ありませんって言ったら、何でないんだって大きな声で怒るし……」

「そうなの、普通のソースではだめなのかな。でも味噌は、たぶん名古屋の赤味噌のことだと思うな、それならスーパーに行けば売っているよ」

そして、売場に出ようとすると、

「あ、店長、帰った、帰った」

モニターをみていた藤本がそう言いながら、売場へと戻って行った。

数日後、また藤本が事務所に逃げ込んできた。

「また来たの」

「そうなの、また来たの」

事務所を出てレジカウンターへ行くと、その女性客は手に長さ六十センチほどの鉢植えを抱えている。これを宅配便で県外の知人宅に送りたいのだと言う。

「鉢植えの植物とかは送ることは出来ないんですよ、それに梱包もされていないものは、宅配便の営業所からも受付しないようにと言われています」

「なんとかなんないの」

何度か食い下がられたものの、引き受ける訳にもいかず、丁重にお断りをした。

二時間ほどが過ぎ、再び藤本が事務所に逃げてきた。売場に出て行くと先ほどの女性客が私の顔を見るなり、

「これなら、いいでしょ」

と言う。レジカウンター上には、新聞の折り込みチラシが巻かれ、ビニール紐で結ばれた何とも奇妙な物体が置かれている。それが先の来店時に持ち込まれた鉢植えであることは、チラシの下から覗いている茶色の植木鉢からすぐに察しがついた。

「ですから、鉢植えは送ることは出来ないんですよ」

「だって、さっき梱包されてないからって言うから、ちゃんと梱包してきたわよ」

とても、梱包されている、と言えるようなものではない。それに、梱包されていても、植物を宅配便で送ることは出来ない、そのことを伝えた。

「なによ、いい加減なことばかり言って、あんたの言うとおりにちゃんとしてきたんだから、送りなさいよ」

と、私に食って掛かるように言う。

もはやどうすることも出来ないので、店の事務所から宅配便の営業所に電話を入れ、指示を仰いだ。電話をしている途中にも、

「ちょっと、貸しなさい」

と、横から受話器を取られ、ここでも長々と話をしている。最終的には、この女性客と宅配便の営業所とのやり取りで一旦は事が収まった。どうやら、配送員が女性客の自宅まで出向くことになってしまったらしい。

「もうこれ以上のことは出来ません。もしご不満であれば、他の店に問い合わせてみてください。とにかくここでは、これ以上のことは出来ません」

と、きっぱりと言い切るしかなかった。

「いやよ、よそへなんかに行くの、私はここがいいの、ここが好きなの」

「ええっ……」

世の中には、不思議な人がいる。そんな人たちが、日々、この店を訪れる。もちろんそれはここ、もしくはこの界隈に限ったことではないのかもしれない。あの、帰る家もなく路上で生活する人たち、暴力団の構成員たちもそうだ、人生のレールをどこかで踏み外してしまったかのような、そんな人たちがここには数多く暮らしていると思うことがある。今日ここで生き、明日には尽きてしまうかもしれない、そんな命の儚さを見るような瞬間を、感じてしまうことがある。

用事で本社に行くと、

「店長、若葉町は大変でしょう」

と、皆が声を掛けてくれる。皆心配はしてくれる。

「ええ、でもなんとかやっています」

と答えてはみたところで、会話がかみ合うことはない。彼らの頭の中には、暴力事件だの拳銃だの覚醒剤だの売春だのと、誇張されたお決まりのイメージしかない。確かにそうした側面もあるだろうことは、普段組事務所に出入りしていて感じることはある。実際に、あの蕎麦屋の出前持ちの時のような暴力行為を目の当たりにしたこともある。けれども、それは店とは関係のないことだ。

「最近は特にトラブルも無くて、店長よくやっているよ……」

と言いながらも、何事もなければないで、ここ本社ではとにかく訳のわからない噂ばかりが際限もなく増幅する。例えば、最近になって暴力団に関係する女子従業員が店で働き始めた、たぶん菅野のことだと思う、だから近所のヤクザ連中は店に手を出さない、とか、今は沈静化しているけれども、あの界隈ではみかじめ料の利権をめぐって間もなく他の組との間で抗争事件が起こるだろう、とか、それこそ、テレビドラマのようなストーリーが次から次へと展開されていく。ちなみに若葉町店は、店長が組事務所への配達を請け負うことでみかじめ料が免除されている、といった根も葉もない噂を本当に信じている社員もいる。自分が毎日行っていることは一体何なんだ、と疑問に思いながらも、もう呆れるより他はない。

「他の店と、なにも変わりませんよ」

と伝えているつもりが、

「そうだよ、もとはと言えばあんなところに店なんか出したのがいけなかったよ」

という回答になる。

とにかく本社からすれば、厄介な存在だ。以前から何か大きな問題が起こる前に閉店すべきではないか、そんな意見が多数あったことも知っている。そうした計画が毎年のように組まれていたことも知っている。どちらにしても、閉店するかしないかは本社が判断することであり、自分自身は本社の指示に従えばいい。そう思いながらも、閉店させてしまうことが果たして本当に正しいことなのだろうか、気付くと、ふとそんなことを考えている。近頃は、そう思うことが少し多くなってきたような気がする。

六

秋も深まってきたことから、おでんを始めるように、との連絡が本社から届いた。ここに来る前に勤務していた南太田の店では、深夜に売れ残ったおでんを廃棄したり、おでん鍋を洗ったりはしたことはあっても、おでんそのものを調理したことはなかった。今年はおでんの販売に力を入れる、が本社からの意向でもあり、この店だけがおでんの販売を開始しないというわけにもいかない。実のところ、この会社に入社する前には飲食業界で働いていたこともあり、包丁もそれなりには使える。あまり気のりはしなかったものの、とりあえずは実施することにした。

昨年はどうしていたのかを矢島に訊いた。

「河田店長もやっていましたよ。冬の間、一か月間くらいだったかな。おでん鍋は倉庫の棚の上に、黒いビニールのゴミ袋に包んで置いてあります」

倉庫におでん鍋を取りに行き、黒い袋から取り出すと、それは綺麗に磨かれてあった。と言うよりもほとんど使用された形跡が見られない。矢島は一か月間と言っていたけれども、実際には数回やって、その後止めてしまった、というのが本当のところだと思う。

「おでん鍋の横にこんな大きな包丁があったけど、これ使うのかな」

刃渡り四十センチ程の四角い形をした包丁を見せ、矢島に言った。

「店長、それは違いますよ。それはスイカを切る包丁です。夏にスイカを切って、ラップに包んで売っていたんですけど、今年はやりませんでしたね」

そう言われてみれば、ラッピングに使用する業務用の機械が、これは倉庫ではなく事務所の奥にあった。夏は終わってしまったから今更スイカはいいとして、おでんは何とかしなければならない。

「包丁ではないですけど、果物ナイフならあります」

矢島が、レジカウンター内の引き出しの奥から果物ナイフを取り出し私に渡した。なぜそんなところにナイフがあるのか不思議に思ったが、その理由を尋ねる前に矢島が言った。

「クリスマスケーキとか果物とか、あとは誰かが買ってきたお土産とかをみんなで分けるのに使うんです。便利なんですよ、これ」

ナイフがそこにあった理由もただそれだけのことだった。そして、昨年はおでんをどう調理していたのかを、更に詳しく訊いた。

「とにかく、売場にあるものでやってました。ゆで卵は毎日ゆでていますからそれを使って、はんぺんも竹輪も売場にあるし、青果売場には大根もありますから。それに、おつゆの素も売場にあります。具材で足りないものは、たぶんスーパーに買いに行ってたのだと思います、それを使って河田店長が作ってました」

矢島から聞いた情報を頼りに、おでんに使えそうなものを売場から掻き集めた。やはり具材となるものが少し足りない。足りない分は伊勢佐木モールにあるスーパーに買いに行った。厚揚げとがんも、つみれなどの具材を仕入れてきた。おでん鍋をカウンターに置き、電源を入れて調理を始めた。つゆの仕込みをし、ディッシュアイスケースの裏側にあるシンクのところで、大根を輪切りにして皮を剝く。そして、用意した具材を鍋のマス目ごとに置いていく。

「店長何始めたの」

藤本が矢島に訊いている。

「おでんよ、毎年この時期になると始めるの」

「私たちもあれ、大根切ったりとか、やるようになるのかな」

「だいじょうぶよ、すぐに終わるから、いつもそう」

「なんで」

「だって、売れないもの」

とにかく手間が掛かる。更には時間も掛かる。午後三時から仕込みを始め、出来上がったのは夕方の六時を過ぎた頃だった。ここでもう一つ問題が発生した。販売価格が解らない。他店の店長に聞いてみようかとも思ったが、今日のところは具材一つにつき八十円で販売することにした。

夜、男性一人が購入した以外は、結局売れ残ってしまった。十一時頃におでんを見てみると、竹輪が水分を含んでもとの三倍くらいに膨れ、何とも不気味な姿に変貌している。そこで、その日の販売を中止した。翌日も、その翌日も、同じことの繰り返しだった。苦労して調理はしたもののほとんどは、無駄になってしまった。三日目で、もううんざりした。その翌日には、おでん鍋を綺麗に洗い、黒いゴミ袋に入れ、倉庫の棚の上に戻した。矢島と藤本が話していたとおりとなってしまった。その日、本社から電話が掛かってきた。おでんの販売を始めたか、の問い合わせだった。

「三日間、販売しました。販売数は、初日は一人、二日目は二人、三日目はゼロでした」

「そうか、どこも厳しいな」

さすがに、本社の了解も得ずに自分の判断だけでもう止めてしまったとも言い辛く、

「それに、ここの店では、おでんの調理販売は危険だと思います」

と含みを持たせながら、つい苦し紛れに答えてしまった。

「そうか、わかった。販売は中止しよう」

こうして、おでん販売の中止はすぐに認められた。少しばかり後ろめたい気はしたものの、ここの、ある意味で特殊な地の利がこの時だけは役に立った。

数日後のこと、商品の発注用の台帳の後ろの方に、「おでん」という項目があることに気付いた。そこには調理済みのおでんの具材、その各種が並んでいた。それぞれの販売価格も記載されていた。業務用のつゆの素も調理済みの大根も、味付けの玉子もあった。つまり、鍋で熱した湯にその具材を入れさえすればいいだけのことだった。そもそも矢島に訊いたことが間違いだった。それよりも、こうした基本的なことも知らない自分に、より大きな原因があった。どちらにしても、終わってしまったことで

もあり、それも三日間という短期間だったということは、ある意味で好運だったような気もする。

今までここにあった様々な課題は、少しずつではあるけれども、解決しつつあった。何年も続いていた不正の問題も解消した。それであっても、会社が経営する四店舗の深夜スーパー、いわゆるコンビニエンス・ストアの中では、店舗としてのレベルが著しく低い。事務所の奥には使用していない部屋があり、ドアを開けると、商品の陳列棚や金属の什器、壊れた冷凍ストッカー、アクリルの書類箱、古い帳票類の入った幾つもの段ボール等が溢れかえり、放置されたままになっている。これらの残骸はこの店のものだけではなく、他店から持ち込まれたものもある。つまり、ここが何年にも亘りゴミ捨て場のような扱いを受けてきたことは、おおよそ見当違いではないと思う。他の店と競争するつもりはない、けれども、まともな店にはしたい、せめて普通くらいの店にはなりたい、そんな思いはここに来たときから抱いていた。いよいよそれに着手しようかと考えている。

かつて勤務していた南太田の店を訪れ、北村店長を訪ねた。

「いろいろと噂は訊いているよ、すごいね、よくそこまで出来たね」

北村店長が開口一番に言った。

「本当に大変でした、想像以上でしたよ」

「何か飲もうか」

北村店長は席を外し、売場から二本の缶コーヒーを取り、自分でレジを打ち、そのうちの一本を私に差し出した。

「店をもう少し良くしたいと思って、それには何から始めればいいのか、それを北村店長に教えてもらおうと思って……」

「いよいよ次のステップに踏み出すわけだな、たいしたもんだ」

「そんな大げさなものじゃないですよ。それでも、他の店と同じくらいにはしたいと思っています」

自分自身でも、色々と考えてはみた。けれども、何から始めるべきかが解らない。素人判断で行動を起こしても、今の自分では無駄なことばかりしてしまいそうだ。結局、こうしたことは、スーパーマーケットから今に至るまで二十年以上も渡り小売業に携わってきた北村店長に聞くことが相応しいだろうと考え、そうすることにした。

「そうだな、先ず必要なことは、良い店、がどんなものであるかを自分なりにちゃんと理解しておくことかな。本社の会議に出席すると、いい店とは即ち売れている店、みたいにみんなが話しているけど、でも本当はそうとばかりも言えない。いい店とは、そこを利用する消費者や地域にどれだけ役に立てているかで判断されるべきであって、売れているか売れていないかはその結果でしかない。本社なんかはその数字だけでしか良し悪しを判断ないけど、消費者は日々店が行っていることのそのプロセスで判断している。最初にそれを頭に入れておいた方がいい」

これだけで、すっかり感心してしまった。言葉は続いた。

「そうしたら、商品の品揃えをその視点で考えてみる。本社は今月のキャンペーンとか特売とか、新商品にばかり焦点を当てるけど、それと希望ヶ丘の中林店長も、上星川の内山店長も、それから若葉町の前の店長の河田さんもそうだったけれど、みんな本社が指定した商品、もしくは自分が売りたい商品ばかりに力を入れるんだな。いわゆる売り込みっていうやつだ。それはそれでいいとしても、本当に大切なことは、消費者が自分の店に何を求めているかを、ちゃんと理解することさ。それを知る一番いい方法は、店長がレジに立つこと、これが大事かな」

この店に勤務をしていた頃、レジに立つ北村店長の姿をよく見かけたものだ、その理由が今頃になって理解出来た。

「商品の発注はさ、どうしても自分の好きなものに傾いてしまうんだ。気付かないうちにね。もしかすると吉岡君もそうなっているかもしれない。毎月、本社から商品報が届いているだろう。あれは、月間の商品の仕入金額から返品したものや廃棄したものを差し引いてカテゴリー毎に表示したものだけど、あくまでも仕入れだけどね、あんなものでも意外と役に立つ。その月間の仕入額の横に前年対比が並んでいるだろう、金額自体は少なくても、前年比を大きく割り込んでいる商品があったりする。店長が交代するとよく起きる現象だよ。そうしたことが原因で、今まで来ていた客が来なくなってしまったりもする。見直してごらん」

　それまで商品報が送られてくるとすぐにバインダーに綴じはしても、そこにある数字を詳しく眺めたことはなかった。実際のところ、その見方もよく解らなかった。

「店の売上は二割の来店客で、全体の八割の売上を占めている、なんて聞いたことがあると思うけど、二対八の法則なんていうよね。その割合が正しいかどうかは別として、先ずはその来店頻度の高いお客が何を求めているかを、よく見ることだ。そうして、客が必要としている商品を一品ずつでいい、売場に揃えていく、これが大事だよ」

「でも、来店頻度に関わらず、消費者が必要とするものは何でも揃える方がより良いと思うのですが……」

「うん、それは間違ってはいない、たぶんみんなそう思っている。本社の連中もそう、でも出来ないんだ。だって、よく来てくれるお客のニーズにさえ満足に応えられないのに、来る人、誰も彼もなんて、出来るはずはないよ。でもそうすると、若葉町はヤクザばかりになっちゃうかな」

　と言って北村店長は笑った。若葉町店にいると、暴力団員ばかりにどうしても目が向いてしまう。もしかするとこれまでも、そこばかりを見ていたかもしれない。けれどもそれ以外にも、頻繁に買物に来る客がことのほか多いことも事実だ。

「商品だけじゃないよ、接客も大切だ。でも、良い接客を従業員たちに身に付けさせることは、とても大変なことだ。接客にはどうしても心が伴う、だから商品の品揃えよりも難しいと思うな。若葉町の店長の吉岡君の前ではちょっとかっこつけて『客』なんて偉そうに言ってみたけど、憶えていると思うけど、ここでは必ず『お客様』と呼ぶようにしている。先ずそこから始めないとね」

確かにその通りだった。かつて、北村店長から「お客様」と呼ぶように学んだ。それにしても、店長のことも店長と思っていないようなあの三人が、果たしてそれを実行するだろうか。

「あとは掃除かな。とにかくこの業界では、商品、接客、清掃、が大切だとされている。これが基本、と言うよりもこれが全てさ。これさえ出来れば売上は必ず上がる、嘘じゃない、僕にも経験がある。でも、これが大変なんだよ、解ってはいてもなかなか出来ないんだ。見方を変えれば、出来ている店なんてほんの一握りだけ、だからここにチャンスがある。上手く出来ないから、みんな他のことを考える。奇抜な売場を作ってみたり、お祭りみたいな売り方を考えてみたり、少しばかりの効果はあったとしても、結局どれも自己満足で終わる。役に立つ品揃え、良い接客、きれいな売場といった、なんていうかな、お客様にとって良いことではなくて、自分がしたいことばかりをして売上を上げようなんて、そもそも考え方自体が間違っているような気がするな」

「どうすれば、出来るようになりますか」

「結局、店長一人の力では出来ない。従業員たちに仕事を覚えさせて、分担させないことには何も実現しない。ここで注意しておかなければならないことは、従業員たちには『仕事をやらせる』のではなくて『信頼して任せる』ということだ。この二つの何が違うのかはちょっと説明が難しいけれども、ここを履き違えると、たいがいは失敗する、これは自分の経験の中で学んだ方がいいと思う」

　私にしてみれば、少し難しい内容だった。けれども、振り返ってみれば、自分も確かにここで仕事を任されていた。しなければならないことが、少しだけ理解出来たような気がする。北村店長にお礼を言って、事務所のドアを開き売場へと出た。商品が整然と棚に並んでいる。床も綺麗に磨かれている。カウンターにはかつて共に働いた従業員の顔が見える。そこから歯切れのいい接客の声が響いてくる。つい、今の自分の店と比較してしまう。どんよりと淀んだような空気、そのカウンターでお喋りばかりしている三人組、そこから「ませー」とか「したー」とかわけの解らない用語が聞こえてくる。そして、どんなにひいき目に見たとしても汚いとしか言いようのない売場。こうして、店を離れてみると自分の店の特異さがよく解る。カウンターにいた従業員たちに挨拶をして、かつて働いていた店を後にした。

南太田の駅を通り過ぎ、そのまま徒歩で若葉町の店まで帰ることにした。距離にしても三キロメートル程度、四十分も歩けば到着する。川に沿って歩き、その途中もどうしたものかを考えている。南太田の店では、菓子も、加工食品も、日用品も昼間の従業員、それも主婦である従業員が発注を行っていた。それ以外にも清掃やゴミ捨てなども、それぞれの持ち分が定められていた。売上金の精算業務が出来る従業員もいた。その誰もが皆アルバイト、もしくはパート社員だった。発注に限ってみても、今の店では菓子の発注を加藤が受け持っている以外、他はほぼ全てを自分が行っている。「仕事を任せる、果たして、そんなこと出来るだろうか。でも、たまには休みたいし……」

川沿いを行き、いつもは電車の窓から川の向こう側に見るヌード劇場の前を過ぎた。店頭に貼られた何枚ものポスターをつい横目で見てしまったせいかもしれない、このままどこかに行ってしまいたいという思いが込み上げてくる。楽をして楽しく暮らしたい、などと贅沢なことは思わなくとも、もう少しだけでもいいから何とかならないものか、と、そんなことを考えている間に、もう若葉町の店の前に到着してしまった。

店先には箒を手にした菅野がいた。

「ただいま」

と声を掛けながら、入口から店に入ると、レジカウンターには矢島と藤本がいた。

「おかえりなさい」

矢島が言った。最近は以前よりはずいぶんと明るくなったとはいえ、この店のどこか重苦しい、もしくは息苦しい雰囲気はこの矢島から滲み出ているのではと、ふと感じてしまった。身なりも地味で、華やいだところが一つもない。その横には藤本がいる。髪の毛を今日も頭の一番上のところで結わえている。大きなメガネもしている、服装も何かおかしい。それにしても、なぜいつもこんな恰好をしているのだろう、矢島と藤本のこの不釣り合いな二人が並ぶと、その違和感は更に大きなものとなる。そして、店の外には掃き掃除している菅野がいる。面接をした時の印象はすこぶる良かったにも拘わらず、とにかく口が悪い。思ったこと、思いついたことは何でも口にしてしまう。威張っているような様子は一切ないのだけれども、いつの間にかこの店の主のような雰囲気さえも漂わせている。

先ずはこの三人、そこから始めなければならない。働いているのか遊んでいるのか、よく解らないようなこの三人の教育から始めなければならない、仕事を割り振り、新たな役割を持たせなければならない。

「店長、どうしたの、私たちの顔なんか見つめちゃって」

藤本が言った。その言葉で我に返った。

「あ、いや、なんでもない」

カウンターの前を通り過ぎ、事務所へと籠った。それにしてもあの三人は、よくこんなところ、誰もが逃げ出してしまうようなこんな場所で、それも全く平気な顔をして働けるものだと感心してしまうことがある。

「それだけでも優秀だ、きっと何だって出来るさ」

そんなことを考えていると、防犯ビデオのモニターから声が聞こえてきた。私の留守の間に、三人のうちの誰かが休憩中にでも集音マイクの音量を上げたのだろう、そこからレジカウンター内の会話が聞こえてくる。

「それにしても店長、どこに行ってたのかしら」

「たぶん、なんとかミュージック劇場っていう、いつも電気がぴかぴかしてるあの怪しいところよ」

店先を掃いていたはずの菅野が、もうそこにいた。

「それって、女の人のはだか見るあそこのこと」

「そうよ、きっとそこへ行ってたのよ。いつもと違って、今、そっちの方から帰ってきたもの」

「店長もそんなところ行くかしら、それもまだ明るいうちから」

「行くにきまってるわよ。だって、私たちがここにいるときにしか外に出られないでしょ。それにああいった鈍感そうな人に限って、そういうとこが大好きなのよ」

「そうなの、人は見かけによらないわね」

「ああいうのをね、むっつりっていうの」

「やぁね、ほんと、やぁね」

「そういえば、さっきも店長、ここで私たちのこと、じーっと見ていたわよ」

「それはね、たぶん関係ないと思うけど」

モニターの音量を下げた。

「やっぱり、やめた。今まで通り、このままにしておこう。これまでにも十分大変な思いをしてきたし、もういいや……」

北村店長が言っていた「仕事をやらせる」と「仕事を任せる」の違いは解らないけれども、業務の割り振りだけは行うことにした。翌日、矢島を事務所に呼んだ。そして、昨日考えた仕事の割り当てについて話した。矢島には、今の仕事に加えて朝から夕方までの人員の配置、とその管理を担当させることにした。それを伝えた。

「曜日ごとの、この時間からこの時間までは誰が勤務に入るかを決めて、一週間の勤務表に書き込めばいい」

普段使用している勤務表を見せながら説明した。

「できない……」

明らかに、新たに学ぶことそのものを拒絶している。

「先ずは、書けるところからでいいから、例えば、矢島さん、菅野さんと、藤本さんの働ける時間を記入するとか、ここに藤本さん、ここは菅野さんとか……」

視線はもう、どこか遠くの方に行ってしまっている。

「例えば、今度の月曜日の朝八時から午後の一時までは藤本さんだったら、この八時から一時までのところに線を引いて、藤本、って書けばいいだけだよ」

とにかく、解りやすく、丁寧に教えた。

「私はどこに書けばいいですか」

一瞬言葉に詰まったが、根気よく続けた。

「私矢島は、この日は仕事に入れるから、ここからここの時間は私矢島よ。はい矢島、って書けばいい」

わざわざ矢島を演じて見せ、勤務表に書き込みながら教えた。何の反応もなく、無表情のままだった。それでも、何かを考えているようにも見える。少し待っていると、言葉が返ってきた。

「人がいないところは、全部店長って書いておけばいいですか」

冗談かと思ったが、真顔で言っている。

「人がいないところは、空白にしておいて」

次に藤本を事務所に呼んだ。藤本には、勤務時間を延長させ、弁当やパン、その他チルド商品等の廃棄管理を担当させた。販売期限に応じて商品棚から撤去された商品の台帳への記入、伝票の起票について教えた。廃棄商品管理台帳のページをめくりながら藤本が言った。

「店長はこんな仕事もしていたんだ」

「そうだよ、他にもいろいろあるんだよ、これからはみんなにも少し手伝ってもらおうと思って……」

それに加えて、買物袋や紙袋、割り箸やストローなど、更には洗剤や清掃用具などの用度品と呼ばれるものの発注を担当させることにした。矢島とは違い、藤本はそれに素直に応じた。

「店で使うものだから、何か必要なものがあれば、発注してもいいから」

今度は用度品の名が並んだ発注用の台帳をじっと見入っている。

「店長、この海綿と海綿ケースってなあに」

「指先が乾いていると、買物袋とかビニール袋の口が開きづらいよね、水を含ませておいて、その指先を湿らせるのに使うものだよ」

「ふーん、取ってみてもいい」

「いいよ」

菅野には、日々の売上の精算業務と日用品の発注を任せることを伝えた。

「売上金の精算や銀行業務は、毎日ではなくて、自分が留守にするときやってほしいと思っている。あと日用品の発注を担当してくれる」

菅野もすぐに承諾した。翌日、売上金の精算方法について教え、銀行に行き、入金と両替の仕方についても教えた。週に二回の日用品の発注についても、発注日に商品台帳への記入から送信までを実際の発注を通じて、トレーニングを行った。日用品の発注用台帳を菅野に預け、今ある商品の補充だけでなく、必要だと思う商品は自分の判断で発注していいから、と伝えた。

「売れ残ったら」

いつもとは違う真面目な表情で聞き返してきた。

「その時は何とかするから、好きなようにやっていいよ」

気のせいかもしれないが、三人の仕事ぶりが少し変わったような気がした。矢島はレジカウンターの後ろで鉛筆を手に勤務表ばかりを見ている。時々、「あー」とか「うー」とか不気味な声を発している。藤本は与えた業務の関係から、事務所にいる時間が増えた。私の事務机から少し離れたところで、売場から下げてきた廃棄商品の一品一品を台帳に記入している。あの髪型も、大きな眼鏡も、派手な服装も、いつもと変わらない。それなのに売場で見るときよりも、そのなんとも場違いな雰囲気がより一層際立っている。菅野は、特に日用品の発注に関しては手際よくやっている。というよりも、どこか手際が良すぎるような気がしなくもないが商品は滞りなく店に届いている、今のところ何の問題も起こってはいない。それでも、たったこれだけの仕事の割り振りで、自分の業務は大きく軽減された。それまで、いつも何かに追いたてられているかのような、そうした焦りのような思いからもずいぶんと解放された。北村店長の言っていた通りだと思った。

数日後、事務所のドアから近い冷蔵ケースの前あたりで、三人が話している声が聞こえた。聞くつもりはないものの、耳に届いて来る。

「店長、急にどうしたのかしら、みんなに仕事振ったりして……」

藤本の声だ。

「馴れない仕事って、神経使うし、肩こるわ」

矢島の声が聞こえる。

「店長、もう飽きちゃって、さぼろうとしているのよ、男なんて飽きちゃったらあんなもんよ」

菅野が、相変わらず好き勝手なことばかり言っている。

「男の人って、そうなんだ」

「ほかにも、まだ仕事、振るつもりかしら」

「ぜったいにそうするわよ」

「そのうち店長の仕事なくなっちゃうかも」

「そうよ、みんなに仕事やらせておいて、そのあいだはね事務所でなんにもしないで、ただぼーっとしてるの。そうでなくたって、いつもぼーっとしてるのに」

「ほんと、のんきよね」

菅野が言っていたように、際限なくぼーっとしていたい気持ちは確かにある。けれども、その時間を使って店の改善もしていかなければならない。やらなければならないことは、数えきれないほどある。

「でも、明日からにしよう」

と思いながらも、うかつに居眠りでもしたら、その姿をあの三人の誰かに見られてしまったのなら、また何を言われるか解らない。倉庫へ行き、掃除用具の確認をして冷蔵ケースの清掃の準備を始めた。

用具を持ってオープンケースの前に行った。棚一枚分の商品を移動させ、その棚に敷かれた青い網状のネットを外し、拭き上げていく。長い間にこびり付いた汚れが、少しずつ除去されていく。棚の高さも調整し直しながら作業を進めていく。取り外したネットはレジカウンターの奥にあるシンクで洗い、水を切り、再び棚へと敷き詰める。そこに商品を戻した。次の棚の清掃へと移っていく。思った以上に大変な作業だ、一日で片付くようなものでもない。今日のところは棚四枚目で一旦終わらせることにした。それでも、やり始めた以上は最後までやらなければならない。他の業務の合間に手を入れつつ、四日間を掛けそれを終えることが出来た。そして、最後に冷蔵ケースを照らす蛍光管を取り外し、汚れを拭き取り、もとへと戻した。

「やっと、一つ終わった」

清掃が完了したこの冷蔵ケースだけが輝いているようにも見える。その様子をレジカウンターから三人が見ている。こういう時に限って何も言わない。

「ほかもやらないと、だめかな」

結局のところ、自分で自分の仕事を増やしてしまったような、そんな気もする。

数日後のある日、本社から連絡があった。上星川店の内山店長が三日前から行方不明になっているという。どうやら連絡も取れないらしい。上星川から最も近い希望ヶ丘店の中林店長が対応はしているけれども明日はどうしても都合が合わず、代わりに商品の発注と売上金の精算をしに行ってほしい、との内容だった。もちろん、断る訳にもいかない。菅野を呼び、明日の、ここの売上金精算と銀行での入金、両替などの普段私が行っているところの業務を依頼した。

「だいじょうぶかな」

「だいじょうぶよ、できるわよ」

もし、何か解らないこと、困ったことがあったら上星川の店に電話するようにと念を押した。矢島、藤本の二人を呼び、明日の朝から夕方までは自分がここを留守にすること、六時までにはここに戻ってくることを伝えた。そして何よりも、夕方の五時には加藤と鈴木が勤務に入るからそれまでは三人で何とかするように、と伝えた。

「だいじょうぶかな、できるかな」

「だいじょうぶ、だいじょうぶ」

藤本が答えた。矢島は何も言わなかったが、菅野と藤本の、このなんとも気楽な返事には一層の不安が募る。そう思ってはみても、そうせざるを得ない。そして、二本松総業から電話があった場合は、

「本日、店長は外出をしております、まことに申し訳ございません」

と答えられるように、紙に書いて電話の近くに貼った。

「ここに書いてあるように、言えばいいから、そのまま読めばいい」

矢島が藤本に小さな声で話し掛けている。

「明日は私電話に出ないから、藤本さん出て」

「りょうかい、でも矢島さんいつも電話出ないじゃない」

その言葉に、矢島がむっとしている。

　翌朝、横浜駅で相鉄線に乗り換え、上星川駅で下車し、店に向かった。店に入り、レジカウンターにいた女性の従業員二人に挨拶をし、手伝いに来たこと告げた。事務所で発注用の商品台帳を棚から取りページを開くと、今日の分までは発注が完了している。昨日手伝いに来た希望ヶ丘店の中林店長が実施したものだと思う。その台帳を手に売場に出て、商品の不足しそうな分だけを追加して発注した。

　初めて訪れた店であるのに、このごく普通の感じが妙に居心地がいい。暴力団組事務所からの電話はないし、そういう人たちは店には来ない、従業員も名前すら覚えられないくらいに普通だ。

「店長をするのなら、ここがいい」

　ここの内山店長がここまま帰ってこなければ、自分がその代わりを務めることも決して不可能なことではない。そのためには、本社の人事課に行って、早めに相談しなければならない。もたもたしていると、別の社員にその役割が回ってしまう。けれども、どう話を切り出せばいいのか。

「若葉町店は無理でした。でも上星川店ならやれそうです」

は、単刀直入ではあってもどこか不自然だ。下心が見透かされてしまいそうな気もする。

「とにかく、本社に行って話そう。これで、若葉町とはさよならだ」

特にすることもなく、事務所の机の前でぼんやりとそんなことを考えていた。

十一時頃、電話が掛かってきた。出勤したばかりの菅野からだった。

「店長元気」

「何言ってんの」

「かわいい私たちがいないと寂しいんじゃないかと思って、みんなで心配してた」

電話の後ろから、矢島と藤本の笑い声が聞こえる。

「寂しかったら、電話してきてもいいからね、じゃあね……」

電話の背後からの笑い声が大きくなる。ただ、それだけの電話だった。

「なんなの、あの人たち……あの人たちはよその人」

そんな考えが、頭の中を通り過ぎていく。売場に出て菓子パンと飲料を購入し、少し早めの昼食を取った。

昼の混雑時はレジを手伝い、その後売上金の精算をしていると、また菅野から電話があった。今度は何か慌てている感じだ。

「店長、お金が足りない」

「いくら」

「ちょうど五万円」

「レジと金庫は」

「両方とも確認したけど、足りないの」

明らかに焦っている、その様子が電話口から伝わってくる。

「あとは、エプロンのポケットだ、見てみな」

笑い声が響いた。

「あー、あった、じゃあね……」

夕方、希望ヶ丘店の中林店長が上星川店を訪れた。

「吉岡さん、若葉町こそ大変なのにこんな所まで来てもらって、ほんと、申し訳ない。本来なら僕がしなければいけないんだけど、今日運転免許の講習会に参加しなければならなくなって」

年齢は私よりも少し上くらい、背も高くがっしりとした体格の、快活な感じのする店長だ。

「免許の更新ですか」

中林店長が首を横に振りながら答えた。

「それがさ、免停なんだよ。駐車違反やスピード違反で捕まっちゃって。でもこの講習会に参加すると免停期間が短縮されるんだ。それにしても、ここの内山さんはどうしちゃったのかな、突然にいなくなったりして」

「大変だったんでしょうね、前任の河田さんからも聞きましたよ、内山店長は従業員のことでいろいろと悩んでいたって」

「精神的にまいっていたかもしれないね。でも、ここは平和だもの、吉岡さんのいる危険な若葉町とは比べものにならないし、せめて連絡くらいはよこさないと。子供じゃないんだから」

　と言い、中林店長は笑った。

「あとは僕がやるから、吉岡さんは上がってよ、若葉町に戻らなければならないだろうし」

　中林店長の言葉に促されるように、上星川店を後にして、若葉町店への帰途に就いた。同じような店であるはずなのに、この二つは全く違っていた。かつて、勤務していた南太田店もそうだった。そこの北村店長は、従業員を信頼して仕事を任せる、と語っていた。若葉町店の前任だった河田店長からは、従業員なんか信用してはいけない、そうしないと痛い目を見るだけだ、と引き継ぎの際に聞かされた。そして、今日手伝いに行った店の内山店長は病んでいた。果たして自分はどうなのか、実はあまり意識したことはない。従業員たちも、暴力団の組員たちも、今となってはごく普通に接している。何が良くて何が悪いのか、さえもあまり考えたことはない。考えてみたところで、自分にはたぶん解らないだろう。

　夕方六時頃、若葉町店に帰ってきた。つい先ほどまでそこにいた、従業員の接客も、商品の陳列も清掃の状況も特に良くも悪くもない上星川店と比較しても、ここ若葉町店にはその上星川店に勝るものが何一つない。他店と張り合うつもりは全くないけれども、薄汚れた店の中で唯一、先日掃除した冷蔵ケースだけが不自然に輝いている。店内には加藤と鈴木がいた。あの三人は帰った後だった。レジを打っている鈴木の横に立っていると、二本松総業の組員が来店した。早くも、現実に戻される思いがした。

「なんだ店長いるじゃないか、さっき電話したら『今日店長いないのー』って言われたから、わざわざ来たのに」

「申し訳ありません、たった今外出から戻りました」

その話しぶりから、誰が電話を取ったかすぐに解った。以前、二本松総業の組事務所でも、先輩の組員が後輩の組員に電話の応対を教えていた。電話近くに紙を貼っただけで、何も教えていない自分が恥ずかしくなった。

数日後、本社に連絡をしようと思っていた矢先、先方から電話が入った。上星川店の店長が戻ったという知らせだった。がっかりした。

夜のほとり　ジャズ

十月も十日ほどを過ぎた日の夕方、レジには安藤と島田がいる。相変わらず島田は元気がいい、明るい声が店内に響いている。レジを打つ島田の横では安藤が商品の袋詰めをしている。島田がレジを間違えたりすると、安藤がそれを打ち直したりと島田の至らないところを手助けしている。元々は一緒にここで働き始めた二人であっても、勤務回数の多い安藤と勤務の少ない島田では先輩と後輩のようにも見える。それにしても、二人とも学校帰りでもあり、リボンの付いた白いブラウスの上にエプロンをしてレジに立つ小柄な二人の姿は、どうしても気になる。何かおかしなことをしているわけではないけれども、夜、それもこんな場所で女子高校生たちを働かせている悪徳コンビニエンス・ストア、のようなイメージが自分の頭の中に浮かんでくる。

近くには暴力団組事務所がある。そこの組員たちも、頻繁にここを訪れる。そして買物をする。組員たちだけではない、酔っぱらいも毎日のように来る、水商売、風俗店で働く女たち、男たちも訪れる、時折は浮浪者もやってくる。その人たちの買物、そのレジを今日のように高校生の安藤や島田が担当することもある。これは、実際にここで起こっていることだ。はたから見れば、きっと異常な光景に映るだろう、けれどもそれらは、ここに限っては普段の、何の変哲もない単なる日常でしかない。そして、安藤や島田もここで、ごく普通に働いている。こうした風景に慣れてしまったのか、それとも本当に普通なのか……。それを彼女たちに問えば、やはり、

「普通」

と、同じその言葉が返ってくると思う。この街に暮らしている彼女たちからすれば、私が思う以上にそう感じているはずだ。それよりも、特別なことなど何も感じてはいないのかもしれない。

売場では加藤が、菓子の発注をしている。特にこちらから指示したわけでもないのに、加藤も最近になって、少しずつではあるけれども、担当している菓子の売場の清掃を始めた。

「店長のところの冷蔵ケースが綺麗になったから、自分のところもちゃんとしないと」

そう彼が話していた。九時になり安藤と島田は勤務が終わり帰宅した。加藤は十一時までの勤務、その後、私は今夜も深夜勤務に入らなければならない。

安藤と島田が帰宅し、私がレジを担当した。一人の男が私の前に立った。一瞬、どこかで見たことがあるような気がしたものの、そのままレジを打ち、会計をし、

「ありがとうございました」

と挨拶をして見送った。すると加藤が傍に来て言った。

「店長、今の誰だったか気が付きましたか」

「見たことがあるような気はしたけど、解らない」

「テレビに出ると、いつもロックン・ロールって口癖のように言っている、あの人ですよ」

「あー、そうだ、そうだよ」

「これまでにも、数人だけですけど、ここで芸能人見ましたよ」

「へー、すごいね」

そして十一時を過ぎ、加藤も帰宅した。ここから朝の八時までが深夜勤務、一人きりの時間帯が続く。こうして、レジに立っていると顔見知りの客が増えたと改めて感じる。正しく言うならば、私が皆の顔見知りになっただけのことなのだけれど。

「店長、夜遅くに大変だね、もしかして今日も夜勤」

「ええ、そうなんですよ」

「よくがんばるね」

白いジャケットを着たソープランドの支配人が、弁当を片手に声を掛けてくる。仕事が終わった水商売の女たちが数人で訪れ、買物カゴを手に日用品の売場の前で話している。

「前はさぁ、ここ、ろくなものなかったけど、最近ちょっといいのよ。すごくよくはないけどパンストなんかは仕事にもとりあえずは穿いていけるし、他にも生理用品とか、ちゃんと役に立つものがあるのよ」

「間に合わせ程度でいいから、化粧品もあればいいのにね」

「いくらなんでも化粧品は、こんなところでは買わないわ」

そんな会話が聞こえてきた。最近になって菅野が発注を担当し始めた売場だ。それまでは自分が発注していた。商品のことなど何も解らないままに、売れた商品だけを補充していた。それこそ、ろくなものがなかった、は私の責任だった。

「一人では、何も出来ないんだな……」

その会話に耳を傾けながら、ふとそんなことを考えていた。

あの、女装して暗闇に立つ男たちが、三人で来店した。

「あんまん」

私が、スチーマーを指さし訊ねる。

「そうそう、店長」

三人が頷く。私よりも背が高く、このどこの国の人かも解らない、そして異様な恰好をした三人も今ではすっかり見慣れたものとなってしまった。それどころか、どこで覚えたのかは知らないけれども、私のことを店長と呼ぶようにもなった。

女装した三人たちと入れ替わるように、黒服の初老の男が訪れた。いつものように一言も話すことなく、鰹節のおむすびとゆで卵を一つ買って、帰っていった。深夜勤務者の田所が、ゆで卵を品切れさせてしまって叱られた、と以前に話していた。彼らが普段、どんな生活を送っているのかは知らない、それでも、彼らの生活のごく一部にこの店が関わっていることは間違いのないことだ。深夜にいつもここを訪れる彼らの多くが、私のことを同じ夜の仲間だと思っている、ふと、それを感じる時がある。

後ろのカウンターには、取り置きしたスポーツ新聞が一部置かれたままになっている。これを買いに来るはずの、角刈りでサングラスをした男が今日は来店していない。

「また、やられた」

新聞を取り置きしておかなければ文句を言い、そうかといって時折は今日のように来ない日もある。

「後は、明け方にメリーさんが来るかどうか……」

これでいつもの客、いいや、お客様と呼ばなければいけない、は一通り終わった。もちろん、その他にも多くの人がここを訪れた。商品の入荷も冷蔵ケースに並べる日配品まで終わった。

ようやく、一息つける。空には星が輝いているだろうか。この街の灯りが消える頃には、その星のいくつかは見えるかもしれない。季節は秋であっても深夜三時を回った今であれば、天上には冬の星座と呼ばれる星々が訪れる頃だ。冬の星座の主役は、何と言っても一目でそれと解るオリオン座だろう。海神ポセイドンの子、そして最強の狩人。赤色をした恒星ベテルギウス、白色のリゲルに抱かれ、斜め一列に並ぶ三つ星を配したオリオンはとにかく美しい。その右横には、オリオンに挑みかかるような、最高神ゼウスが姿を変えたとされるおうし座の姿もある。その目となるアルデバラン、首の付け根辺りに輝くプレアデス星団、日本名は昴、などの星々をその星座に見出すことも出来るだろう。そして、オリオン座の左側、その少し下あたりには僅かに青く、白色に光る宝石のような星、シリウスが必ずや見えるはずだ。

　溜まった疲れを吐き出すように、そんなことをぼんやりと考えている。そして、その夜空の向こうには一体何があるのだろう、それこそ宇宙の始まる前には何があったのだろうか、もしくは永遠に続くものなのか、この宇宙には果てがあるものなのか、夜のレジに立つとふとそんなことを考えてしまう。今も部屋に置かれたままになっている幾冊かの本のどれかに、こう書かれていた。ビッグバンとともに膨張し続ける宇宙は、いつか弾ける泡のように忽然と消えてしまう。もしくは、遠い未来のある日を境に収縮を始める。あるいは、永遠に膨張をし続ける、と。もちろん、そのどれもが仮説でしかない。本当のことを知る人は誰もいない。そして、ある哲学者の言葉が引用されていた。

「人は、その問いかけを止めることの出来ない不思議な運命にある」

よく憶えてはいないけれども、これもアリストテレスだったかもしれない。と思ってはみたものの、哲学者と呼ばれる人の名前で知っているのは唯一このアリストテレスのみ、その他には誰も知らない。当然のことながらその著書も読んだことはない。

気が付くと店内に一人、男がいる。年齢は五十歳くらいだろうか、灰色のスーツを着た男が雑誌売場の奥に立ち、週刊誌を眺めている。雑誌を置くと、今度は店内をゆっくりと歩き、商品を手に取ったり、棚に戻したりしている。酔っぱらっているようには見えない、特に怪しい雰囲気もない。ただ、どことなく疲労感を漂わせているようには見える。終電を逃して行くところもなく、ただ街をうろついていただけなのだろう。その男が私の方に歩いてくる、そして言った。

「ここはいい音楽が掛かっているね、あんたの選曲なの」

深夜の時間帯に限っては、有線放送を止めてジャズを掛けている。アンプに繋がれたカセットデッキの周りに、数本のジャズのテープが残されていた。前任の河田店長が置き忘れていったものだ。私が深夜勤務に入る時はいつもそれを流すようにしている。

「いいえ、私のではありません。でもこの時間はジャズにしています」

たいした理由などはない。ただ、これが相応しいと感じたことから、そうしていた。

「ジャズは好き」

「すいません、音楽のことはよく解りません」

店内にはその男の他には誰もいない。男はカウンターの前に立ち、更に話し掛けてくる。

「今掛かっているのはラウンド・アバウト・ミッドナイト、名曲だ。有名なトランペッターのものではなくてギターの演奏というのがいかしている。この街の、どことなく感傷的で擦れた感じ、それにこの曲が何とも相応しいよ。題名がまたいい。訳すと、およそ真夜中の辺り、となるかな。日本語にすると少し変だけど、今のこの時間がそのタイトルそのものだ」

この男が、なぜここで長居をしていたのか、その理由も解った。男はここで、店内に流れるジャズを聴いていた。以前ここで働いていた河田店長も好きなジャズを背後に、疲れ切った身体で真夜中のレジに立っていたのだと思う。そして私も、特に意識するわけでもなく、同じようなことを繰り返していた。

「ジャズはさ、たいがいはもとの曲があって、その曲の流れに沿ってミュージシャンたちがそれぞれアドリブを交えながら演奏するんだ。ツーファイブと呼ばれるコード進行やフォービート、他にもスイングするリズムみたいな決まり事はあるけど、そうした枠の中で自由に演奏する。たった数分の楽曲の中に演奏の仕方はいくらだってある、練習を積んで感性を磨けば、自分を磨くと言った方がいいかな、そうすることによってその自由度は更に広がる、それこそ無限に……と言ってもいいくらいだ」

男の顔には仄かな幸福感さえもが滲んでいる。けれども残念なことに、私には音楽のことは解らない。

「それが聴く者を感動させるんだ。ジャズメンたちが自分に与えられた枠の中で自由に振る舞えば振る舞うほど、もともとは同じ曲であったとしてもその音楽はより良いものになる。それに聴く者は喜びを感じるんだ。でもそれはジャズに限ったことではないのかもしれないね、人生だってきっと同じさ。それはそうと、いい曲がたくさん掛かっていたよ、途中で聞こえてきたミッドナイト・ブルー、これもギターの演奏だったな、それがまた良かった。夜も間もなく明ける、空が青くなり始める、似合いすぎだよ」

残されていたカセットテープの中にそのような題名の曲があったことを、初めて知った。それでも、自分自身、その音楽を聴きながら真夜中の空が青く染まり始める瞬間をここで何度も経験した。その時こそが、この街を唯一美しいと感じる僅かな時間であることも知っている。河田店長もきっとこの街の夜に相応しいと感じるものを選び、テープに録音していたのだろう。それが今ここにいる男の心に、思いがけなくも、触れてしまったのだと思う。

「ここに来て良かったよ、たったこれだけで、今日の夜が楽しいものになった。ありがとう」

そう話した後、男は何も買わずに店を出て、夜の闇へと消えていった。

誰もいない店の中で、その男が語っていたことをなぞるように思い返していた。男はこう語っていた、数分の楽曲の中に無限の自由が存在していると……。けれども、それは本当のことなのだろうか。自由、無限と呼ばれるものは、そんなに小さなものなのか。もしかすると、自由も無限も、枠の中や外、もしくは大きさや量のことではないのかもしれない。

そして思いは、店を出て行った男の後を追うように、再び窓の外に広がる遠い世界へと導かれていく。ある時、宇宙が生まれ、数えきれない因果の果てに、今をここでこうして一人佇んでいる。その最果ての場所が、それはそうならざるを得なかったのか、それとも単なる偶然の連鎖なのか、どちらにしてもその結末が、この街のこの店のレジカウンターだった。自分に限ってみれば、この場所が最終地点ではないとしても、この先、ここから大きく懸け離れた世界へと辿り着くことなど、おおよそありえるはずもない。果たして、それをどう理解すればいいのだろうか。けれども、あまり深く考える必要はないのかもしれない。ジャズのアドリブではないけれども、とにかくここで出来ること、その小さなことから始めればいい。自分の思った通りにすればいい、やり方はきっと幾通りもある。

真夜中の近く、その時刻になると、こうして夜の闇が囁くように私の耳もとに何かを語り掛けてくる。それにしても、独り暮らしの部屋に置かれた幾冊かの本、そのどこかに書かれていた通りに、いつの日か宇宙は何の前触れもなく消えてしまうのだろうか。そうではなく、ビッグバンが始まった元の点へと再び返ってしまうのだろうか。でも、本当は何も起こらないかもしれない。そんなことを繰り返し考えているうちに、なぜだろう、少し怖くなってしまった。

七

数日後、毎年この時期に行われる、食品の卸問屋とメーカー主催の商品展示会に参加するため、東京のコンベンションセンターに行くことになった。午前中は本社での会議に参加した後、午後から他の店長たちと一緒に会場に向かう予定となっている。店を一日留守にするか、もしくは夕方には戻ってくるか、を散々迷った挙句、あの三人には、

「当日は、丸一日ここには来ないから」

と伝えた。この日のために、一週間ほど前から自分が欠ける分の人員を手配し、前日には二日分の商品の発注も行うつもりでいる。

「朝は八時から夕方の五時までは、三人一緒に勤務して、休憩は交代で取って、夕方からは、加藤君を中心に、鈴木君、安藤さんと島田さんのフルメンバーで組んだから、そこまで、三人でやりきって、出来るかな」

「大丈夫よ。このあいだもちゃんとやれたし、今度も出来るわよ」

と菅野は言うけれども、先日もお金が足りないと言って、慌てふためいていた。それを思うと、やはり不安だ。

「緊急の場合は、本社に電話をすればいいから、午前中は本社にいる、午後からは会場に行くけど、本社から会場に連絡してもらえるはずだから」

「店長なんかいなくたって平気よ、みんないるから。みんなのほうが店長よりも頼りになるもの、ねー」

本当にそうであればいいのだけれど、気のせいか、菅野の横にいる矢島と藤本の二人もどことなく不安げに見える。

当日の朝、店には行かず、普段はほとんど着ることのないスーツを着て、本社へと向かった。会議室へ入ると、普段よりも多くの人が集まっていた。コンビニエンス・

ストアだけではなく、スーパーマーケットに勤務する店長、社員たちも集まっていた。その他にも本社の社員たちも交じっていた。彼らも、この会議が終われば、商品展示会へと向かうのだろう。それにしても、これ程まで大規模な会議に出席することは初めてでもあり、少し緊張した。一か所に固まるように顔馴染みの店長たちがいた。彼らもやはり見慣れないスーツ姿だった。南太田店の北村店長、希望ヶ丘店の中林店長に加えて、しばらくの間行方不明になっていた上星川店の内山店長もいた。線の細い、物静かな内山店長が、申し訳なさそうに私に挨拶をした。席に着くと間もなく会議が始まった。

社長の話から始まり、続いて営業統括部長からのスーパーマーケット、コンビニエンス・ストア各店舗の上期、及び先月の実績についての発表があった。販売実績、それも前年度の対比ではやはりコンビニエンス・ストアの実績が良く、それは若葉町店も例外ではなかった。昨今、コンビニエンス・ストアが、小売りの新しい業態として注目されていることは間違いない。それにしても、二十四時間営業年中無休の店で働く店長たちは、その誰もが大変だ。休みも取れず、ろくに寝る時間もない。上星川店の内山店長のように、逃げ出したくなる気持ちはよく解る。今後、更にこの業態が発展し続けていくものなのか、それは私には解らないけれども、どこかに無理が生じていることは間違いのないことだと思う。

「もう少し、何とかならないものかな……」

　ふと、そんなことを考えている。近頃は、そればかりを考えているような気がする。

　その時、前で話をしている統括部長より若葉町店の名が出た。これまで長年に亘って恒常的に発生していた経費上の異常値が改善された、という内容だった。

「吉岡店長、何をしたのか、どう改善したのか、話してくれないが」

　突然名を呼ばれ、マイクが回ってきた。立ち上がり、答えた。マイクを持つ手が緊張で震えた。従業員二名の不正を発見し、即日解雇し、改善に繋げた旨を話した。どちらも店内に設置されたカメラの画像が、その解決の糸口となったことを説明した。けれども、本社の社員も不正を行っていたことについては触れなかった。

　会議終了後、南太田店の北村店長が言った。

「すごいね、スーパーの店長、社員たちも皆感心しているよ」

　続けて、希望ヶ丘店の中林店長が訊いてきた。

「ところで、あの矢島っていう、無愛想な従業員はまだいるの」

「いますよ、がんばっていますよ」

「そうなの、矢島が悪さしていたんじゃなかったんだ、みんなあいつだあいつだ、って言っていたけど」

　声を落として、北村店長が言った。

「本社の、辞めちゃった大原も、悪さしていたんだろう」

「ええ、そうです」

私も小声で答えた。売上金の精算を操作して、金銭を着服したことを話した。

「そういうのは、よくないよ、みんな大変な思いをして働いているのに」

中林店長の表情には抑えきれない苛立ちが、はっきりと浮かび上がっていた。

午後から商品展示会の会場へと向かった。その日は常に四人で行動を共にした。駅に行き、電車を乗り継ぎ、会場のある駅で下車した。留守にした店のことは心配ではあったけれども、そこの業務から解放されて、久しぶりにすがすがしい気分を味わったことは否めない。店の従業員たちには、今日は帰らない、とはっきりと伝えてある。今日は店のことは考えない、それに徹することにした。

会場の入口で受付を済ませ、中に入った。私は今回が初めてだったけれども、他の三人は馴れた様子で会場内を見て回っている。会場内には多くの人がいる。ここに来るまでに昼食を取らなかったことを不思議にも思ったが、その理由もすぐに解けた。数々の食品メーカーのブースが軒を連ね、そこには新商品や話題性の高い商品などが整然と陳列されている。その前を通過する私たちに、盛んに試食や試飲の声掛けが行われる。足を止め、勧められた商品を手にするとブースからメーカーの担当者が出てきて、その商品の説明を始める。自社の製品を小売りの店先に一品でも多く並べること、それが彼らの役割だった。その説明を聞き、それぞれが名刺を交換した。店で働いている時とは違い、ここに来た途端にビジネスマンらしくなったような気がした。

それでも、やはり店のことが気になり始めた。途中、会場を出て公衆電話から、店に電話を入れた。藤本が出た。

「だいじょうぶ、何とかなってる」

私が訊いた。

「だいじょうぶ、何とかなってる」

テープレコーダーのように、同じ言葉が返ってきた。

「ほんとう、それなら菅野さん、呼んでくれる」

売上金の精算が、滞りなく終わったかを確認するつもりだった。

「はーい」

電話を待っていると、再び藤本の声が聞こえた。

「もしもし、菅野さんね、今手が離せないって、でもね、ちゃんと出来たって、心配いらないって」

「そうなの」

手が離せないって、一体何をしているのか、なおさらに心配になる。けれども、今はその言葉を信じるしかない。電話を切り、再び会場内に戻り、他の店長たちと合流した。

「若葉町はいつも大変だね」

「前の河田さんのときだっけ、商品展示会に店長が出かけている時に、お金が無くなったって騒いでいたの」

南太田店の北村店長の言葉に、希望ヶ丘店の中林店長が続けた。

「そんなことも、ありましたよね」

あまり会話に参加することない、上星川店の内山店長が言った。

「もっと前だったかな、ヤクザに絡まれている、っていうのもあったな。店から本社に電話が入って、その連絡がこの会場にまで回ってきて、店長が大慌てで帰っていったよ」

「でも、相手はヤクザじゃなかったんですよね」

「そうそう、普通のお客さんで、従業員の態度が悪いっていう苦情だった」

今となっては、従業員の不正による現金不足のことも、ヤクザのことも、特に心配はしていない。けれども、あの三人の仕事ぶりに限っては何かにつけても心配だ。もう一度、電話をしてみようかとも考えたが、ここでは控えることにした。

二時間半程を掛けて展示会場を見て回り、一通り見終わったところで会場を出た。会場には閉館のアナウンスが流れていた。駅へと向かう途中、北村店長が言った。

「少し早いけど、どうする、飲みに行くか」

「そうしましょうよ」

中林店長が答えた。

「内山さんは行けるだろう、吉岡さんは大丈夫……」

その言葉に、一瞬迷いはしたものの、

「すいません、どうしても店に一旦は戻らないといけないんですよ」

と答えた。今日は戻らない覚悟でここに来たものの、最後にその覚悟が揺らいでしまった。

「そうか、若葉町だからな、仕方ないな」

駅で三人と別れ、電車に乗った。昼過ぎに展示会場に向かう時と同じように電車を乗り継ぎ、日ノ出町駅で降りた。店では、昼間の三人は勤務を終え、夕方からの従業員たち、加藤、安藤、鈴木、島田に交代しているはずだ。皆出勤していればいいのだけれど、そんなことを考えながら店への道を歩いた。幹線道路から途中を左に曲がり旭橋を渡ると、店の看板が見えてくる。陽は落ちて、看板には蛍光灯が灯っている。

店に到着した、店内には入らず暫くの間、店前の道の反対側から状況を見ていた。表からは、蛍光灯に照らされた店内がよく見える。レジには安藤と島田がいる。そしてそのレジカウンターの隅には、普段であればこの時間は勤務することのない矢島の姿が見える。ここからではっきりとは確認出来ないものの、たぶん、以前に業務の割り振りをした勤務予定表の作成を行っているのだろう。商品を陳列するゴンドラの間からは、菓子の発注をしている加藤が見える。倉庫から売場に商品を運び出す鈴木の姿も見える。不意にゴンドラの後方から、藤本の顔が現れた。事務所からは菅野が出てきた。藤本は商品の陳列を行い、菅野は日用品の発注をしていたのだろう、三人がそれぞれ自分の役割を果たしている。そんなはずはないと頑なに思いつつも、あの三人が心なしか輝いて見える。

それにしても、店の中には従業員が七人もいる。それについて、小言を言うつもりなど毛頭ないけれども、つい呟いてしまった。

「居場所がないじゃないか、せっかく、戻ってきたのに」

さんざん迷いはしたが、結局、店内に入ることはせず、そのまま帰宅することにした。展示会に出かける前に菅野が言っていた、

「みんなの方が、店長より頼りになるもの」

その言葉を思い出した。従業員たちが自分たちだけでやりくりしている店に、自分がわざわざ顔を出す必要もないだろうし、そうすべきでもない。

「それに、今日はスーツを着ているし。それは、何の理由にもならないけど」

そう思いながら、日ノ出町駅へと引き返した。

「でも、みんなが頼りになるということは、とてもいいことだ」

駅の改札を入り、ホームに立った。

「やっぱり、一人では何も出来ないんだな」

電車を待つ駅のホームで、そんなことを考えていた。

それから数日が経った。私が店にいる時は、普段と何も変わることはなかった。あの日、窓の外から見たあの三人の姿は一体何だったのだろう。その時は立派にも見え、どこか輝いているようにも見えた三人が、全く元の姿に戻ってしまっている。そして相変わらず騒々しい。その日、通常通りに午後の一時から売上金の精算をして、銀行に行くまでの間に午前中の勤務者には休憩を取らせた。その間は私がレジスターを担当する。矢島と藤本が休憩のため、昼食のためのおむすびやパンを購入して事務所に入った。間もなく、二時からの勤務の菅野がやって来た。二時までには未だ十五分ほど時間がある。今日はなぜか藤本の声がやたらと響いてくる。時折、矢島の声も聞こえる。

休憩が終わり、三人が事務所から出てきた。どうも様子がおかしい。矢島は少しむっとした様子で帰って行った。藤本は私の目をじっと見て、小さな声で何かぶつぶつ言っている。菅野は何やら楽しそうだ。四時になり、帰宅する前に藤本が事務所に寄り、私に話し掛けてきた。

「さっきの昼休みにね、菅野さんがね……」

あの、妙に騒々しかった昼休みのことだ。そこで、どうやらこんな会話があったらしい。

「私ね、店長にレイプされたの」

と、菅野が唐突にそんな話を始めた。事務所が大騒ぎになる。

「やぁね、やぁね、ひとでなしよ、ひとでなしー」

休憩時間中、売場にまで響いてきたのがこの藤本の声だ。

「ひどいわ、ひどい、それ、犯罪よ、犯罪」

矢島も大きな声を上げている。

「そうじゃなくて、夢よ、昨日の夜に夢を見たの。その時ね、店長、いきなり私をこのソファに押し倒して、乱暴したの」

「さいてーよ、さいてー、ごくあくにんよ、ごくあくにーん」

「今すぐ警察に行かないと、そこの伊勢佐木警察」

「私、やめてーって何度も叫んで必死に抵抗もしたけど、だめだった」

「いやー、いやー、けだものよ、けだものー」

「絶対に許せない、こんな店やめてやる」

「店長ったら、もう私の魅力に我慢できなくて、ほんとひどいの、ちゃんと責任取ってもらわなきゃ」

「でも、それって何かおかしくない」

「そうよ、店長、何も感じてないかもしれないし」

「そんなことないわよ」

いつものように、好き勝手なことばかり話していたらしい。

「……って、菅野さんが言ってた」

もう返す言葉もない。

また別の日、レジカウンターで販売している中華まんの売れ残りを処分させていると、藤本が、

「この、肉まんふやけて、菅野さんのおっぱいみたい……」

売場でそういうことを言うか、と思った時には既に遅く、

「なによ、私のおっぱいはそんなんじゃないわよ、もっと張りがあってかわいいの、ねえー店長」

「知らない、そんなこと」

いきなり振られて、少し取り乱してしまったかもしれない。

「あー赤くなった、ほんとは見たいくせに」

と言い、自分の胸に手を当てて楽しそうに笑っている。もう何も言えない。

更にまた別の日、売場にはいつもの三人がいる。今日も騒がしい。見かねて、

「喋ってばかりいないで、掃除するとか、商品売場に出すとか、やるべきことをしなさい」

と言い、事務所に戻った。物音一つしない、静まり返っている。自分は店長なのだから、もちろん威張る必要はないけれども、叱る時は正しく叱る、これも大切なことだと自身に言い聞かせていた。しばらくすると、売場から、

「すいません……」

と、男の人の声がする。事務所のドアを少し開き覗いて見ると、男性が一人商品を持ってレジの前に立っている。ところがあの三人の姿が見えない。レジに急ぎ、

「申し訳ございません」

と深く頭を下げ謝罪し、すぐに会計をした。どこからともなく、いつもの笑い声が聞こえてくる。店の外を見ると三人がいた。通りを挟んだ反対側の空き地で、それも店のエプロンをしたまま、バドミントンをやっている。バドミントンの道具は何年も前に正月用の玩具として仕入れ、売れ残ったまま倉庫に保管されていたものだ。遠目ながらに、レジに立つ私の不機嫌そうな顔に気付いたのだろう、そそくさと店内に入り、仕事をしているふりを始める。

「お客さん来てたよ、ちゃんとやって」

「店長怒ってるわよ、店長……」

藤本が言う。

「大丈夫よ、店長ね、私たちのこと愛しているから」

菅野が言った。

前々からこんな噂があった。二本松総業とどこか別の組との間で抗争事件が起こるかもしれない、そんな噂だった。この店に、頻繁に買物に訪れる近所の酒問屋の従業員も、それを口にしていた。賑やかな伊勢佐木モールから少し外れたこの界隈は、普段はこれと言って変わったこともなく、のんびりとしている。日々出入りしている二本松総業の組事務所にしても特に変わった様子もなく、この界隈と同様にやはり穏やかだ。これを平和と呼んでいいものかどうかは解らないけれども、それ以外の言葉も見つからない。

そうした状況であったとしても、ヤクザ間の抗争事件が実際に起こる可能性もゼロとは言えない。もし、店の近くで抗争事件があった場合どうすればいいのか。

「防災訓練ではないけど、うちの社長からは、『その時はすぐに店のシャッター閉めて、奥の部屋でじっとしているように』と、ちゃんと緊急時の指導は受けていますよ」

酒問屋の従業員が言った。

実は今更ながらに気付いたことだが、この店には金属製のシャッターがどこにもない。店頭の窓と自動ドアはガラス製で、あまりにも無防備だ。だからといって本社に、

「暴力団の抗争事件に備えて、金属製のシャッターを設置してください」

などと口にしようものなら、また蜂の巣をつついたような大騒ぎになる。騒ぐだけ騒いで、結局、何もしてくれないだろう。それこそ、ここを閉店させるための格好の口実を与えてしまうことにもなりかねない。ふと、気付いた。閉店の口実となることが、何かいけないことなのだろうか。いつの間にか、それも無意識のうちに、自分らしくもないおかしなことを考えていた。何はともあれ、身の回りの安全だけは確保しておかなければならない。さて、どうしたものか……。

それから間もない日の朝、その出勤の途中、店の反対側にある空き地に四人の男たちの姿を見かけた。空き地の奥、駐車場を隔てたブロック塀に身を隠すように、その四人は立っていた。彼らは普段接している二本松総業の組員たちではなかった。むしろ、それ以上に危険な雰囲気さえも醸している。その手には一瞬、拳銃が見えたような気がした。すぐ近くには二本松総業の組事務所もある。その先には私の店がある、今、店には矢島が勤務している……。心臓の鼓動が速くなるのを感じた、その瞬間、彼らは銃を右手に握り一斉に走り出した。

「あー」

その後すぐに、それが横浜を舞台にした、近頃人気の刑事ドラマの収録であったことを、知った。事実を知ってしまえば単なる笑い話で済むが、たとえドラマの撮影であったとしても、拳銃を手にした男たちが暴力団事務所の近くをうろついたりすることは、やはり危険な行為だと思う。

店に入ると矢島が興奮した様子で、

「来たわよ、来た、あのドラマの刑事の一人、トイレ借りに来た」

と言う。呑気なものだ。もしも万が一、ここでヤクザ間の抗争事件が起こったのなら、この矢島も、今はここにはいないあの二人のどちらかも、あるいは三人一緒に（できることなら三人一緒に）、ドラマの撮影か何かと勘違いして店の外に飛び出してしまうかもしれない。もしかすると、そこで撃たれてしまうかもしれない。心に動揺が残っているからなのだろう、嬉しそうな矢島の顔を見ながら（一瞬魔が差してしまったせいか）不謹慎にもそんなシーンまで思い描いてしまった。

「この辺で銃なんか持って歩いていると、本物のヤクザに撃たれちゃいますよ、って、今度来たときには言ってやって」

と矢島に言った。興奮と放心が入り混じった眼差しが、どこか遠くを見つめていた。

二本松総業から電話があった。この頃には組事務所の構成員、その全員ではないにしても、ほぼ一人ひとりの名前も解るようになっていた。

「細川だけど、そっちにさ、モグラみたいな、おやじ行ってない」

構成員の名前は解っていても、さすがにモグラみたいな親父のことは知らない。

「売場見てみます、少しお待ちください」

解らないなりに確認をした。そして、電話口に戻り伝えた。

「お待たせしました、売場には木田さんがいらっしゃいます、今こちらにいらしているのは木田さんだけです」

「あ、なんだ、木田そこにいたの、だったらさぁ、木田を電話口に呼んで、伊勢佐木警察から電話だって言ってよ」

「そんなこと、言っても大丈夫ですか」

「いいから、ちょっと言ってみてよ」

いきなり、気持ちが沈んでしまった。恐る恐る、雑誌売場で立ち読みをしている暴力団組員に向かって、事務所のドアのところから声を掛けた。

「木田さん、木田さん、電話が入っています」

「おう」

店の事務所内に通し、

「伊勢佐木警察署からです」

と言った瞬間、表情は真顔になり逃げ出そうとしたが、再度、

「電話です」

と言い、無理やり受話器を渡した。

「なんだよう、脅かすなよ、細川、おまえ殺すぞ」

電話口で、大きな声で騒いでいる。いつの間にか、ここが彼らの遊び場と化している。

「店長悪かったな、あの野郎、ほんとにぶっ殺してやる」

といい、組事務所に戻って行った。それにしても、あの伊勢佐木警察署と聞いたときの狼狽えようは、全くもって尋常ではなかった。何か大変なこと、きっと恐ろしいことを仕出かしてしまったに違いない。

ところで、あのモグラみたいな親父とは誰のことだろう。もしかすると、以前に組事務所に配達で行ったとき、数人を従えて玄関から入ってきた、そして中にいた全員が起立して迎えた、あの組長のことではなかったのか……。

「本人のいないところでは、モグラだなんて呼んでいる。どこも同じなんだ」

ふと、そんなことを考えてしまった。

数日後。

「店長、ちょっと、ちょっと……」

と店の入口から手招きする人がいる。二本松総業の組員の一人だった。

「あ、蔭山さん、こんにちは」

外に出ると、大きなベンツが歩道に乗り上げるようにして、店前に止まっていた。彼はこの車を運転することが仕事らしく、また車に同乗する組長の身を守ることもきっと彼の役割なのだろう、何とも恐ろしい、どこから見てもヤクザそのもの、といった姿をしている。その彼が、なぜか妙にそわそわしている。

「店長、ちょっとここ見てよ、ぶつけちゃったよ」

車の右後ろ、フェンダー部分が凹んでいる。

「ばれるかな、まずいよ、これ、おれ殺されちゃうよ」

組員は、すっかり途方に暮れ、落ち込んでしまっている。

「そうですね、少し目立ちますね、修理した方がいいかもしれません」

「そうだよな、でも高いんだろう、いったい、いくらぐらい掛かるんだろうな」

「金額までは解りませんけど、保険とか入っているかもしれませんから……。そうだ、金庫を管理している本宮さんに、それとなく聞いてみるのがいいと思います」

「あーそうか、そうだよな、それがいいわ、そうする」

暴力団の組員たちとはいえ、私たちの店からすれば、他のお客様と何も変わるところはない。怖くない、と言えば全くの嘘になるが、むやみに怖がることなく、お客として礼儀正しく接することだけは、常に心がけている。

　また別の日、二本松総業の組員が二人連れだって店を訪れた。

「木田は、今日も来たの」

　一人は、数日前に電話を掛けてきた細川構成員、もう一人は、以前に組事務所で電話の出方を学んでいた若者だった。あの時は紺色の特攻服を着ていたが、今日はベージュのダブルのスーツを着ている。

「はい、先ほどいらっしゃいました」

「あいつ、いつもここで立ち読みしているんだな、それでさぁ、店長、ちょっとこれ見てよ、ダサイだろ、何か言ってやってよ」

　組員が、そのダブルのスーツを指さして言う。確かに、その通りだった。それこそ手本のように全く隙のない身なりをした先輩組員の横に並ぶと、その不自然さがより際立って見えてしまう。

「いいですよ、スーツ」

「やっと、ここの組員になれました」

　若い男が嬉しそうに言った。

「どこの会社の新入社員もそうですけど、最初は皆同じです。すぐに着馴れて、様になりますよ、おめでとうございます」

　と言って、頭を下げた。

まだ二十歳にも満たないような若者たちがヤクザの世界に身を投じていくことは、何とも複雑な思いがする。人生の選択肢なら他にも、それも幾らでもあるはずだ、そう思うことは容易だけれども実際には多くの選択肢などはない。だから私もここで働いている。目の前のスーツを着た青年も、きっとそれしか選ぶ道がなかったのだろう。けれども、ここは暴力団の構成員になることが、良いか悪いかを問うところではない。何はともあれ、出世であることに違いはなかった。

「店長がおめでとうって言っているんだ、礼ぐらい言えよ」

「ありがとうございます」

笑顔と、ぎこちない返事が返ってきた。

「店長上手いこと言うな……よかったじゃないか」

そして二人は菓子と飲料を買い、店を出て行った。

あの若者がヤクザの組員になれたように、自分自身も、この街の一員として認められたような気がした。けれども、それはおかしなことだろうか、何か間違っているのだろうか。ここに来たばかりの頃はよそよそしいと感じた近隣の飲食店や風俗店の店長、そこの従業員たちも、今では会えば必ず挨拶をしてくれる。私も挨拶は自分からする。そんなことを矢島、菅野、藤本に話した。

「みんなも、近所の人にはちゃんと挨拶しないとだめだよ、社会人としての常識だよ」

　藤本に言われた。

「だって、近所の人はみんな、店長のことヤクザだと思ってるわよ」

八

　十一月、深夜勤務者二名と、夕方からの勤務者一名を新たに採用した。深夜勤務者は今までの、田所、渡辺に加え古橋、山本の四人の体制となった。夕勤者は菓子の発注を担当させている加藤、女子高校生の安藤、島田、男子高校生の鈴木に、新たに大学生の斉藤が加わった。未だ手つかずのままの売場、倉庫の清掃、片付け、事務所奥の部屋に放置されたままの什器処分等、しなければならないことは山積みだ。自分が発注している商品の品揃えも見直さなければならない。年内には店舗の立て直しを終わらせたいと考えている。

　この会社に入社し、深夜勤務を希望した時の、煩わしい人間関係から解放されたい、という思いは今も心の内に残っている。かつて、たった一人で深夜勤務を日々繰り返していた頃を振り返りながらも、これから先もそうありたいという願いは心の中に残り続けている。かつて、夜の入口に立ち、夜の世界を想像していた。ここに来て、夜の世界を目の当たりにした。それは想像していた以上のものだった。そこは醜くもあり、それまで触れたことのない美しさをも湛えていた。恐ろしくもあり、不思議な優しささえをも感じさせるものだった。気が付いた時には、その世界の住人の一人となっていた。けれども、そこからは一旦身を引かなければならなくなった。自ら、そうすることにした。

ここには、商品の品揃えも、接客も、清掃に至っても、他の店と比較して勝るものが何一つもない。他店に勝つとか負けるとか、それにこだわる必要はないことも解ってはいる。それであっても、もっといい店にならなければ、とも感じている。今よりも、まともな店で買物が出来て、まともな店で働くことが出来る、ここをそんな店にしなければならないと、ここを訪れた時からそう思ってはいた。けれども、なぜそう思うのか、がよく解らない。どこか自分らしくないようにも感じる。そうした苦労などわざわざしなくても誰かに咎められるわけでもなく、その苦労を背負ったからといって誰かに認められるわけでもない。それこそ、その先に明るい未来があるようにも思われない。色々と考えてはみたもののよく解らないままに、とにかく始めることにした。

今回、新たに夕勤者として採用した斉藤は大学で経営学を学んでいて、将来は自分で起業したいという思いを面接の時に語っていた。ここに来る前も他のコンビニエンス・ストアでアルバイトをしていて、商品の発注もやったことがあると語っていた。何もわざわざこんな店で働かなくても、と思いつつも採用を即決し、私が今までやらざるを得なかった調味料やカップラーメンなどの加工食品の発注を、彼に担当させることにした。一度きりのトレーニングですぐに売場を任せられるようになった。実は、驚いたことがある。何とも商品の並べ方が上手いのだ。カップラーメンや缶詰などが整然と並んでいる。それを見て、彼に言った。

「商品が綺麗にならんでいるね」

「はい、前に働いていた店ではそこの店長からこうするよう、いつも言われていましたから」

「そうなんだ」

その言葉を聞いて、それ以上何も言えなかった。それまで、店長として従業員たちにそのようなことを一言も語ったことがない。それどころか、そんなことさえも思いつかなかった自分がまた恥ずかしくなった。

私だけではない、菓子の発注を担当している加藤も気が付いたようだ。加藤が斉藤に商品の陳列方法について訊いている。

「商品はとにかく良く見えるように陳列することが重要なんだ。前に出して、向きを揃えて、高さを揃えて、角度も揃える、これがコツかな」

加藤と斉藤が話をしている商品ゴンドラの反対側を通り過ぎながら、その言葉に耳がそばだってしまった。

「それから大切なことは、ハタキ掛け。埃を寄せ付けないこと、この埃が汚れの原因になるんだ。ちゃんと掃っておけば、陳列棚の清掃回数も少なくて済む」

斉藤がズボンの後ろのポケットに挿している小さなハタキを手に取り、加藤に見せながら言った。

「そんなハタキ、店にあったかな」

加藤がそのハタキを手にして、商品棚を掃いながら言った。

「これは前に働いていたところでも使っていたものだけど、店長に言って、全員分揃えてもらうのがいいと思う。ただ、羽根の固さとかがけっこう重要なんだよ」

「そうなのか……」

すっかり、感心してしまった。

ハタキは斉藤に頼んで用意してもらうことにした。届いたハタキを全員に配った。そして、名前を書いた紙を柄の部分にセロテープで貼って、自分で管理するように伝えた。

「手が空いている時は、ハタキ掛けやってね」

矢島、菅野、藤本にも渡した。その時から三人のハタキ掛けが始まった。それぞれが散らばって、無言でハタキ掛けをしている。それは何とも異様な光景にも見えたが、長く続くはずもなく、とりあえず本人たちが飽きてしまうまでは、そのままにさせておくことにした。ハタキ掛け以外にも、斉藤が始めた商品の陳列方法を、自分が発注を担当している冷蔵ケースのチルド商品にも取り入れることにした。斉藤が話していたように、少し手を加えるだけで、売場が見違えるようになる。また感心してしまった。

売場はまだ完成にはほど遠いものの、改善が進みつつある。それと並行して、発注の内容の見直しも行わなければならない。以前、南太田店の北村店から、毎月本社から送られてくる商品報を確認するように、とのアドバイスも受けている。机の上の棚に置いたままになっている青い表紙の、横に長い、重たいバインダーを引っ張り出して開いた。そこには商品カテゴリーごとの月間の仕入金額、厳密に言えばそこから廃棄処分したもの、返品処理をしたものを差し引いた仕入金額が表示されている。そして、その数値の横には前年度対比が記載されている。これは、昨年と比較して仕入れが増えているのか減っているのかを確認するためのものであるけれども、仕入金額は売上に応じて変動することから、販売の増減の目安にもなる。

その数字を一つひとつ確認していく。弁当やおむすび、パンなどについては、前年対比を上回っている。これは先月の本社での全体会議で発表があったように、コンビニエンス・ストア部門の全体的な傾向でもある。商品カテゴリーを更に細かく見ていく。自分が担当しているチルド商品、牛乳などの紙パック飲料、デザート、豆腐、漬物などを含むいわゆる日配品とも呼ばれるカテゴリーも全体的には、かろうじてではあるけれども前年度を上回っている。

そうした中で、菅野に発注を任せた日用品のカテゴリーは、前年対比の伸び率が突出して高かった。肌着や衛生用品などは伸び率が二百パーセントを超えている。化粧品も女性用男性用問わず、仕入金額が大幅に伸長している。仕入れの実績であるから、一概に売れた額とは言い切れないものの、数字からは発注内容の立て直しが進んでいるようにも見える。本来であれば菅野を呼んで、数値を見せ、褒め称えるべきなのかもしれないが、

「店長は発注がへたなの」

とか言われかねない。それは、自分自身でも充分に思い当たる。加えて、ここに記載された数値は月間の仕入金額であるから単に在庫が増えただけかもしれない、と自分を納得させ、しばらくはこのまま様子を見ることにした。

それにしても、改めて自分の担当しているカテゴリーを見直すと、前年を大きく割り込んでいるものが散見される。野菜と肉と魚、スーパーマーケットで言うところの

生鮮食料品だ。ただし、これらに属する商品は、ごく一部を除けば以前勤務していた南太田の店ではほとんど売れていなかった。この店に限ってみても、少し歩いて伊勢佐木モールにまで行けば大型のスーパーマーケットもある。そもそも、コンビニエンス・ストアで野菜や肉や魚が、売れるとも思えない。そうした自分なりの理屈で、これら商品は売場も縮小し、発注も控えた。野菜は多少残してはいるけれども、肉や魚は売場にはほとんどない。

よくよく思い返してみれば、ここに来たばかりの頃は野菜と魚類は品揃えが今よりも充実していた。それを止めてしまったのは自分だ、これは失敗だったかもしれない。

そう感じながらも、

「でもここで、こんなもの、買う人がいるのかな……」

という、思いは残ったままになった。半信半疑のまま魚類の発注を再開させ、冷蔵ケースの片隅に売場を造った。先ずは鮭の切り身を並べた。売場にぽつんと鮭の切り身が並んでいる。どう見ても不自然だ。なぜかそこだけが寒々しい感じがする。

「絶対に売れない」

と、思っていたが、驚いたことにすぐに売れるようになった。発注する数も種類も増やし、売場も拡大した。

「肉も売れるかな……」

肉は、小分けされパックになったものが数種類あるだけだ。その中にある豚小間を発注し、納品されてきたものをハムやソーセージの近くに置いた。透明なプラスティック容器の底に、百グラムそこその、薄く張り付くようにスライスされた肉がパックされている。これもみすぼらしい。それに、値段が安いわけでもない。

「だめだ、こんなもの絶対に売れない」

なぜか人に見られたくないような、恥ずかしささえも感じてしまった。他の商品の間にでも隠しておこうかと思ったけれども、売れてしまった。来店した男性がそれを手に取り、買物カゴに入れるのを見た時、

「それ、本当に買うんですか」

と、つい訊いてしまいそうになった。その後も、この豚小間肉と豚バラ肉はよく売れた。

数日が経った頃、商品展示会で名刺を交換したパンメーカーの営業担当者が店を訪れた。事務所に通して、話を聞いた。売場に並べてほしい商品があると言う。ソファの前のテーブルに置かれた食パンを眺めながら私が言った。

「だって、これ二百円もするんでしょう、いまここで売っているものは九十円のものですよ、売れないと思うな」

「店長、これ家に持って帰って、ぜひ食べてみてくださいよ、違いはすぐに判ります

から、良い商品であれば値段が多少高くても必ず売れるようになります」

勧められるままに、家に持ち帰り、トーストにして食べてみた。その違いは自分ですぐに解った。だからといって売れるとは限らない。半信半疑のまま、売場に並べた。ここを訪れたパンメーカーの社員の言う通りだった。結果的には、この二百円の食パンは九十円のものよりも多く売れるようになった。

不思議なことは他にも起こった。以前勤務していた店では売れなかった商品であっても、ここではよく売れるものがあった。ケーキやプリン等のデザート類は価格の高いものが売れる。どう見ても、この界隈に暮らす人たちの所得が平均よりも高いようには思われない。なぜ売れるのか、その理由が解らない。反対に売れないものもある。例えば、ヨーグルトはさっぱり売れない。なぜ売れないのか、その理由も解らない。

こうしたことを繰り返しているうちに、この界隈で暮らしている人々の生活様式が、おぼろげながらにも少しずつ見えてきた。これまでは、夜の世界、そこに関わる人たちばかりを見てきた。けれども、ここにはその人たち以外にも、多くの人たちが暮らしている。

伊勢佐木モールには、いつも多くの人が行きかっている。その通りには、百貨店もあれば、スーパーマーケットも、レストランもファーストフード店も、高級洋菓子店もある。そこに行きさえすれば、買物に困ることはない。けれども、多くの人で賑わう通りの路地を数歩入ると、古い集合住宅が並び、そこでひっそりと暮らしている人たちが、それも数多くいる。彼らの多くは、百貨店やスーパーマーケットのように、人が多く集まる場所をあまり好まず、この路地界隈を生活空間としている。彼らは仕事が終わると、もしくは休みの日に、裏通りを通って私の店へと買物に来る。その日稼いだ金は自分の楽しみのために使ってしまう、先のことはあまり考えない、そんな消費行動が見え隠れする。ケーキやプリン等のデザート類の高価なもの、と言うよりも豪華に見えるもの、それらが彼らの生活の中の、楽しみの一つを担っている。食パンにしても、美味しくなければ安くても買わない。その代わりに、ヨーグルトのような健康志向の高い商品には、ほとんど関心を示さない。売場をどう作り上げていくか、その方向性も少し見えてきた。

野菜についても品揃えの改善を進めた。商品の全体の在庫を二倍から三倍程度にまでに引き上げた。ここで揃えられるなら、わざわざ人の多いスーパーには行かない、そうした人たちが購入してくれるようになった。今まで空きスペースの多かった青果売場は商品で一杯になった。じゃが芋や玉葱は冷蔵ケースの前に販売スペースを設け、そこに陳列するなどの工夫も行った。

以前、宅配便で鉢植えを送ろうとしたあの女性客も、その後も特に変わる様子もなくここを訪れている。あれが欲しいこれが欲しい、と口うるさいことは相変わらずで、今では仕入れが可能な商品は何でも発注をして売場に置くことにした。それどころか、仕入れが出来ない商品についてさえも、本社にわざわざ依頼までして、本社が経営するスーパーマーケットの部門から特別に取り寄せてもらうように、その手配もした。そうしたこともあってか、来店する頻度は明らかに以前よりも増えた。その分だけ、うるさいことを言われる回数も増えたような気がする。

「ちょっと、あんた、なんなのよこのおお入りあんパンって、昨日買って食べたらあんこがいっぱい入っていて、これじゃご飯の代わりにならなわよ。あんこなんてたくさん入っていればいいってもんじゃないんだから、あんこ食べたけりゃ薄皮まんじゅう買うわよ。そういえばここ、それも置いてないのね。それで普通のはないの、普通のあんパン。店長、わたしが来るといつも奥に隠れちゃって、出てこやしないし、ほんとだめね、この店。とにかく、ちゃんと言っておいて、前のに戻してってって。それから、ついでに薄皮まんじゅうも入れといてって、言っといて」

「はい、店長に言っておきます」

あれだけ嫌がっていた藤本も、最近では慣れてしまったらしく、上手くかわしている。

青果、特に果物においては、もう一つ別の需要があることにも気付いた。バナナがよく売れることくらいは認識していたが、レモン、オレンジなどの柑橘類が、夜の飲食店では業務用として欠かせないものであるということを、今更ながらに知った。その需要に対応させるため、他にもリンゴやナシ、イチゴなどの季節の果物も品揃えに加えた。発注が可能な商品は一通り売場に並べてみた。果物が並ぶようになると、なぜか、今まで殺風景だった売場が、華やいだようにも見えてくる。

「ねえ、見て見て、野菜の売場に、メロンがある」

「店長、ずいぶん強気よね、ここでメロンなんか誰が買うのよ」

「残ったら、みんなで食べようね」

売場の飾り、のつもりで発注したメロンやパイナップルも売れるようになった。そのメロンは、夜の店のどこかで何倍もの値段になり、酔った客たちのテーブルに並ぶのだろう、そんなことを思うと、この仕事も楽しくなる。ただし、毎日売れるものではない。

そうした中で、どうしても好きになれない売場がある。弁当とかおむすびが並んでいる売場だ。ここの品揃え、これが難しい。弁当は近くのソープランドの支配人が買ってくれている以外は、誰が買っているのかも解らない。おむすびも、深夜にゆで卵と一緒に鰹節のおむすびを買っていく黒服の男しか思い浮かばない。二本松総業には毎日配達に行ってはいるけれども、カプリコやティッシュアイスのチョコマーブルは頻繁に注文があるものの、弁当やおむすびに限ってはこれまでに一度も届けたためしがない。この弁当やおむすびは、発注が多すぎれば残り、捨てることになる。時々、いや、それこそ毎日のように自分でも買って、食べたりもしているけれども、おむすびはともかく、弁当に限っては美味しいと思ったこともない。

どうすれば販売が伸びるのか、ふと思いついたままに、希望ヶ丘店の中林店長に訊ねてみることにした。電話での問いかけに、中林店長は面倒臭がることもなく親切に答えてくれた。

「先ずはさ、何が売れているかだよ。うちなんかは鮭の弁当が売れているから、それに注力している。あれもこれもって色々な商品を並べるのではなくて、売れている商品に発注を集中させる、これが何よりも大事さ。これさえあれば、他の商品なんてなくてもいいくらいだよ。おむすびもそう、やっぱり鮭と、それからツナ、が売れているだろう。とにかくこれを品切れさせせないようにしないと、他は切らしてもこの二つは絶対に残す、そこからやってみるのがいいと思うよ」

私から質問されたことが多少なりとも嬉しかったのかもしれない、その様子が興奮気味な口調から伝わってきた。お礼を言い、電話を切り、その日の発注から試してみることにした。

数日後、事務所のドアの外側から、話し声が聞こえてきた。

「なんか、最近鮭のお弁当多くない、いつも残ってる」

藤本の声だ。その話の内容から、三人が弁当の置かれた冷蔵ケースの前にいることが解る。

「店長は、鮭のお弁当好きなのよ」

矢島の声だ。

「そうじゃないのよ、店長はね、発注が下手なの」

以前に想像していたことを、菅野が全くその通りの言葉で話している。

「あのメロンもそうだけど、鮭のお弁当がこんなに売れるはずないのに、もうお店潰れちゃう。藤本さん、店長に下手くそって、言ってきて」

「そんなこと、言えないもん」

「そういえば、メロンは残らないわね、どうしたのかしら」

「残ったのは、店長が夜中にこっそり食べてるにきまってるじゃない、店長の特権とか言って」

「やぁね、ほんと、人間が小さいんだから」

「それより、菅野さんがお弁当発注した方がよくない」

「そしたら、店長は何するの、やることなくなっちゃうわよ」

「そうね、店長はね、配達係がいいわね、配達大好きだし、これからは伊勢佐木警察にも行ってもらうのって、どうかしら」

「でもヤクザから、警察の回し者とか言われて、ぶすって刺されちゃったりしないかな」

　全て聞こえている。素直にその日の発注から鮭の弁当は減らすことにした。

　深夜勤務から離れて、一か月ほどが過ぎた。それでも、休日が取得出来ない状況は続いていた。気が付くと、髪がずいぶんと伸びている、床屋にも暫く行っていない。

　朝の発注が終わり、レジにいた矢島と藤本に床屋に行くことを告げ、出かけた。

「どうしますか」

　大きな鏡の前の、椅子に座ると訊かれた。当分は床屋にも行けないだろうから
「短めにしてください」

　と言うと
「刈り上げますか」

　と、再び訊かれた。

「そうですね、上は髪が立つか、そのくらいで……」

　散髪が終わり、昼前に店に戻った。

「ただいま」

　と言って、店に入るとそこにいた藤本が、いきなり、

「いやーいやー、なにそれ店長、その頭、ヤクザみたい」

と大きな声で言っている。矢島はカウンターの後ろに突っ伏して笑っている。藤本が事務所に行き、出勤してきたばかりの菅野を呼んできた。菅野は私を見るなり、露骨に声に出して笑った。

「ヤクザっていうよりは板前さんね、これからは店長じゃなくて板さーんって呼ぼう、板さーん」

矢島が笑いを通り越して、苦しがっている。昼間の三人が面白がって騒ぐだろうことは大方予想してはいたけれども、ここまで酷いとは思っていなかった。どこの世界に店長の髪形を見て、それも面と向かって大笑いする従業員がいるものだろうか。言葉には出さなかったが、

「この三人は、人として絶対に何か欠けている」

とその時に感じた。

「店長、かっこいい」

本心かどうかは別としても、そう言ってくれたのは夕方に出勤してきた安藤だった。

「これからは、安藤だけをえこひいきしてやる」

と思ってはみたものの、最も「何か」が欠けているのは自分であることにも気付き、深く反省した。

ただ、これが役に立つこともあった。深夜勤務を若いアルバイトたちに任せるよう

になってから、酔った客に絡まれることが多くなった。最もたちの悪い客は、実はこの酔っ払いたちだ。酒は置いてないのかとか、缶詰やレトルトのカレーを電子レンジで温めろとか、挙句の果てには女の従業員はいないのかとか、言いたい放題だ。レジカウンターの前でいつまでも、ぐずぐず文句を言い続けている。

実のことを言えば、夜間、あの組員たちが店の周りをうろついている時は案外平和で、こうした問題が起こることはない。結局、深夜勤務からは退いたものの、やはり電車がある間は家に帰る訳にもいかない。事務処理をしながら、何かことあるごとに売場に出ていく、おかしな話だが、この効果はてきめんだった。私の顔を見ると、皆、何も言わずに店の外へと出ていった。

こんなこともあった。ある日のこと、朝、店に出勤すると矢島が、

「警察の方が来ています」

と言った。事務所に入ると、一人の男がレジの記録紙を見ていた。どこかのヤクザ者のようにも見えたが、伊勢佐木警察署の刑事だと言う。数日前、伊勢佐木モールの反対側に新しく出来たコンビニエンス・ストアに強盗が入り、レジスターから売上金が持ち去られた。その犯人が逮捕され、自供によると犯行前にこの若葉町店にも立ち寄り買物をした、とのことだった。その裏を取りに来ていた。その刑事が言った。

「最初はここを狙ったらしいけど、店の外にも中にもヤクザがいたので諦めた、と

言っていましたよ」

「店の中には、ヤクザはいません」

と、意味のない抵抗を試みようと思ったけれども、止めにした。刑事は証拠を発見し、礼を言い帰って行った。

「何が板さーんだ、ほんといい気なものだ」

店を良くしていくことは大変なことだけれども、それ以前に店を守らなければならない、これが最も大変なことなのだ、とあの三人にも解らせてやりたい……と思ってはみたものの、

「店長なんだから、かよわい私たちを守るのは当然よ、ねー」

くらいの返事が返ってくるだろうことは、容易に想像出来る。余計なことは何も言わないことにした。

昼間、銀行に行き、その帰りに伊勢佐木モールを歩いていると、

「店長、店長」

と声を掛ける人がいる。そちらを見ると、三人の男が立っている。三人ともサングラスをしている。二人は帽子をかぶり、一人はジャージとジャンパー、もう一人は短パン、上に薄手のコート、あと一人はジーンズと派手なバックルの付いたベルト、なんだかよくわからない妙な格好をしている。誰だろう、と思ったがすぐに解った。

「店長、最近夜いないい」

「店長いないと、さびしいね」

女装して、夜店の周りに立っているあの人たちだ。夜以外は男の格好をしているということもその時に知った。と言うよりも単に、女装をしていない、が正しいかもしれない。いないと寂しい、と言われれば決して悪い気はしないものの、素直に喜ぶわけにもいかない。

それにしても、店の従業員たちも、暴力団の組員たちも、このどこの国の人かも解らない夜は女性のような男たちも、今ではごく普通のことのようになってしまった。かつては、自分の中にある物差しが他の人たちと異なっている、と感じていたものだ。だから人間関係が上手く勤まらないと、そう考えてもいた。近頃では、最も普通に近いのが自分であって、心の中にある物差しの目盛や数そのものがおかしいのは、自分を取り巻いているこの人たちではないのか、くらいにも思っている。

「店長、今度、遊びに行きましょうよ、みんなで、遊園地」

この不思議な身なりをした人たちもなぜか異様に明るい、とても楽しそうだ。あの三人の従業員たちも、あの暴力団の組員たちもそうだ。それにしても何がそんなに楽しいのだろう。そんなことはあるはずはない、と疑いつつも、人間とは本質的には楽しいものなのかもしれない……。それこそ自分でも理解出来ないような思いが、意図せず頭の中に浮かび上がってくる。

なぜ、こんなことが起こってしまったのだろう。かつて自分が暮らし、逃げ出したい、関わりたくない、と感じていた世界は一体何だったのだろう。あれは夢だったのか、夢から目覚めたのか、それとも、今見ているものが夢なのか、だからと言って、ここが良い、ここが正しいと思うはずもなく、思考は混乱するばかりだ。ここに来て未だ一年も経っていないのに、一人で深夜勤務を行っていた頃とは、明らかに自分自身の中の何かが変わりつつある。このままでいいのだろうか、おかしなことにならないだろうか、と、不安を抱えながらも、今更じたばたしても仕方がない。ここにいる以上は、その流れに身を任せておくより他はない。そして、あと一年もする頃には私も、あの人たちと同じような楽しい人の一人、となってしまっているかもしれない。

年末の大掃除の時期には一か月ほど早いものの、売場の改善が進んだこともあり何年も手付かずになっていた天井の蛍光管の清掃を始めた。本来であれば蛍光管の全交換を本社に依頼するべきところ、本社からは来年閉店という言葉が出てきそうで訊くに訊けず、清掃で済ませることにした。床にバケツを置き、脚立に立ち、蛍光管を外し、反射板の汚れを落とし、蛍光管を拭き上げ、元に戻す、を四十回ほど繰り返した。脚立の下で蛍光管を受け取り、それを戻したり、雑巾を絞ったり、をあの三人が交代で請け負った。まだ外が明るい時間帯であっても、店内の空気感が少し変わったような気がした。陽が落ちた頃に勤務に入った加藤が言った。

「あれ、あかるい」

それまで全く手付かずだった事務所の奥の部屋も片付けた。段ボールに放り込まれ、何年も放置されていた書類は廃棄処分し、今では使われなくなった棚やラックなどの不要物は一旦、店の外、裏側へと運び出した。小さいながらも、一つ使用可能な部屋が出来た。休憩室にするか、更衣室にするか、何に使うかは皆で決めればいいことだ。ただそれは表向きの口実でもあり、内心では以前から気になっていたあの、万が一の時の避難場所、にしたいと考えている。

その翌日の午前中、以前に額から血を流してビールケースを手に入店してきたあの男が、店内に入ってきた。前回のように血は流していなかったものの、手には商品棚に設置して使用する金属製のカゴを提げている。それは昨日、私が店裏に運び出したものの一つだった。

「これ、買ってくれよ」

それはこの店の物だ、と言おうとしたけれども、

「三百円でいい」

と訊ねると、男は素直に頷いた。そして、三百円を受け取り出て行った。横にいた矢島が言った。

「いいんですか、そんなことして、また来ますよ」

「しょうがないよ、いいよ」

結局その什器は、他のものも含め、通りがかりの廃棄業者が偶然にもそれを見つけて無償で引き取ってくれた。なぜか、三百円でゴミの処分が完了したような、そんな思いがした。

売上が少しずつではあるけれども、上昇傾向となってきた、客数も増加している。毎日行う商品の発注量にも、その手ごたえを感じる。南太田店の北村店長が話していたことは、本当だった。それでも、まだ手付かずの部分が幾つも残されている。清掃は進みつつあるものの、店頭、ファサードと呼ばれる正面の看板周りは何年にも渡る汚れが蓄積し、特に見苦しい状況となっている。ガラス窓も、自分がここに着任してから、二回ほどしか清掃をしていない。倉庫の整理整頓も未実施のままになっている。

売場の中でも、私が発注を担当している部分、加藤が発注を担当している菓子、斉藤が受け持っている加工食品は改善が進み、ほぼ完了しているのに対して、菅野が発注を担当している日用品の売場だけが埃が積もった状態のままに放置されている。さすがに菅野もそれに気付いているらしく、時折は加藤や斉藤の売場を眺めながら、どうしたものかと思案している様子も窺える。私にしても、その作業を菅野に押し付けるつもりもなく、手が空いた時にでも加藤、斉藤とともに一気に片付けてしまおうと考えていた。

「女手一つでは大変だ。今度、みんなでやるから、ちょっと待ってて」

売場にいた菅野に声を掛けた。

翌日、矢島が翌週の勤務予定表を私の所に持ってきた。月曜日から金曜日の、本来であれば交代の時間となる午後二時から四時に三人の名が並んでいる。加えて、その名の下に店長、括弧してレジと書いてある。

「これ、なに」

「来週、菅野さんが日用品の棚の清掃をするから手伝ってほしいって、それで、その間は店長が私たちの代わりにレジを打つんですって。それでそうなっちゃったんですけど、いいですか」

「うん、いいよ」

翌週の月曜日、午後二時から日用品の棚の清掃が始まった。矢島、菅野、藤本の三人が商品棚の間に並んでいる。菅野が清掃の方法について説明している。

「先ずは、一番上の棚の商品をどかして棚を拭いて、それから商品も拭いてからもとの場所へと戻すの、簡単よ」

「ならバケツと雑巾が必要じゃない」

矢島が倉庫にバケツと雑巾を取りに行った。

「どかした商品はどこに置くの」

　藤本が質問している。

「倉庫にある古いカゴとか段ボール箱に一旦入れておけばいいの」

　今度は藤本が倉庫に行った、何とも手際が悪い。口出しはせずに、その様子をレジカウンターから見ていた。どちらにしてもあの三人が作業をしている間は、レジスターを担当しなければならない。

「一番上の商品をカゴに入れて」

「ずいぶん埃がたまってて、汚れてる。それに蛾みたいな虫も死んでる、やぁね」

「ほんと、商品も埃っぽいし、それに棚の奥の方には、なんだか見たことない商品が転がっているわよ」

「矢島さん、下の段の商品はまだ動かさなくていいの、上から順番にやればいいの」

「ええ、そうなの、先に言ってよ」

「ちゃんと言ったわよ、もう……」

「棚拭いたわよ」

「そうしたら、商品も拭いて、もとの場所に戻せばいいの」

「めんどうくさいわね、もう、これどこに置くの、これ」

「適当に、その辺に置いておけばいいわよ」

「何かへんよ、前と違うみたい」

「一段目が終わったら、二段目も同じようにやればいいのよ」

「それにしても、商品下げたり、上げたり大変ね、あー腰が痛くなってきた」

「商品いちいち下ろさないで、後ろに引っ込めて、棚の前だけ拭くっていうのはどうかしら」

「それいい考えね、どうせ棚の奥なんて見えないし」

「次回からはそれでもいいけど、今回はちゃんとやるの」

「もう、店長にやってもらえばよかったのに、店長、身体使う仕事は得意だし」

「でもね、頭を使う仕事はあまり好きじゃないのよ」

常に何か喋っている、時々、笑い声も聞こえてくる。あの会話を止めてしまったら、きっと作業する手も止まってしまうのだろう、そんなことを思ってしまった。

「あんまり前に屈むと、見えちゃうわよ、店長レジのところにいるし」

「やぁね、やぁね」

「でも、店長に見られても平気よ」

「なんでなんで」

「店長、たぶんこれよ」

「これって、なぁに」

「オカマよ、オカマ」

「そんなこと言っていると、聞こえるわよ」

「それにしても店長、なんか楽しそう」

「私たちにこんな大変なことやらせて、自分だけレジ打って遊んでる」

「ほんと気楽よね、今日に限ったことじゃないけど」

「よくあれで店長が務まるわよね、藤本さん、店長はもうクビ、って言ってやって……」

「なら、店長は誰がするの」

「そうね、矢島さんでいいんじゃない、ここでは一番古くから働いているし」

「矢島さん、口が開いたままよ」

三人とも際限なく喋り、よく働いた。予定よりも一日早く四日目に作業は完了した。

「何かきれいになったわね、ぴかぴかしてる」

「わたしもこれからは、ちゃんとお化粧してこなきゃ」

「なんで、へんなの……」

九

十二月になって数日が経った夜、深夜勤務者に業務の指示を出し、帰宅しようとしていた間際に二本松総業から電話があった。

「本宮だけど、今、事務所に一人なんだよ、電話番していて外に出られないんだ、腹へってんだけど、何かあるかな」

夜十一時を過ぎていたこともあり、売れ残った商品が二つあるだけだった。二本松総業の組員たちは、この店の弁当やおむすびは絶対に買わない。缶ウーロン茶も缶コーヒーも、いわゆるショート缶と呼ばれる小さいものしか購入しない。暴力団組員としてのこだわり、何かしらプライドのようなものがあるのだろうと感じることがある。さすがに、売場に弁当が二つあります、とは言い辛かった。

「申し訳ありません、お弁当終わってしまいました。どうします、どこかでなんか買って行きましょうか……」

「わるいなあ、なら牛丼買ってきてくれる」

その日勤務に入っていた渡辺と古橋に、

「組事務所に行ってくる」

と、伝えた。新人の古橋は驚いた様子だったが、先輩の渡辺が、

「外は雨が降っていますよ」

と言って、倉庫から傘を持ってきてくれた。倉庫には、客が置き忘れていったいくつもの傘が保管されている。誰も引き取りに来ることのないその傘を差し、伊勢佐木モールを歩いて牛丼店に向かった。牛丼店のカウンターで、牛丼の大盛を購入し、組事務所に届けた。玄関が開き、その扉の隙間から牛丼を渡した。組事務所はひっそりとしていた。二千円渡され、釣りはいらないと言われた。

それから数日が過ぎた頃、不正が発覚し七月にここを去った松井から突然電話があった。店に行ってもいいか、との問い合わせだった。承諾をし、明日ここに松井が来ることを矢島に告げた。

「たいへん、きっとまた、ここにお金取りに来るのよ」

矢島は、松井のせいで自分が疑われ続けたことを、今でも心の中では恨んでいる。松井が去った日、矢島が泣きながら「皆が自分を泥棒だと思っている」と言っていたことは全くその通りだった。私自身もその噂を鵜呑みにしていた。本当のことを明かすならば、犯人を見つけ出すために仕掛けたトラップは、矢島の行動を軸に組み立てたものだった。結果的には、それが矢島の潔白を証明はしたものの、自分の心の内の何とも後ろめたい思いは消えることのないしこりとして残った。

翌日の午前十時頃、

「松井さん、来ました」

と矢島が事務所まで伝えに来た、警戒心が露骨に見て取れる。松井を事務所に通した。解雇ではなく自主退職扱いになったことで新たな働き口も見つかったことの、そのお礼を言いに来た。今はペットショップで働いているという。

「店長にはずいぶん迷惑をかけてしまって、本当に申し訳ありませんでした」

「一番辛い思いをしていたのは、矢島さんだ」

「矢島さんにも辛い思いをさせてしまって、深く反省しています」

今ではその矢島を始め、誰もが店のために頑張ってくれている、ということを話した。

「店に入ってすぐに感じました、前とはぜんぜん違うって」

松井も店が変わったことに驚いていた。

「新しい職場はどう、上手くいってる」

「みんな、いい人たちで、楽しく働いています」

「それは良かった」

そんなたわいもない会話をしながらも、心の中では考えていた。なぜ松井は、あんなにも、何度も何度もレジから金を奪ったのか。あのビデオの画像には自分と松井が映っていた。何食わぬ顔で松井と接してはいたが、その時は既に松井が犯人であることを知っていた。そして松井は私に笑顔で接し、レジから現金を抜いた。金を奪う者と、追い詰める者との心理的な駆け引き、その攻防は予想以上に壮絶なものだ。お互いに仮面を被り、心の内を決して明かそうとはしない。追い詰めているはずの自分の心が、逆に追い詰められていく。平静を装った自分の心の中には、松井に対する怒りと憎しみが確かにあった。笑顔を装った松井の心の中には、奪わざるを得ない衝動から生じる、私への敵対心もあったはずだ。

ありきたりな会話は続いた。

「ペットショップといっても、いろいろあるけど……」

「犬と猫の専門店です、来年くらいから犬のトリマーになるための専門学校にも通って、数年後には自分の店、トリミングサロンを開きたいと思っています」

将来の夢も語った。会話を続けながらも、松井に対する自分の心は、終ぞ開くことはなかった。頭では許しているつもりであっても、心がそう反応してしまうのだ。私だけではない、目の前の松井も同じように感じている、それがなぜか伝わってくるような気がするのだ。善悪はともかく、松井は私がここに来るまでは常に勝者だった。それまで、どの店長も松井には敵わなかった。敗北した店長たちはここを去り、松井だけが残った。その松井が敗者となり、ここを去らなければならなくなった。

そもそも松井は今日、何をしにここに来たのか。果たして松井の中ではあの敗者となってしまったストーリーはそこで完結したのだろうか。単なる思い過ごしであるならばいいのだけれど、何かが燻ぶったままになってはいないか、そんな考えが浮かび上がってくる。そして、なぜ何度も金を盗んだりしていたのか、その同じ疑問が繰り返し巡ってくる。両替金を着服してここを去った生田は、明らかに遊ぶための金を必要としていた。その動機ははっきりしていた。けれども松井には、そうしたものが何一つ感じられなかった。身なりも矢島と似たり寄ったりで、目立つところは何もなかった。動機は何だったのか。そして松井も、その理由を覆い隠すように、本当の心を開こうとはしなかった。

「店長も、身体に気を付けてください、大変な仕事ですから」

「うん、ありがとう」

松井が席を立ち、事務所から出て行った。防犯カメラのモニターには、レジカウンターの前で松井と藤本が談笑している様子が映し出されていた。けれども、矢島と菅野の姿は見えなかった。

松井が帰った後、矢島を事務所に呼び、言った。

「松井さん、ペットショップに就職したって」

「どうせ、そこでもお金取ったりしてるわよ」

その言葉にどう答えるか、迷いながら言った。

「でも、矢島さんにはほんと申し訳なかった、自分のせいで、って何度も言っていたよ……」

それは事実ではあったけれども、これしか伝えられる言葉はなかった。矢島がうつむいた。押し殺したような嗚咽が聞こえてきた。矢島を事務所に残し、私は売場へと出た。事務所からは矢島の、いよいよ抑えきれなくなった泣き声が、聞こえてきた。

「矢島さんは、本当は泣き虫なんだね」

「店長はね、女の人の気持ちが、少しもわかってないの」

菅野が言った。菅野の言う通りだと思った。

「松井さん、ここに戻ってくればいいのに、力持ちだし」

「それはだめよ、絶対にだめ」

藤本の言葉に菅野が小声で答えた。菅野だけが理解していた。私と松井、そして矢島の交錯する思いを、第三者として正しく見つめていた。

「これ矢島さんにもあげて」

松井が持ってきた菓子折を、藤本に渡した。矢島が言っていた、

「そこでもお金取ったりしている」

それは本当に起こっていることかもしれない。どちらにしても、ここにはもはや松

丼の居場所はなかった。

十二月も半ばに差し掛かった日の夜七時頃、組事務所から電話があった。缶コーヒー二十本、缶ウーロン茶二十本の注文だった。配達先は、いつもとは違うマンションの一室を指定された。以前に同じような注文を受けたときは商品が足りず、慌てて他の店へと買いに走った。それ以降は、必ず店の販売用冷蔵庫の裏に充分な在庫を置くようにした。コーヒーやウーロン茶の重さに耐えられるよう袋を二枚重ねてそこに商品を並べ、それを両手に提げ指定された場所へと向かった。

そのマンションの入口辺りには、組員が二人立っていた。商品の入った袋を手にした私を見ると、中に入るように目で合図された。そのうちの一人は、数日前、組事務所で私が届けた牛丼を受け取った組員だった。普段とは違う物々しい、張りつめたような雰囲気が漂っている。彼らの顔も、すっかり本来の暴力団組員の顔へと変わっている。エレベーターの前に立つと、そこにもう一人物陰に身を隠すように組員がいた。

身の危険を感じながらも、エレベーターで階を上がり、指定された部屋の呼び鈴を押した。少しだけ開いたドアの隙間から、これまで見たことのない顔が覗いた。その奥には、大勢の人の気配がする。その、男が囁くように言った。

「金はさ、明日にでも、いつものところに取りに行ってよ」

その言葉から、二本松総業の組員ではないと感じた。商品を渡し、その場を立ち去った。部屋の奥では一体何が行われていたのか、会議のようなものなのか、もしくは賭場を開いていたのか、もちろん私には解らない。店に戻ると、加藤に、

「おかえりなさい」

と声を掛けられた。

「今日は、怖かったよ」

つい、そんな言葉が口から出てしまった。

ある日の午後、銀行から戻り事務所で昼食を取ろうとしていると、見たことのない男性が店を訪ねてきた。同業者だった。若葉町から程近い、長者町にあるコンビニエンス・ストアで雇われの店長をしているという。事務所に通し、名刺を交換し、話をした。

「おや、お昼の時間でしたか、こんな時にすいません」

机の上に置かれた、弁当を見てその男は言った。

「いいえ、今が一番一息つける時間なものですから。気になさらないでください」

「私も同じですよ、私もたった今昼を済ませたところです。ところで、この店のことは、色々と噂で聞いていますよ、この界隈では有名ですから。前々から、一度店長とはお話をしてみたいと思っていました」

面と向かってそう言われてしまうと、何とも気恥ずかしい思いがした。

「それにしてもすごいな、こんなこと言ったら失礼かもしれないけれど、よくこんなところで商売が成り立っていますよね」

その通りなのかもしれないが、今ではそれが当たり前のことのようにもなってしまっている。

「お宅の店にしても、そんなに周りの環境は変わらないと思いますが」

「そうなんですよ。私の店にもヤクザは来るし、酔っぱらいも来る、しょっちゅう脅かされたり、絡まれたり、今の店に来て四か月が経ちましたけど、ほんと気が休まる暇もないですよ。でもここはすぐ近くに暴力団の組事務所もあるでしょう、私のところとは比較にならない」

その言葉の通り、すぐ近くにはヤクザの組事務所がある。けれども脅かされたり、絡まれたりはない。気が休まる暇もないという言葉を聞くに及んでは無意識のうちに、今売場にいるあの三人の顔を思い浮かべてしまった。

「先月だったか、先々月だったか、伊勢佐木モールの向こうの店、開店してまだ間もないその店に強盗が入ったでしょう、あそこの店長、刃物で脅かされて、レジの売上金全部持っていかれて。ところが、その犯人は、もともとはここを狙っていたらしいんですよ、知っていましたか」

「その件なら、伊勢佐木署の刑事が来ましたよ、その犯人がここで買物をしたから、その履歴を確認したいって」

「そうなんですか、やっぱり本当の話だったんだ」

男は酷く驚いた様子だった。

「でもね、その犯人、そこいら中にヤクザがいて、怖くなって買物だけして出て行ったって、それはもう商店街中の噂になっていましたから」

ここを訪れた刑事も、同じようなことを言っていた。けれども、いくら何でもそれは大袈裟にすぎると思った。そもそも、商店街中の話題になるようなことなのだろうか。もしくは、ただ単に自分が鈍感になってしまっただけのことなのか。そう思いながらも話を聞かされているうちに、それまでは全く感じていなかった感情が心の奥底の方に染み出してきた。やっと今頃になって、怖くなってきた。

「いやね、こんなことを言ったからといって気を悪くしないでくださいね、わりと最近までここ、そこのヤクザがやっている店だと思っていましたよ。そうじゃなければ、こんなところに店なんか出さんでしょう、って。でも、ある人から、横浜でスーパーを何店もやっている会社が経営しているって聞いて、驚きましたよ。それでね、今日、訊ねてみたんです」

交換した私の名刺を見ながら、長者町の店長は言った。

「ええ、私もそこの会社の社員です」

以前に藤本が、近所の人たちは私のことをヤクザだと思っている、と言っていたことを思い出した。その時は冗談だと思っていたが、こうしてあからさまに言われてしまうと、自分なりに一生懸命やってきたつもりだけに何とも居心地が悪い。

「ところで店長、そこの組事務所に出入りしているそうですね」

「ええ、毎日。でも配達に行っているだけですよ」

「毎日ですって、信じられない」

いちいち驚かれたとしても、他の店と変わることもなく、何か特別なことをしているつもりもない。私だけに限ったことでもなく、ここでは従業員たちもごく普通に彼らと接している。

「私は暴力団の組事務所には行ったことはないですが、一般市民であれば普通はそんなところは行かないですよね、それはさておき、私はもう今の店がいやでいやで……。それに従業員も集まらない、来たとしてもろくなのは来ない。すぐに悪さをする。商品を持ち出すか勝手に飲み食いする、金を盗む奴もいる。でなければ、すぐに辞めてしまう。職安で、店長募集の広告に乗っかってつい応募したらこんなんですよ、ひどいもんです。休みも取れず、それこそ一週間に三回も深夜勤務をしていますよ、もうくたくたです」

「私もここに来たばかりの頃は、同じように週三回くらいかな、深夜勤務をしていましたよ」

それにしても、その頃のこの店とよく似ている。それでも、一つ大きな違いがあることに気が付いた。深夜に訪れる客たち、酔っぱらい、夜暗闇に立つ女たち、女装した男たち、風俗店、飲食店で働く女、オカマ、白服や黒服の男たち、ヤクザ、ハマのメリーさん、やがて街が眠り、夜明け間際の空が深い青色に染まる瞬間を、ここで働き、ここにいることを、一度も嫌だと感じたことはなかった。その時間こそが、本当の、自分の居場所のような気がしたものだ。もちろん、そのことは口にはしなかったけれども。

「実はね、私、ここには何度も来ているんですよ、買物を装って、勉強のつもりで。驚いたのは、今日もそうですけど、来るたびに店が良くなっていく、売場が良くなっている。とてもうちの店なんか足元にも及ばない」

「とんでもない、そんなことはないですよ」

目の前の男の言葉は、多分に外交辞令的な意味合いを含んでいたかもしれない。それであっても、この店の売場のことを同業者らしい目線で評価してもらえたことは、素直に嬉しかった。

「それに、いつも思いますけど、いい従業員たちですよね。明るくて、笑顔が絶えないし、本当に羨ましい」

あれを笑顔と呼ぶのだろうか、そこに関しては何か間違っているような気がしたけれども、これも素直に受け止めておくことにした。

「どうしたら、こんなになれるんだろう。私のところも軌道に乗ってくれば、ここみたいになれるかな。また色々教えてください、そうそう、たまには私の店にも寄ってくださいよ、だいたいは店にいますから」

四十歳くらいの、痩せ型の、よく喋る店長だった。四十分程をここで話し、そしてソファから腰を上げた。長者町店の店長を店の外まで見送ったあと、レジにいた三人に言った。

「いいお店だって、明るくて、いつも笑顔でいい従業員たちだって、褒めていたよ、羨ましいって」

「店長、幸せ者ね」

菅野が笑顔で言った。帰り際に、タイムカードを打刻しながら藤本が言った。

「矢島さん、泣いてた。生まれて初めて、よその人に褒められたって」

クリスマスが訪れた。色とりどりの華やかな飾り付けや多くの人で賑わう街も、例年に比べて今年はひっそりとしていた。天皇陛下の容態が悪化し、日本中が自粛ムードに包まれていた。横浜屈指の繁華街、その伊勢佐木モールももちろん例外ではなかった。そして、私の店も同じだった。矢島が言うところでは、去年も大々的に実施したという店頭のクリスマスツリーや店内の装飾は、今年に限っては行わないことにした。

それでも、クリスマスケーキの店頭販売は実施をした。店の軒先に平台を置き、ケーキを並べた。厚手のコートを着て頭に赤いサンタクロースの帽子をかぶった私と安藤が、そこに立った。

「クリスマスケーキはいかがですか」

通りすがりの人たちに、自粛期間中ということもあって、あまり大きくならない声で語り掛ける。数人の男が立ちよっては、ケーキを眺めていく。その中には、もう酒に酔った者もいる。

「どれがいいかな」

迷いながらも品定めをして、そして買って行った。その度に、安藤の顔に笑顔が浮かんだ。そのほとんどはこれから出掛けて行く店への土産だった。クリスマスイブでもあり、どうやらそのような店には手ぶらでは行き辛いらしい。そうした需要もあり、予想していたよりも売れ行きは良かった。

八時を過ぎた頃、二本松総業の組員が一人でやって来た。牛丼を買いに行って届けた時の、あの組員だった。

「あ、本宮さん、こんばんは」

「クリスマスケーキは売れてんの」

「たった今も、酔っぱらったお客さんが買ってくれました」

安藤が少し恥ずかしそうに、組員に話し掛けた。

「それはいいや、じゃあ、この一番大きいのを買ってやるよ、事務所で、みんなで食べるから」

私が代金を受け取り、安藤がケーキを渡した。

「店長、すごーい、一番大きいのが売れた」

安藤の顔には、満面の笑みが浮かんでいた。店頭でのクリスマスケーキの販売を終了させ、店内に入った。

「安藤さんが、一番大きなケーキを売ったよ、それも二本松の組員に」

「やったじゃん」

「それはすごいな」

店内にいた加藤と斉藤が、安藤を絶賛し、称えた。安藤が、この歳のクリスマスイブの主役となった。

クリスマスが終わり、本社から一年を締めくくる納会に出席するようにとの連絡があった。納会といっても、本社の社員やスーパーマーケットの社員、従業員のように、

我々、コンビニエンス・ストアで働く者たちには正月休みはない。それでも行くことにした。エプロンを脱ぎ、レジにいた菅野に、

「本社に行ってくる」

と伝え店を出た。

午後三時半に出て、五時前には到着した。会場となった会議室には本社の社員たち、スーパーに勤務している社員たち、大勢が集まっていた。そこに紛れるように、先に到着していた他店の店長たちと合流した。十月に商品展示会に同行した時は皆スーツ姿だったけれども、今日は誰もが仕事の途中らしく私服のままで参加している。会議室の机をテーブル代わりにし、会社が経営しているスーパーマーケットから持ち込んだ、ビール、寿司、揚げ物などの惣菜、菓子などが並べられている。それを囲むように、皆で乾杯をした。早速、南太田店の北村店長が話し掛けてきた。

「若葉町が変わったって聞いているよ。なんか数字も良くなっているみたいだね」

「北村店長から聞いたことを、何も考えずにただそのまま実践しています。まだ出来ていないことはたくさんありますけど、掃除もしましたし、商品報もちゃんと見て、発注も改善しました。商品の発注量が目に見えて増えていくんですよ。ほんとうに、感動してしまいましたよ」

「でも良くやったよ、たいしたもんだ」

「ありがとうございます、そう言っていただけると嬉しいです」

北村店長が場を離れると、今度は希望ヶ丘店の中林店長が傍にやって来た。

「どう、弁当の発注は上手くいっている」

言葉に詰まりながらも、答えた。

「私のところでは、弁当については中林さんのところみたいに上手くはいきませんでしたけど、でも、おむすびは教わった通りに発注しています。こっちは上手くいっています」

「そうだろう、売れているものに集中する、これが何よりも重要だよ、そしていくつ売りたいか目標を立てるんだ。そして、それをどーんと売場に並べる、そうするともっと売れるようになる、俺の言った通りだろう、すごいだろう」

どこか会話が嚙み合っていないような気もしたが、酒が回り始めたこともあり中林店長の顔には満足そうな表情が浮かんでいた。

その後、これまではあまり言葉を交わしたことのない、上星川店の内山店長が話し掛けてきた。

「深夜勤務の田中が、その節はありがとうございましたと吉岡店長に伝えてください、と言っていました。憶えていますか、田中」

「あー、あの田中さんですね、前に南太田の店で深夜勤務の研修をした、どうですか、彼はちゃんとやっていますか」

「ちゃんとどころか、今ではうちの一番の従業員ですよ。近頃は、深夜以外の時間帯も手伝ってもらっていますよ」

自分が仕事を教えた従業員が活躍しているというのは、それがたとえ自分の店ではなかったとしても喜ばしいことに違いはない。加えて、酔いが回ってきたこともあり、すっかりと楽しい気分に浸っていた。

納会が終わりに近づいた頃、総務人事課長に呼ばれ応接室に通された。ソファに座ると、すぐに人事課長が切り出した。

「さしあたって、耳にだけ入れておく、若葉町店なんだけど、来年閉店しようかと思っている」

酔いが一瞬の間に引いていくような気がした。前々からその話は聞いていたこともあり、そうしたことが起こりうることも予測はしていたけれども、心の中は激しく動揺した。

「来年のいつですか……」

「たぶん五月頃、これで吉岡店長もあの店舗から解放されるよ、皆心配している」

「でも店は良くなってきましたよ、不正もなくなったし……」

「開店して以来、ずっと問題続きだったあの店舗を、よくあそこまで立て直したと、皆感心しているよ。でも、やれるときにやってしまわないとね」

「もう、確定したことですか……」

「確定ではない、だからまだ誰にも言わなくていい。ただし、その腹積もりでいてくれ」

　それまで楽しかった納会の席が、いきなり憂鬱なものへと変わってしまった。今日はこのまま家に帰るか、と迷いはしたが発注の業務が残っている。しかたなく、店に戻ることにした。

　夜七時に店舗に帰ると、高校生女子の島田がレジを担当し、大学生の斉藤が商品の補充と売場の手直しを行っていた。斉藤はとにかく几帳面な性格なのだと思う、自身が発注を担当している売場は特に気になるらしく、そこはそれこそ物差しで測ったように商品が整然と並んでいる。少し酔いは残っていたが、事務所に入り、発注の準備をしていると斉藤が入ってきた。

「さっき、昼間のねぇさんたちが帰り際に、私たちも忘年会か新年会やりたい、って言っていました、店長に伝えておいてって……言付けです」

「うん、考えておく」

　忘年会、新年会ならいいけど、お別れ会になってしまうかもしれない、そんなことを思った。

大晦日から正月の三が日に掛けては、本社から提示された時給が通常の五割増しという条件もあり、従業員たちはいつもと変わることなく勤務に入ってくれた。というよりも、従業員たちの希望を聞いているうちに、普段よりも勤務者の人数が多くなってしまった。日によって、午前中にはいつもの三人の他に安藤がいたり、昼過ぎから加藤や斉藤、更には深夜勤務の古橋や山本がいたり、夕方から夜に掛けてはまた菅野や藤本がいたりと、従業員給料はかさんでしまうけれども、それはあまり考えないこととして、出来る限り本人たちの希望に沿えるような配置とした。

街全体は昨年からの自粛ムードもあり静かではあったけれども、予想以上に来店客数は多く、普段よりも多い従業員たちと相まって、賑やかな正月となった。売れ残るだろうと予想していた、本社から送り込まれてきた大量の菓子の詰め合わせや食品ギフト、タオルなどのいわゆる年賀用の商品も、二日目にはほぼ完売となった。

昨年は、自分自身も大晦日から元旦に掛けては南太田の店で深夜勤務に就いていた。その前の年も同様だった。年末年始をこうして職場で過ごすことを、苦であると感じたことはなかった、苦になるようなことなどは何もないはずだった。ところが、今年に限ってはなぜか時間を持て余してしまった。日々の業務、売上の精算と商品の発注しか他にすることがない。だからと言って、売場に出て行って、従業員たちの間に割り込み、レジ打ちをしてみたり、商品を倉庫から出して売場に並べたりすることも、この数日間に限っては何とも不自然であり、やはり気が引けてしまう。

そんな私とは対照的に、従業員たちはいつになく楽しそうだ。普段はあまり接点のない者たちであっても、同じ職場で働く者同士であれば会話にも困ることはない。客足が途絶える度に、その楽しげな会話が始まる。とにかく話題に関しては事欠くことがない、ここはそんな街だ。その会話の中には、きっと店長である私も登場しているのだろう。それにしても、その私ときたら特にすることもなく、事務所の机の前にぼんやりと座っている。

「どうしよう」

その心の内を占めていたものは、あの忘年会の席で告げられた「閉店」のことだった。

夜のほとり　葬送行進曲

深夜勤務者の田所が、一か月間の長期休暇を申し出てきた。一月六日、その日、久しぶりに深夜勤務に入った。深夜勤務者は田所の他に渡辺と、十一月に採用した古橋と山本がいる。何とかこの三人でその埋め合わせを図ってはみたものの、この日だけはどうしてもそれが出来なかった。夜十一時を過ぎ、一人の時間帯になると同時に有線放送を切り、ジャズを流した。

「あー、店長、しばらくぶりの夜勤だね」

ソープランドの支配人が、笑顔で話し掛けてきた。

「この店はいつも開いていて、ほんと助かるよ、店長はたいへんだろうと思うけど」

この支配人はとにかく、夕方から深夜に掛けてここを頻繁に訪れる。日によっては複数回来店することもある。

「いつもありがとうございます」

私も挨拶をした。深夜勤務の際に、必ずしておかなければならないことを確認する。一つ目は、指定されたスポーツ新聞の取り置きがしてあるか。二つ目は、ゆで卵がレジカウンター横に並んでいるか。三つ目は、中華まんを販売するスチーマーの中にあんまんが入っているか。スポーツ新聞とゆで卵は用意されていた。ただしスチーマーは電源が落とされたままになっている。スチーマーに水を差し、電源を入れ、あんまんを並べた。

深夜零時を過ぎ、スポーツ新聞の男が来店した。入店すると、必ず雑誌売場に立つ。刈り上げた髪に、金縁の濃い深い緑色をしたサングラス、手には黒い革の手袋をしている。その出で立ちは、かつてテレビで毎週放映されていた、その刑事ドラマに登場していた一人によく似ている。本人自らも意識してそうしていたのだと思う。そこに、二本松総業の組員が入ってきた。組員もその姿に驚いた様子で、いつも行く雑誌売場に行かず、店内を回りながらその男を観察している。そして、組員は雑誌売場に近づくと今度は、男のその後方辺りをうろうろとしている。どうやらその前に欲しい雑誌があるらしいのだけれども、どいてくれとも言えず、手も伸ばせない様子でいる。スポーツ新聞の男は全くそれに気付くことなく、立ち読みを続けている。

　その男が、立ち読みを終わらせてレジに来た。

「はい、こちらですね」

　いつものようにスポーツ新聞を手渡し、代金を受け取った。その後すぐに組員が雑誌を手に、レジへと来た。

「木田さん、こんばんは」

「店長、あれ、だれ」

「詳しいことは解りません。でも、どこかのお寿司屋さんの方らしいです、噂ですけど」

「なんだ、脅かしやがって、どっかの刑事かと思ったよ。ここらの刑事はたいがい知っているけど、あんなの見たことないからさ、驚いちゃったよ」

　午前二時を過ぎた頃、仕事帰りの数人の女たちが訪れる。派手な衣装と、香水の香り、甲高い、品のあるとは言えない話し声で、店内が一気に華やいだものとなる。店内中を歩き回り、今日も買物カゴにいっぱいの商品を購入していく。女性たちが去ると、それまでかき消されていたジャズの音楽が、再び店内へと戻ってくる。そして黒服の男が入店している。レジカウンターの前を横切り、冷蔵ケースの前に立ち、おむすびを一つ手に取り、私のいるカウンターへと近づいてくる。途中ゆで卵を一つ手に取る。

「いらっしゃいませ」

一言も話すことなく、代金を支払う。そして、一言も交わすことなく、去って行った。

その後すぐに、あの女装した三人がやって来た。

「店長」

店に入るなり、三人が私に向かって手を振る。私も手を振って返した。彼らの顔に笑みが浮かぶ。

「そとさむい」

震えながら、片言の日本語で語り掛けてくる。

「寒くなったら、いつでも入ってきてください」

店内には他に誰もいなかったけれども、彼らは人目を避けるようにカウンターの端に身を寄せた。少し経ち、身体も温まってきたのだろう、一人がレジのところにやって来た。

「あんまん」

いつものように、スチーマーを指さして私が訊ねた。

「そうそう」

そして一人ひとりを指さして、三本指を立てた。

「三つ」

その顔に、再び笑みが浮かんだ。

「店長、またねー」

彼らが立ち去る後ろ姿を、レジカウンターから見送った。

オリオン座はもう西の地平へと隠れてしまっただろうか、仕事が一段落すると意味もなく、そしていつものように、そんなことを考えている。もしかすると、まだ西の空にはベテルギウス、シリウス、プロキオンから成る冬の大三角が見えるかもしれない。そして、東の空にはアルクトゥルス、スピカ、デネボラに囲まれた春の大三角も見えるだろう。こうして季節は始まりも終わりもなく、巡って行く。そして、夜空に今も残されている多くの神話や言い伝えは、いつからそこに存在していたのか、それはいつまで存在し続けるものなのか。そこには始まりがあったのだろうか、終わりはあるものなのか。人はその問いかけを止めることの出来ない奇妙な運命にある、星空の本に書かれていたあの言葉のように、心は何かを問いかけていた。それに答えるかのように、どこからか語り掛けてくる小さな声に耳を澄ましていた。それは幻聴かもしれない、その言葉はここ、誰もいなくなった夜のほとりに一人立つと聞こえてくる。

そして思うことがある。今日も見た、そして今も見ているこの街の夜の風景を、これまでにも幾度も見てきた、ここに立つ度にそれを思う。けれども、それは遙か昔のこと、自分がこの世に生まれるよりも昔、かつてあった時間を再び繰り返している、そう感じることがある。そして想像している。ビッグバンによって生まれた世界は、いつかシャボン玉のように消えてしまうのではなく、その膨張はやがて収縮へと向かいもとの姿、ビッグバン以前の小さな一粒の点へと回帰する、と。すると次には何が起こるのか、再び同じことが起こりはしないだろうか。そういえば、部屋に置かれた本のどれかにもこう書かれていた。古代ギリシアの言い伝えらしい。

世界は火から始まり
最後に万物を燃やし尽くし火に戻り
これを永遠に繰り返す

この言い伝えのように、宇宙は、世界は、始まりも終わりもなく膨張と収縮を繰り返し続けはしないか。もちろんここで思い描いていることの全ては、科学的な根拠など何一つない単なる空想、夢物語でしかないのだけれど。

そして、その日がいつか訪れたのならば、その時もきっとこうして真夜中のレジカウンターに一人立っている、その姿をぼんやりと見つめている。夜空の神話とともに生きた古代ギリシアの人々も、夜の向こう、その奥深くから聞こえてくる言葉に耳を傾けながら、天上の星を見上げていたのではないだろうか。誰も知らないはずのことを、夜が囁くようにそっと語り掛けてくる。その誰も知らないはずのことは、本当は誰もが知っていること、かもしれない。

五時になる頃、メリーさんが来店した。羽織ったコートの下からいつもの白いドレスのような服が見える。その白い服の先から真っ白に化粧をした顔と腕が覗いている。店内をゆっくりと歩き、パンの売場の前で立ち止まり、そこから二つを選びレジに来た。財布を開き、中から小銭を取り出す。そしてその小銭が、私の手の中へと落ちてくる。レジのレシートを印字する音がする。釣銭と、袋に詰めた二つのパンを手渡す。年老いた小さな手が、それを受け取る。

「ありがとうございました」

自動ドアの扉が開き、メリーさんは暗闇の中へと帰って行った。

間もなく夜が明ける。それまで店内に流れていたジャズを止めた。店内の音楽をいつもの有線放送に切り替えた。外が明るくなり始めた頃、店内に流れている有線放送が突然、葬送行進曲に変わった。故障かと思い、チャンネルを変えてみたが、どこからも同じ曲が流れてくる。思い浮かぶことは一つのことしかなかった。けれども、店内にはテレビもラジオもない、それを確かめられるものは、ここには何もなかった。

八時になり、矢島が出勤してきた。

「天皇陛下がお亡くなりになりました」

「そうか……」

「今日はどうすればいいですか」

昨年からの自粛ムードもあり、商店は全て休業との噂も前々からあった。とにかく本社からの指示を待つしかなかった。

八時半頃に本社から連絡があった。休業とするか営業を継続するか、をこれから打ち合わせすると言う。つまりは、何も決まっていないということだった。しばらくすると、また電話が掛かってきた。営業は通常通りに行うように、との内容だった。

「通常通りだって」

その内容を矢島に伝えた。すると、また電話が掛かってきた。今度は、休業となるかもしれないから店長はその場で待機するように、との内容だった。本社内が右往左往している様子が電話口から伝わってくる。結局、次の連絡を待つより他はなかった。

「もしかすると、休業することになるかもしれない」

　再びその内容を矢島に伝えた。

「なら、菅野さんや藤本さんにも連絡してあげないと、二人ともここに来ちゃいますよ」

　どちらにしても、私自身が深夜勤務明けであったこともあり、出勤してきた矢島にはそのまま残ってもらうことにした。

　再び本社から連絡があった。店の看板は全て消灯、店内の蛍光灯も半分程度消灯、有線放送は切り、希望する従業員は休みを与え、営業はひっそりと継続する、がその内容だった。何ともチグハグな指示内容であったけれども、それに従うことにした。自分自身が寝不足で疲れていたこともあり、従業員からの問い合わせの電話には、可能な限り出勤してほしい、と伝えた。そして誰もが、通常通りの出勤に応じてくれた。

　十時を過ぎた頃、伊勢佐木モールの様子を見に行った。そこに立ち並ぶ多くの店が臨時休業となっていた。人数も少なく、明らかにいつもとは違う街並みがそこにはあった。一部開いているスーパーマーケットなどの店も、午後からは休業することを店頭の張り紙で告知をしている。そのスーパーマーケットに入った。一階の食品売場から、階段を上り二階の日用品売場へと向かった。目的はテレビを見ることだった。

家電製品が置かれた売場に行き、そこに置かれていたテレビの前に立った。その画面には、昭和天皇の姿が映し出されていた。ここで初めて、昭和天皇崩御の報道に触れた。

店に戻ると、菅野が出勤していた。午後になると、藤本も勤務に入った。

「しずかね」

「だれも来ないわね」

「店長、夜勤明けでしょ、寝てれば」

この三人さえも、いつもとは異なり口数が少ない。買物客もほとんど来ない、こうして静かな半日が過ぎた。私も事務所のソファに横になり、眠った。ところが、その後、予想もしていなかったことが起こった。夕方になり、勤務が大学生の斉藤、高校生の鈴木に替わった頃から、人が一気に押し寄せてきた。弁当やおむすび、飲料、カップ麺、菓子などの商品で一杯になった買物カゴが次から次へとレジカウンターに置かれていく。レジ打ちは私が担当し、商品の袋詰めを鈴木、商品の倉庫からの補充は斉藤が担当した。

その一品一品の金額をレジに打ち込んでいく。ひたすらレジを打ち続けた、もはや頭を上げる余裕もない。私の横では鈴木が必死に商品を袋に詰めている。八時を過ぎた頃、ようやく人の波が引いた。売場を見回すと、それまでに見たことのない光景が目に入った。冷蔵ケースの商品が、ほとんどなくなっている。カップ麺も、スナック菓子も、そのほぼ全てが売場から消えている。他にも、普段あまり売れることのない録画用ビデオテープなど、売り切れてしまったものが数多くあった。斉藤がそばに来て言った。

「いったい、何が起こったんですかね」

「たぶん、どこも営業していないからだよ、それでみんなここに殺到したんだよ」

「発注入れないと、もう倉庫にも商品があまり残っていません」

「そうしようか」

レジを鈴木に任せ、商品の発注作業に取り掛かった。

発注を済ませ、しばらくすると深夜勤務者の山本が出勤してきた。商品のない売場を見て驚いた山本が、斉藤に話し掛けている。

「なにがあったんですか」

「夕方からいきなりたくさんの人が来て、商品をみんな買っていったんだよ、すごかったよ」

斉藤の表情には、先ほどまでの興奮がまだ残っているかのようにも見える。山本と交代し、店を出て、駅へと向かった。街がひっそりとしている。駅も、電車も、人数は少なかった。

疲労困憊で家に帰った。長い一日が終わった。普段であれば、帰り際に店で買物をしてくるはずが、今日はその商品さえもなかった。家に残っていたインスタントラーメンと、冷蔵庫の中の玉子とソーセージで夕食の準備をした。テレビの電源を入れると、そこにはマッカーサー元帥と並んで立つ、若き日の昭和天皇の姿が映し出されていた。夕食を終え、風呂に入った。なぜかは解らないけれども涙が溢れ、止まらなくなった。昭和が終わってしまった。

十

昭和が終わり、平成が訪れ、間もなく一か月が過ぎようとしていた。店の中は特に何事もなく、平和な日が続いていた。正月以降、従業員たちから、これまでの勤務時間以外であっても働ける時間があれば入れてほしい、という意見が多くなった。ありがたい申し出でもあり、可能な限りその希望に沿うことにした。矢島も昨年の秋から担当している勤務予定表作成の業務にもすっかり慣れ、その矢島が他の従業員たちからの希望を上手くコントロールしている。今では特別なことがない限りは、私がその内容に口を挟むことはない。それでも、人員が不足する時間帯が発生する。二十四時間営業、年中無休であればどうしても起こり得る、それは仕方のないことだ。その時は、私が売場に立てばいいだけのことだ。

客数も増え、売上も上昇し、それを記録に残しては前年度と比較することが日々の楽しみとなっていた。本社から届いた一月の商品報にも、その数値、実績がはっきりと記載されている。菓子を担当している加藤、加工食品を担当している斉藤、日用品を担当している菅野をそれぞれ事務所に呼び、その内容について話した。

「日用品全体では、前年度対比一二七パーセント」

やはり、菅野が発注を担当した日用品は特に伸長率が高かった。菅野の顔にも笑顔が浮かんだ。

「それで、店長のところはどのくらいなの」

想定外の質問に、言葉に詰まってしまった。

「人のところはいいの」

「よくないわよ、教えてよ」

「ひゃくじゅうよん……」

「え、なに、よくきこえない」

「一一四パーセント、かな」

「だめじゃないの、ちゃんとやらないと、しっかりしてよ、もう」

反対に叱られてしまった。何はともあれ、こうして前々から目標としていた「普通の店」らしいものは何とか、達成出来たと感じている。

平和な毎日を繰り返しながらも、昨年末に本社で聞かされたことを、従業員たちにどう伝えるかを、迷いあぐねていた。本社からは、まだ言わなくてもいい、と聞かされてはいたものの、果たしてこのままでいいのか悩んでいた。未だ閉店が確定した訳でもなく、取り立てて急ぐ必要など何もないのだけれども、ましてや大学生たちや高校生たちは学業が優先でもあり特に心配する必要はないとしても、矢島、藤本、菅野の三人に及んではその心積もりだけでも、もしくは新しい仕事を見つけさせるための準備だけでもさせておいた方がいいようにも感じていた。そう感じつつも、何も言い出せずにいた。

二月も半ばとなる頃、本社から呼び出しがあった。本社に行き、いつものように応接室に通され、人事課長と話をした。店の閉鎖がほぼ決定したということだった。

「それはもう確定したことですか」

「いや、実は未だ確定したわけではない。それでも、とりあえず専務までの根回しは済んだ。後は社長が印鑑を押せば全ては丸く納まるんだが……」

「どうしても閉店しないとだめなんですか、店がなくなってしまうと、困る人たちがたくさんいます」

若葉町店の存続を、近隣に暮らす人たちも従業員たちも望んでいる、ということを伝えた。店の改善も進み、客数も売上も伸びている。今となっては閉店させることの理由はどこにもない、と感じていた。

「売上は確かに伸びている。でも閉店せざるを得ないと思う。また店長が交代すれば、同じことの繰り返しになる。ヤクザの事務所なんて誰だって行きたくない。私だって、そんな店で働きたくはない。それに、この業態は今後伸びていくことはほぼ確実だ。これから先、更に事業を拡大していくためには、もっといい場所を確保していかなければならないと思っている」

確かにその通りかもしれない。駅前やロードサイド、オフィス街や学生街など今後出店すべきところは数多くある。

「それに、何かことが起こってしまってからでは遅いんだ。万が一、君や従業員の身に何かあってからでは、もう取り返しがつかない」

以前テレビドラマの収録で、銃を持った男たちが店前を走っているのを見た時、いつか本当にこんなことが起こるのではないか、と思ったことも事実だ。繁華街の路地裏の、それも危険な場所に店を構えておく必要はないのかもしれない。

「いつを、予定していますか」

「前にも話したとおり、五月を予定している。吉岡さんには、閉店したら今度はスーパーの方で働いてもらいたいと考えている。商品の仕入担当なんかが向いていると思う」

今まで苦労してきたことの全てが、無駄なものとなっていくような気がした。

「従業員たちはどうかな、例えば他の店舗に勤務させることは可能かな」

このまま働かせたい……を何よりも希望はしていたが、

「可能です、どこでもやれると思います」

と答えた。けれども、心の整理はつかないままでいた。

「従業員たちには、伝えた方がいいですか」

「そこは従業員によりけりだとだと思う、それにあまり時間もないからな、吉岡さんの判断に任せるよ」

心の中が、すっかりと萎んでしまった。本社を出て、気が付いた時にはもう店の前にいた。

店に入ると、藤本がレジにいた。

「おかえりなさい」

声が聞こえた、藤本がじっと私の顔を見ている。

「店長、何か元気ないみたい」

昨年の五月、店長として着任しここを訪れた時にもレジにいたのがこの藤本だった。

あの日は、表から店を見て、次に店の中に入ってこの藤本の姿を見て、すっかり心が滅入ってしまったものだ。ここでは働きたくない、そうした思いが明らかに心の底にあった。ここに来てからまだ十か月ほどしか経っていないのに、頭のてっぺんで髪を結び、大きな丸いメガネをして、短めのスカートを穿いた藤本の格好があの日から特に変わった様子は見られないのに、いつの間にかここが自分にとっての居場所となっていた。

散々迷いはしたものの、この店の閉店について矢島、菅野、藤本の三人には、それが確定してしまう前であっても、その可能性があることだけは予め伝えておくことにした。閉店という会社側の一方的な都合によって、とにかく一番困るのは従業員本人たちだ。すぐにここを辞められてしまったのでは自分自身も困るけれども、何よりも従業員たちのことを優先しなければならない。矢島を事務所に呼び、前に座らせた。特に矢島には言い辛かったが、この店が来年の五月に閉店する予定であることを伝えた。

「わかりました、前から何度も言われてきましたから、今度は本当なんですね」

「たぶん、そうなると思う」

素直に聞き入れてくれたものの、うつむいたまま、指先でエプロンの裾を摘まんでいる。

その、小さくなってしまった矢島の姿を目の当たりにすると、何とも後ろめたい思いが募っていく。店長とは言え、自分も会社側の人間であることに変わりはなく、結局は何も出来なかった。

「次、菅野さん呼んでくれる」

「はい」

元気なく、事務所を出ていった。

菅野が事務所に入ってきた。

「今、矢島さんから聞きました。矢島さんショックでふらふらしていますよ、倒れるかもしれない、私はどこでも働けるから」

ここが閉店するからといって、特に気にしている様子も見えない。むしろ、そう振る舞ってくれることに感謝したい気持ちにもなった。

「次、藤本さん呼んでくれる」

事務所の扉がノックされ、藤本が入ってきた。

「矢島さん泣いてます。菅野さんは、ファンデーションと口紅塗り直して、なんかもう、次の仕事探すみたい」

さすがに藤本も元気がない。

「ここ閉店しないようにする方法はないのかしら」

それは自分も考えていた。暴力団組員や近隣の風俗店、飲食店に働く人たちはもちろん大切なお客様であるけれども、これまで以上にこの界隈に暮らす人たちのための役に立てるような店にならなければ、と感じていた。皆に仕事を割り振り、商品の発注も依頼して、店を綺麗にして、改善も進み、ようやく客数も売上も伸びてきた。

「もっと、いい店になれば、それも可能かもしれない」

藤本にそう話した。それが実現しさえすれば、本社も閉店の考えを改めるかもしれない、社長が閉鎖を承認しないことも起こり得るかもしれない。忘年会の席で閉店を告げられた時から、その思いはあった。けれどもそれは単なる希望でしかない。そこに確かなものは何もなかった。

「ふーん、そうなの……」

藤本が事務所から出て行った。たったこれだけのことを伝えることが、これ程までに重く、辛いものだということを実感させられた。売場に出てみると、三人が黙っている、何か火が消えたような感じさえもする。さっきまで元気そうに見えた、菅野も同様だった。いつものように大騒ぎしているのは、それはそれで困りものだが、三人が自分を呪っているようなこのいたたまれない雰囲気はそれ以上に困りものだ。翌日も、その翌日も同じような状況が続いた。

その翌日、藤本が事務所に来て、私に聞いてきた。

「この間店長が言ってたように、もっといい店になるにはどうすればいいの」

　返事に困った。困りながらも答えた。

「あとは接客かな……」

　店の改善は進みつつあったものの、一つだけ全く手を付けていないものがある。接客については何もすることなく、今日にまで及んでしまった。その理由は極めて単純で、自分自身の内にある苦手意識に他ならない。深夜勤務を希望してこの会社に入社したのも、人とはあまり多く関わらない仕事、がその動機だった。本心を明かすならば、接客についてだけはこのまま何もせずに済ませてしまいたい、という思いがあった。

「接客はどうすれば良くなるの」

　とりあえず、以前北村店長から聞かされたこと、入社して間もない頃の研修で学んだことを、いつになく真剣な表情の藤本に店長らしさを装いながら話した。

「先ずはお客さんをお客様と呼ぶこと、お客様が店に入ってきたら、必ずいらっしゃいませ、と言う」

「言ってる」

「例えば作業中であったとしても、必ず言わないといけない。そのお客様が商品を持ってレジ前に来たら、もう一度いらっしゃいませと言う。そして何よりも大切なものが笑顔なんだ」

「ふーん」

「会計が終わって商品を渡す時は、とにかくちゃんとお客様の方を向いて、ありがとうございました、って言うんだ。そして、ここで笑顔になる。だったかな、そう言えば研修でお辞儀も習ったな、あれ、どこでするんだっけ……」

せっかく装ってみた店長らしさも、ものの数分で破綻してしまった。

「なんてさ、理屈はそれなりに解っているつもりでも、これがそう簡単にはできないんだよ」

「でも店長は、やればできるんでしょう」

「できない、そんなこと。意識して笑顔になるなんて絶対に無理だよ、顔が引きつっちゃうもの。それに、お辞儀もちゃんとやったことないし……」

「なーんだ」

藤本が何かを考えている。そして言った。

「それなら、みんなで練習すればいいじゃない」

藤本が事務所から出たあと、しばらくして、菅野が入ってきた。

「私、次の仕事探そうと思ったけど、閉店までここにいてあげることにした、私がいなくなったら店長悲しむだろうし……」

それだけ言うと菅野は出て行った。菅野が事務所から出て行ったかと思うと、今度は矢島が入ってきた。

「この店なくなったら、私働けるところもうない、店長……」

すっかり落ち込んでいる。私に訴えかけるように、他にも何かを言おうとしていたようにも見えたけれども、それだけを言って出て行った。

一週間ほどが経ち、矢島が勤務予定表を持って私のところに来た。

「店長、藤本さんが、来週、みんなで接客の練習をするんですって」

「そうなの、それで先生は誰がするの」

「藤本さんがするんですって、今その準備をしているらしいんですけど」

「いいと思うよ、でもちゃんとできるのかな。どちらにしても、みんなで何かを学ぶって、いいことだ」

「なんだか店長も、いっしょに練習するんですって」

「ええっ」

週が明け、その日の午後から接客のためのトレーニングが始まった。店の奥側に、藤本を前にして向かい合うようにして、矢島、菅野、その横に私が並んだ。藤本は大きなスケッチブックを手にしている。準備しておく、と言っていたのはどうやらこのことらしい。目の前で一生懸命やっている藤本には申しわけないと思いつつも、どうしてもあまり気分が乗らない。かといって、さぼるわけにもいかない。藤本がスケッチブックの表紙をめくると、そこには「いらっしゃいませ」と書かれていた。

「一番初めに、いらっしゃいませ、の練習から始めます。お客様が入口のところから入ってきたら、お客様の方を向いて笑顔で、少し大きな声で、いらっしゃいませ、と言います」

「どうしたのかしら、今まで、ませーとか言っていたくせに」

　菅野が小声で矢島に話し掛けている。

「私が、いらっしゃいませ、と言ったら、みなさんもあとに続いてください、大切なのは笑顔です。いきます。いらっしゃいませ」

「いらっしゃいませ」

「店長、笑顔ができてません、ちゃんと意識してくださいね」

「はーい」

「あ、店長もう注意されてる、ほんとだめね」

　やる気のなさが、顔に出てしまっていたかもしれない。

「それにしても、どこでこんなこと覚えてきたのかしら」

「伊勢佐木モールのハンバーガーショップとか、ケーキ屋の前で、ずっと見ていたらしいわよ」

「もう一度、やります。いらっしゃいませ」

「いらっしゃいませ」

「それに、接客の本も買ったとか言ってた」

「なんの本」

「もう少し大きな声で、はい、いらっしゃいませ」

「いらっしゃいませ」

「なんだったかな、スチュワーデスのなんとかだって」

「だったら、そのうちにアテンション・プリーズとか出てくるのかしら」

「はい、ではもう一度繰り返します。いらっしゃいませ」

「いらっしゃいませ」

「矢島さん、もっと明るくやってみましょう」

「そうよ、矢島さん、声が低すぎるの、なんかの唸り声みたい、もっと高い声だして
……」

　菅野が笑いをこらえている。

「では一人ずつ、やってみましょう」

　藤本の指示に、皆が素直に従った。

「菅野さん、とっても良く出来ました」

「当然よ、男の人たちにちやほやされたいなら造り笑顔が一番よ。矢島さんも覚えた方がいいわよ」

来店客がある度に中断をしながら練習は続いた。閉店を伝えてからというもの、重く沈み込んでいた店の中の空気感が、少しずつ変わっていくような気がした。

「次はレジのところに行きます。みなさん移動してください」

「ほんとうは、店長が教えることだと思うけど」

今度は矢島が菅野に話し掛けている。

「店長がこんなことできるはずないじゃない、一番下手なんだから」

私が後ろにいるにもかかわらず、気にする様子もなくそんなことを話している。

レジのところに、藤本が立った。レジカウンターを挟むように他の三人が並んだ。

「お客様がレジのところにきたら、お客様の目を見て、笑顔で、いらっしゃいませ、と言って、今度はお辞儀をします」

「ねえ、気が付いた。さっきからお客様、って言ってるわよ」

「いったいどうしちゃったのかしら、なんかへんなものに洗脳されちゃったのかしら」

「では、私がやってみます。店長、お客様の役をしてください」

「はーい」

「店長、ちょっとちゃんとやってよ、店長なんだから」

今度は菅野に叱られてしまった。いつものように言いたいことばかりを言いながらも、自分なりにはすっかりと学ぶ気になっているらしい。藤本がスケッチブックをめくった。そこには、笑顔、いらっしゃいませ、お辞儀、と書かれている。

「それでは、やってみます、手は前で合わせます、目を見て笑顔、いらっしゃいませ、お辞儀」

「妙に上手ね、よっぽど練習したみたいね」

「馴れないせいかもしれないけど、なんかしっくりこないわ」

「それに、ほんとスチュワーデスみたい、ちょっと恥ずかしいわよね」

「では、矢島さんやってみましょう」

「ええっ私から、もー緊張するわ、うーいらっしゃいませ」

「力が入りすぎよ、それに順番もおかしいわよ、なんで最初にお辞儀しちゃうのよ、そこに書いてあるじゃやない」

翌日は、いらっしゃいませ、を、ありがとうございました、に変えて練習をした。その後藤本は、夕方からは加藤、斉藤、鈴木、安藤、島田に同じトレーニングを行い、更には早朝、深夜勤務の田所、渡辺、古橋、山本たちにもそれを教えた。初めは、それこそ壊れた人形のように、誰もがぎこちなかった。中でも、男子高校生の鈴木と、やはり矢島はそれになかなか馴染めなかった。鈴木は、笑顔どころか学んだことを意識すればするほど、言葉が出なくなってしまった。矢島は、出来るようにしようと懸命に努力していることは伝わってくるものの、その笑顔は何とも不自然だ。それこそ、この辺りの怖い人たちから、

「なに、笑っているんだ」

とも言われかねない。今更、

「矢島さんは、しなくてもいいよ」

とも言えない。

それに反して、予想外に上手だったのは女子高校生の島田だった。物怖じしない性格のためか、笑顔もお辞儀もすぐに憶え、藤本から学んだことをその通りに行っている。ただ、言葉使いが乱雑なことは、今に至ってもほとんど変わっていない。

「ちょっとまっててね」

「お弁当を電子レンジで温める時は、ちょっとまっててねじゃなくて、少々お待ちくださいい、って言うんだよ」

「うん、そうする」

初めにこれを何とかしておくべきだった。どちらにしても、後はそれぞれが学んだことを自ら意識しながら、業務の中で実践していけばいい。こうして、藤本の発案で

始まったことが、この店の基準となっていった。

三月も半ばを過ぎ、外はすっかりと春めいてきた。先月以降、本社からは何の連絡もない。推測でしかないけれども、やはり社長の最終承認が得られないままになっているのかもしれない。閉店は、出来ることなら避けたい、と今では強く願っている。本心を明かせば、それこそ祈るような気持ちだ。それだからと言って、自分たちにとって都合のいいように解釈をし、期待しないようにもしている。期待が泡のように弾けてしまうことの方が、後々痛みは大きくなる、そう想像している。

これから先、起こり得るだろう現実とは裏腹に、この店もずいぶんと変わった、と我ながらに思う。ここに着任した時から、ここを変えたいという思いはあった。もちろん、優良店と呼ぶにはほど遠いけれども。それにしても、なぜそうなったのか、そうなれたのか、もし問われたのならどう答えればいいのだろう。自分のしたことを振り返れば、掃除をしたことと商品の品揃えを少し変えたこと以外に、特に思い当たるものもない。自慢するつもりもなく、謙遜するようなものもない。ただ、一つ思うことがある。今回の接客の変更についても、従業員たち全員が、不平不満を口にすることもなく藤本の行動に従った。ここを少しでも良くしたい、という思いは皆の内にあった。そうした何かを良くしたい、もしくは良くなりたい、という思いはこの店に限ったことでもなく、きっと誰の胸の中にもあるものなのだろう、そんな気がした。

ある日、二本松総業に配達に行ったときにも、はっきりと言われた。

「最近店良くなったよ、あの昼間の従業員も前と全然違うもんな。ちゃんと俺らにも愛想よく、いらっしゃいませ、って言うし、どうするとあんなになれるの。そうだ、店長さあ、今度うちの商売の面倒も見てよ、これがぜんぜん上手くいかなんだ。なんならさ、うちの組に入れよ、おやじに言っておくから」

返事に困ってしまった。二本松総業の商売が何なのかは知らない。おやじと言うのは、たぶん、あの組長のことだと思う。

「もしかすると、次はここなのかな……」

ふと、そんなことを考えてしまった。

四月から、消費税なるものが新たにスタートする。レジスターにも消費税対応のためのボタンが増設され、四月一日の午前零時からいよいよその運用が始まる。その開始に先立ち、従業員たちに消費税について教えなければならない。それに加えて、レジスターの操作方法の変更についても、新たにトレーニングし直さなければならない。とにかく、店側からしてみれば一大事だ。先ずは、いつもの三人をレジのところに呼び、説明をする。

「いい、来月の一日から、買物に消費税が掛かるようになるんだ」

「なにそれ」

「買物した金額に三パーセントの税金が掛かるようになる。つまり、百円のものであれば三パーセントの消費税三円と併せて百三円を支払わなければならなくなる。レジではお客様から百三円、お預かりすることになるんだ」

「なんで百円の商品で百三円払ったり、貰ったりしなければならないの」

やはり、心配した通りだった。三人とも理解しようとしていない。どちらにしても、数日後には消費税が始まってしまう、ここでその内容を事細かに説明している余裕はない。

「買物から税金を取るって国がそう決めたんだから、しょうがないよ、みんな従わなければいけないの」

「ふーん、そうなの」

「なんか、時代劇の悪代官みたいね」

「おぬしもわるよのう、っていうあれね」

そんなことを言いながら大笑いしている。けれども、笑っている場合ではない。悪代官だろうが何だろうが、今はとにかくトレーニングを優先しなければならない。逸る気持ちを抑えながら説明を続けた。

「それで、消費税には内税と外税があって、商品によってはその販売金額の中にはじめから消費税が含まれているものと、商品を買った時に、そこで消費税が掛かるものとの二通りがあるんだ。たとえ同じ百円でも、その違いによってレジの打ち方も変わってくるということなんだ」

たった今まで笑っていた三人の顔が、既にこの時点で歪んでいる。

「うー、こんらんする、わけがわからん」

「もう、いちいちめんどくさい」

「うちはどっちも百円でいいじゃない」

「いいわけない」

商品を幾つか選び買物カゴに入れ、レジ打ちの方法について教える。

「お客様が買物カゴをレジに持ってきたら、最初にそのカゴの中の商品が何かを確認する」

買物カゴの中には食品と日用品、雑誌が入っていることを、三人に説明した。

「それで、雑誌は内税だから消費税が始まったら、レジ打刻は後回しにする。先に食品や日用品をレジ打ちしてからここにある消費税ボタンを押す。そしてその後に雑誌を打刻して、今度は消費税ボタンを押さないで、合計ボタンを押すんだ。先に雑誌を打ってそのまま消費税ボタンを押してしまうと、税金が二重に掛かってしまうことになるから、必ず最後に打刻する。雑誌以外にもカウンターの引き出しに入っている映画の前売り券やテレホンカードも内税、横浜博覧会の入場券も内税、だから最後にレジを打つ、わかった」

　返事がない。少し間をおいて矢島が言った。

「商品をカゴじゃなくて、手で持ってきた時はどうするんですか」

　説明の仕方が悪かったかもしれない。

「カゴで持ってきた時も手で持ってきた時も、とにかく初めに商品を確認する。もう一度言うけど、雑誌は後回し、それ以外の商品を先にレジ打ちして、ここにある消費税ボタンを押す。それから雑誌を打刻して、消費税ボタンを押さないで合計ボタンを押す……」

　また矢島が質問してきた。

「雑誌だけの時はどうすればいいですか。その人は後回しにして、他の人を先にすればいいですか」

　やはり、何も伝わっていないような気がする。

「雑誌だけの時は、今までと何も変わらないよ、これまで通り。雑誌と映画券とテレホンカードと、横浜博覧会のもこれまでと同じ、わかった……」

　返事がない。少し間をおいて再び矢島が言った。

「これからは、いつも店長がレジやって、私たちがそれを見ている、っていうのはだめかしら……」

「そうよ、そうよ、それがいいわよ」

「矢島さんも、たまにはいいこと言うわね」

「だめにきまってる」

四月一日、土曜日の午前零時から消費税がスタートした。消費税のことがよく解らない人たちは店の中だけではなく、店の外にも大勢いた。夜に来店する酔った者たちからは、さんざん絡まれた。その内容も、それこそ従業員たちから受けた質問、

「なんで百円の商品に百三円払わなければならないの」

と何も変わるところはなかった。

その翌日、四月二日の日曜日、その日朝から勤務に入っていた藤本と安藤が午後一時で終了、加藤と斉藤に交代した。事務所のソファに藤本と安藤が座っている。

「今日はね、これから二人で横浜博覧会に行くの」

安藤が言った。

「そうなの、それはいい」

「入場券もさっきここで買ったの」

「ほんと、ありがとう」

三月二十五日から、桜木町駅の海側、みなとみらい地区では横浜港開港百三十年を記念した横浜博覧会が始まっていた。聞いた話だと、とにかくすごい人出らしい。本

社からの割り当てもあり、この店でも横浜博覧会の入場券の販売を始めた。博覧会の会場とは距離にして一キロ程しか離れていないにもかかわらず、その道筋からは外れていることから会場に行く人がわざわざここに立ち寄ることはない。結局、その入場券を買ってくれたのは、藤本と安藤だけだった。

「店長も行ってくればいいのに、入場券、まだ何枚も残ってるし」

「そうそう、店長も仕事ばっかりしてないで、たまにはデートくらいしてくればいいのに、菅野さんと」

「なんで」

「だって、菅野さんいつもあんなふうだけど、本当は一生懸命だもの、少しは優しくしてあげないと」

安藤と藤本が笑っている。

週末、特に天気のいい日曜日はこの狭い界隈に限ってみれば、何とものどかなものだ。噂に聞いた横浜博覧会の賑わいも、すぐ近くの伊勢佐木モールの喧騒も、ここには届いてこない。それにしても、昨晩は大変だった。昨晩もと言うべきか、土曜日から始まった消費税のおかげで、昼と夜がひっくり返ってしまっている。今朝も、深夜勤務ではなかったにもかかわらず家に帰ることも出来ず、結局今の時間に及んでしまった。この後は、今勤務に入った加藤と斉藤に任せて、一旦家に帰ろうかと思っている。睡眠不足もあり、耐え難い睡魔が途切れ途切れに襲ってくる。

その睡魔の向こう側から、藤本と安藤の会話が聞こえてくる。

「あの辺はこれから、日本一高いビルが建ったりして、すごい街になるんだって」

「ここから近いのに、ずいぶん違うわね」

「会場にある大きな観覧車、それも世界一なんだって」

「今日も混んでるかな、週末は乗るのに何時間も待つみたい」

うとうとしていたかもしれない、途切れながらも聞こえてくる声が語っていた。

「お店、やっぱり閉まっちゃうのかな」

「まだ、ちゃんと決まった訳ではないけど、でもそうなったらほんと残念ね」

「一番いいのは、店長と菅野さんが一緒になってここで、ここじゃなくてどこか他でもいいけど、お店開いたらとってもいい店が出来ると思うの、そうすれば私も、高校卒業したあともそこでまた働けるし……」

その後数日間は、夜、家に帰れない日が続いた。その他にも一円玉が不足し、とにかく大変な思いをした。銀行でも僅かしか両替に応じてもらえず、従業員たちの家にある一円玉を持参してもらい、それを両替金に当てながらなんとかやりくりをした。ここに限らず、この消費税には、この国の商店のどこもが同じ苦労をしていたと思う。

十一

数日後、その日は矢島の代わりに藤本が朝八時から勤務に入っていた。私は九時に出勤した。事務所に入ると、深夜勤務者の古橋が防犯ビデオを見ている。

「なんかあったの」

「さっき、万引きがあったんです。それをヤクザが捕まえて、騒ぎになって……」

一緒に、防犯ビデオを確認した。

藤本が出勤しレジカウンターに立っていると、二本松総業の組員一人が来店した。

「あ、木田さんだ」

その後すぐにもう一人若い男が店に入ってきた。その男は店内を回り、やがて日用品の売場の前に立つと持っていたバッグの口を開き、そこに並んでいた商品を手当たり次第に中に入れ、立ち去ろうとした。それに気付いた組員が、店の出入口から出て行こうするその男の襟を後ろから鷲掴みにし、引き倒した。

「万引きなんかするんじゃねえ」

と、大声でわめきながら組員は抵抗するその男をレジの前まで引きずり、

「取ったもんここに出せよ、言うこと聞けよこら、てめえ殺すぞ」

と、今度は藤本の目の前で叫んでいる。藤本は固まってしまって、身動き一つできないでいる。

「どうすんだ、これ、金払え、財布出せよ、ねえちゃん、これ全部でいくらだ」

藤本が、慌ててカウンターに置かれた商品のレジ打ちを始めた。組員が男のバッグから引っ張り出した財布から一万円札を抜き、

「釣りなんかいらねえだろう」

と言いながら、その一万円札を藤本に渡した。事務所にいた古橋は恐ろしさで、そこから一歩も出られなかったらしい。私は店に置いてある進物用の煎餅の詰め合わせを手に、すぐに組事務所へと向かった。

「木田さん、ありがとうございました」

と頭を下げた。

「おう、何か困ったことがあったらいつでも呼べよ、どんなことでも助けてやる」

いつでも呼んでしまっては、それはまた別の問題があるだろうと思いながらも、今回の件は本当に感謝した。ただし組員という立場でもあることから、警察に届けることは控えた。

それでも、社員である以上は本社には報告せざるを得なかった。それは、おおよそ予想していた通りの大騒ぎとなった。本来であれば、本社の責任者の誰かが組事務所

にお礼に行くべきではないか、と内心では考えてみたものの、そんなことを誰もしてくれるはずもなく、結局この件はこれで終わった。けれども、それが当然のことなのかもしれない。自分自身が、いつの間にか世間の常識から少し外れてしまっていた、ただそれだけのことなのかもしれない。

数日後、銀行から戻ると、矢島が言った。

「さっき、本社の人が来ましたよ、防犯カメラのビデオテープ借りたい、って」

何だろう、と思いつつも事務所に入ると、机の上にメモと名刺、新品のビデオテープが置かれていた。店に来ていたのは総務人事の課長だった。メモにはこう書かれていた。

「防犯用ビデオテープ、一本お借りします。新品のものを代わりに置いていきます。そちらを使用してください」

何が起こったのか、すぐに理解した。本社の社員が持ち帰ったビデオテープは、二本松総業の組員が万引き犯を取り押さえた時の映像が残されたものだった。そして、自分が大きな失敗を仕出かしてしまったことにも気付いた。

その翌週、本社から連絡があった。予想していた通りだった。閉店日が決定したという知らせだった。五月十八日木曜日の朝十時が閉店の時間と決まった。閉店まであと一か月と少ししかない。従業員たちにも取り急ぎ通達をするように、といった内容も含まれていた。

「……あのビデオテープは、ここを閉鎖するための口実として社長に見せたのだろう、相手がたとえ万引き犯であったとしても、映像を見る限りでは暴力団組員が店内で暴れ、無抵抗な相手に暴力を振るっているような画像にしか見えない。もしこれが万引き犯ではなく、この店の従業員であったのならそれこそ取り返しのつかないことになる。あの映像を見せられ、そう説明をされたのならば社長も閉鎖を承認せざるを得なくなる……」

そんなことを想像した。

それは、想像にすぎないものではあったけれども、もはやその事実を確認するつもりもなかった。そして、そのビデオテープの件については従業員たちにも話さなかった。とても話せるようなものではなかった。だれが悪いというわけでもなく、誰かを、もしくは自分を、責められるようなものではないことも理解している。けれども、

「もし、この件がなかったならば、店は存続出来たかもしれない」

そのあまりにも苦い思いが、心の中の大きな痛手となってしまった。

閉店日が決定したことを、従業員一人ひとりに伝えた。矢島、菅野、藤本には、店を存続させることが出来なかったことを詫びた。三人とも、もう覚悟が出来ていたのだろう、一月に閉店の話をした時ほどの、驚いた様子は見られなかった。

「しょうがないわよ、閉店までやろう、後のことはまた考えるから」

「でも、残念ね、お店良くなったのに……」

「店長、あと、他にしておくことは」

「矢島さんが担当している勤務表は閉店日まで通常通りでいいよ、ただ、最後の日の深夜勤務は店長って書いておいて、きっと雑用がたくさんあると思うから。あと、菅野さんの日用品と、藤本さんの用度品の発注は、閉店に合わせて、少しずつ控えるようにしてくれる。残ったものは別の店に移動させるから、あまり難しく考えなくていい、だいたいでいい。後はその都度、指示するから」

矢島のことが一番心配だったが、思ったより落ち込むこともなく、少し気持ちが楽になった。閉鎖後、希望があれば他の店、南太田店、上星川店、希望ヶ丘店のいずれかで働くことも可能であることを伝えた。

「そうだ、お金が少しあるんだよ、何かで使おう。忘年会も新年会もやらなかったから、その代わりになるようなものでもいいし……」

二本松総業への配達で蓄えた釣銭の余剰金があることから、それで出来ることを何か考えておくようにと、矢島、菅野、藤本の三人に依頼した。

他の従業員たち一人ひとりにも、閉店が決定したこと、並びにその閉店日を伝えた。併せて、希望があれば他店への異動も可能であることを伝えた。残念がってはいたけれども、素直に受け入れてくれた。加藤が言った。

「閉鎖まであと一か月と少しですね、店長もお疲れ様でした。次のアルバイトは自分で探します。働き口はこの界隈にもたくさんありますから」

　翌日、希望ヶ丘店の中林店長から電話が掛かってきた。

「深夜勤務者、誰か回してくれないかな、交通費と時給もそこよりも少し多く払うから さ、ちょっと聞いてみてくれないかな」

　同じ日に、南太田店の北村店長、上星川の内山店長からも電話があった。話の内容は中林店長のものと全く同じだった。事務所にその募集内容を掲示しようかとも考えてみたものの、深夜勤務だけを特別扱いするようなことも出来ず口頭で確認した。このところ学業で忙しい田所以外の三人、渡辺、古橋、山本は他店への異動を承諾した。

　閉店のための準備を始めた。いらない書類を整理し、必用なものは本社に送った。売れ残り、倉庫に埋もれたままになっていた商品も少しずつ処分した。これまで電話注文で対応してきた米やディッシュアイス用のアイスクリームなどの、それぞれの納入業者への電話連絡もした。電力会社、電話局、水道局にも行った。従業員給料も、一人ずつ最終勤務日に合わせて計算をし、手渡さなければならない。こうして日々、閉店のための作業に追われた。

　その日、夕方から勤務に入ることになっていた斉藤が少し早めに出勤してきた。事務所のソファに座り、私に話し掛けてきた。

「店長、短い間でしたけど、ありがとうございました」

「申し訳ない、せっかく働いてもらったのに、去年の十一月からだから、まだ数か月しか経っていないのに、こんなことになってしまって」

「気にしないでください、もともと三か月くらいの短期を予定していましたから。もう三か月は過ぎてしまいましたけど……。それにしてもここは、何て言ったらいいのか、とてもかわっているというか、不思議な店ですね」

「そうなの」

「僕が以前働いていた店は厳しくて、店長が僕たちの仕事にいちいち口を挟むんです。あれが出来ていない、これがだめだって、従業員同士の会話も仕事のこと以外は禁止、一分でも遅刻すると一時間分の時給カット、レジのお金が合わなければレジ打ちしていた従業員が払わなければならない、とにかく厳しい店でした。それでもそこは優良店と言われていて、たぶんフランチャイズのチェーン本部から贈られたものだと思います、事務所には何枚もの賞状が掛かっていました。店長はその賞状のことを、これは競争に勝ったことの証だ、と、そんなこともよく語っていました。従業員たちも何かに駆り立てられて、いつも比較されていました。それでも、自分たちは優良店で働いている、だから優秀な従業員なんだ、それは当然のことなんだ、とも思っていました。でも、ここにはそれが一つもないんです……」

　聞いていて、少し恥ずかしくなってしまった。フランチャイズとかいう聞き慣れない言葉も出てきた。どちらにしても、ここには表彰されるようなものは何もなく、斉藤が語っていたような競争らしいものも存在していない。

「でも、なんでそこを辞めちゃったの」

「結局、嫌になってしまったんです。店長も嫌だった、従業員同士の人間関係も良くなかった。それでとりあえずは、次への繋ぎのつもりでここに応募しました。この店のレジカウンターに立って、それまでとは全く違う世界を見ました。売場も、従業員も、みんな違っていた。店長、気を悪くしないでくださいね、その頃は、ここをだめな店だと思っていました。これまでとは全く比較にならないって、まだ前の店の経験みたいなものが強く残っていたのだと思います。自分なんかが働くようなところではないと……」

　私も店長としてここに来たばかりの頃は、斉藤と同じだった。その私も、今ではここにすっかり馴染んでしまっている。

「そうやって、自分のしてきたことや積み上げてきたことに自信を持つということは、別に悪いことではないと思うけど。今はここでこうして店長をしているけど、自分だってレジ打ちは誰よりも速い、ハンドラベラーでの値付けも速い、と思っている」

斉藤の話に少し動揺してしまったせいか、つい、取るに足らないような自慢話をしてしまった。余計に恥ずかしくなってしまった。

「それに、売場の作り方はみんな斉藤君から学んだんだよ」

「そう言ってもらえると、嬉しいです」

斉藤が話を続けた。

「でもただの自惚れでした。ある日のことです。店に暴力団の組員が二人入ってきました。本当に怖かった。そのヤクザが商品を持ってレジの前に来たときはもう恐ろしくて、手が動かないんです、レジのボタンが押せないんですよ。すると、それに気付いたのでしょうね、安藤さんが横から私の代わりにレジを打ってくれました。それも顔色一つ変えずに、それどころか笑顔で、するとヤクザが、ありがとう、って。信じられなかった。いったい何が起こったんだろうって、仕事で高校生に助けられたなんて、初めてでしたよ」

クリスマスイブの日の夜もそうだった。そこにも、安藤の手からクリスマスケーキを受け取って、その赤い化粧箱を組事務所に持ち帰る組員の姿があった。そうしたことも、この街に暮らしている安藤からすれば、日常の風景の一コマだったのだろう。

「ほかにも、藤本さんが接客の練習をする、もっと接客をよくする、って言っていたのを聞いたときにも驚きましたね」

斉藤は穏やかな口調で続けた。

「その頃には僕もこの店にだいぶ慣れてきてはいましたけど、アルバイトの従業員が手本となって他の人たちに接客を教えるなんて、何事かと思いましたよ。その内容もすごくて、何と言ったらいいのか……。そう言えば、店長も一緒に練習したんですよね」

「そうなんだよ、藤本さんが練習しなさいって言うからさ。仕方ないから、今では教わった通りにやってるよ」

そう答えながらも、益々恥ずかしくなってしまった。

「僕もそうです。藤本さんがあまりに一生懸命なので、僕もそれに倣って練習をしました。でも、その後になって気が付いたことがあります。これも安藤さんです、それと島田さんも。あの二人が藤本さんの接客に変えてから、夕方ここによく来る、言い方はあまり良くないですけど、あの日雇い労働者風の、その日暮らし風の人たちの雰囲気がずいぶんと変わりました、ここに来る回数も増えましたし。仕事が終わるとどこかで酒を買って、それからここに来て、つまみになるようなものを手に取って、安藤さんや島田さんのレジの前に並ぶんです。その順番を待っているときの彼らの様子が、なんとも楽しそうで。まるでアイドルですよ、あの二人……」

そう言われてみれば、夕方になると店の前やその先の空き地で酒を飲んでいる人たちが、近頃目立つような気はしていた。

「もう少し、話してもいいですか」

「うん、いいよ」

話は更に続いた。

「その日は島田さんがレジに立っていました。年末の寒い夜でした。この界隈にはたくさんいますよね、今話をしたその日暮らしの人たちよりも貧しい、仕事もなくて路上で暮らしている人たち、その一人が空になったカップ麺の容器を持って店に入ってきました、そしてお湯をくれないか、って言うんです。前の店だったらすぐに追い返していました、他のお客様の迷惑になるからって。だから僕も、追い返そうとしたんです。そうしたら、レジを打っていた島田さんが、ちょっとまっててね、と言って、手が空くとポットのお湯の量を確認して、薄汚れた器を受け取って、お湯を注いでその人に渡したんです」

声には出さなかったけれども、そんなことがあったのかと、少しばかり感心してしまった。

「ここでは、高校生がそれをしている、僕がいた前の店では誰一人、そんなことをしようとさえもしませんでした。優良店だったはずなのに」

何かを意識したわけでもなく、もちろんそうしたことを従業員たちに教えたこともない。結局、こう答えるしかなかった。

「みんな、普通にしているだけだと思うけど。店も人も、この街の一員としてここで働いているだけで、他に特別なことは何もしていないと思うよ」

「たぶん、そうだと思います。ここには、前の店にはあった目には見えない垣根のようなもの、心の壁のようなものがありません。店の中にも、店の外に対しても、です。従業員も、お客様も、家のない人も、暴力団員たちも、ここではみんながみんな同じです。何が良くて、何が悪いのかは解りませんけど、良い店というのは、本当はこの店みたいなことをいうのではないかと、今ではそう思っています。あと一年くらいはここで働きたいと思っていましたけど、でも閉店が決まってしまいましたから……。あと数週間ですけど、閉店までここで働きます。それから、次の仕事は自分で探します、何か将来のためになるような仕事を探します」

　そして、斉藤は立ち上がった。

「長々と話しをしてしまいました、すいません。でも、将来に自分の店を持つようなことがあったなら、その時はここを手本にしたいと思っています」

　そう言って、売場へと出て行った。

　他店への異動を希望した深夜勤務者三人の異動先が決まった。ここに三年勤務した渡辺は南太田店、十一月からここで働くようになった古橋は上星川店、山本は希望ヶ丘店に行くことになった。それぞれの異動に当たり、各店の店長たちとは交通費の支給、時給百円アップの条件を取り付けた。朝八時を過ぎ、深夜勤務を終えた渡辺が、その日出勤したばかりの私に話し掛けてきた。

「次の店の時給、百円も上げてもらえるなんて、店長が交渉してくれたって……」

「何も気にしなくていいよ、ここで払うわけではないからさ」

「でも、店長が来てから、ここ、ずいぶんと変わりましたよ」

「みんなが変えたんだよ」

「ここで長く働いている矢島さんも、加藤くんも、田所さんも、僕もそうですけど、以前はここにいつも出入りしていた店舗指導員から、ここはひどい店だ、何も出来ていないって、そんなことばかり聞かされてきましたよ。ここには泥棒がいる、そんなことも言ってました。その指導員は、以前はここの店長もしていて、その頃だって、あれしろこれしろ、って大きな声で言いつけるばかりで、店長らしいことなんか何一つしていなかった、それどころか、店に来ない日もありました」

数か月前に退社した大原のことだと思う。もしかするとそれ以前にも、大原と同じような社員が他にもいたのかもしれない。

「みんな辛い思いをしていました。辞めてしまった人もたくさんいました。でも、ある日、聞きました、金を盗んでいた犯人が捕まったたって。本当はみんな知っていました、誰がそんなことをしていたのか、一緒に働いていれば解りますよ。解らなかったのは店長たちだけで、みんないいように騙されていた。それどころか、あの店舗指導員もそうでしたけど、自ら悪さをする店長さえもいました。でも、ようやくその時が来ました。やっと捕まったよ、やっと疑いが晴れるよって、僕に囁くんです、それも涙をこぼしながら……誰とは言えませんけど」

もちろん、それが誰であるかは解っている。

「その人はこうも言っていました。これからは店長のために一生懸命働くんだ、って。この店に長く勤めている人たち、僕もその一人ですけど、みんな本当はこの街とこの店が好きなんです。それからです、店が変わり始めたのは。何かが動き始めた。それは、それまで堰き止められていた川の水が流れ始めたような、そんなことを感じました」

返す言葉を探してはみたものの、見つからなかった。何も語ることなく、そのまま聞き続けた。

「でも、それも長くは続かなかった。ほんの束の間のことでした。なぜ、いつもこんな結果になってしまうのでしょうね。ここを早く閉鎖してしまいたいという会社側の思いは、周りの環境を見れば誰だって解ります。結局、また誰かがこうやって川の流れを止めてしまうんです。なんとも、残念です」

閉店の日が、一日一日と近づいてくる。その店を残せなかったことが、悔まれて仕方がない。私の表情からその思いを汲み取ったのだと思う、渡辺は続けた。

「店長を責めている訳ではありません、そんな気持ちはこれっぽっちもありません、それどころか僕も感謝しています。今回のように、僕たちのような深夜勤務者が、こんないい条件で他に移ることが出来るなんて、よその人たちの、僕たちを見る目もずいぶんと変わったのだと思います、そう感じます」

「そう……」

それ以上、何も答えられなかった。

「それにしても、店長は、店長なのに威張ったりしませんよね。陰ではみんな、ここの店長は菅野さんだって、言っていますよ」

「ええっ、そうなの」

「ええ、みんな冗談で、そう言っています」

笑顔でそう言い残して、渡辺は帰って行った。

解散会の日程と場所が決まった。閉店にはまだ二週間ほどあるものの、矢島がこの店をよく利用してくれる近所の居酒屋の従業員に話を持ち掛け、この開催が決まった。これまで出来ずにいた忘年会、新年会はこうして解散会として行われる運びとなった。店の事務所に藤本が作成した案内を掲出し、参加希望者を募った。驚いたことに、従業員全員が参加する、ということになった。ただし、当日も店は営業をしていることから、私は解散会には参加せず、夕方からの勤務を担当することにした。鈴木、安藤、島田の高校生三人はもちろんのこと、その日の深夜勤務者であった山本と古橋も酒を飲まないことを条件に参加させることにした。

その日、解散会に参加する従業員たちが、店の事務所に集まってきた。矢島、菅野、藤本の三人は、一足先に会場に向かった。安藤や、島田、鈴木たち高校生も、家から近いとはいえ、よくこんなところで働いたと思う。その三人は、今日は三人とも私服で来た。さすがに学生服姿のまま居酒屋に行かせるわけにもいかない。

「これからは、学校の勉強もちゃんとやりなよ、それと、今日お酒は飲んではだめだよ、未成年なんだから」

「わかってる」

安藤と島田が言った。鈴木は相変わらず、いつも無口だ。菅野にも、この三人には絶対に飲酒させないようにと、これだけは絶対に守るようにと予め強く念も押してある。

よく頑張ってくれた深夜勤務者たちにも一人ひとりお礼を言った。ここに勤務してまだ日が浅い山本と古橋は、こうした会に参加出来ることが楽しいらしく、その様子が二人の会話からも窺われる。それとは対照的に、ここで数年を働いてきた渡辺の表情には寂し気な雰囲気が浮かんでいる。そこには、数日前に語った胸の内の思いが滲んでいるかのようだった。学業を理由に他店への異動を希望しなかった田所も同じだった。他店への異動を希望しなかったことは、そして渡辺の言葉を借りるのならば、再び川の流れを堰き止めてしまおうとする、その者たちに対する彼なりの精一杯の抵抗だったのかもしれない。

加藤と斉藤が事務所に入ってきた。加藤に話し掛けた。

「次の仕事は見つかったの」

「来月、桜木町に開店するコンビニに応募するつもりです」

「僕も、一緒にそこに行こうかと考えています」

傍にいた斉藤が言った。その言葉に驚きもしつつ、

「それはいいな、なんだか嬉しいよ」

そう答えた。そう答えながらも、ある思いがよぎった。

「ところで、あの三人は、どうするつもりなんだろう……」

六時を少し回った頃、従業員たちが出かけて行った。私一人が店に残り、レジを担当した。九時頃には解散会も終了する予定となっている、こうして、一人きりでレジを担当するのも久しくなかったことだ。

「いらっしゃいませ」

藤本から学んだ接客に倣って、レジ打ちをする。

「ありがとうございました」

そして、努めて笑顔であることを心掛けた。

ここに来たばかりの頃は、こんな所で働かざるを得ない自分を、不幸だとも感じた。

それから一年が過ぎた。たった一年きりのことなのに、色々なことがあった。そして一年の後、自分自身も変わっていた。成長と呼べるような大袈裟なものではないけれども、慣れてしまった、ともどこか違うと感じている。ここに来たことを、良いことだったとは決して思ってはいないけれども、不幸なことだった、とも思わなくなった。

そして、あの三人のことをぼんやり考えている。

「次の仕事は決まったのかな」

閉店が決定し、閉店日を伝えてから今日で三週間余りが過ぎた。あれから特に変わった様子はなく、普段と変わらない日が続いている。店の閉店についても、それが正式に決定する以前、二月の半ばには予め伝えてあった。それを伝えた時の三人の、それこそいたたまれないような落胆ぶりも、今となってはすっかりと影を潜めている。物陰で泣いていた矢島も、何事もなかったかのように業務をこなしている。

「何とかなったのかな。きっと、そうだ」

と思いながらも、自分のことについては何も考えていなかったことに気が付いた。

「どうしようか」

このまま会社に残るか、別の仕事を探すか。昔からそうだった、自分のことになるとなかなか決められない。そして最後は、ろくに考えずに決めてしまう。そして、失敗する。また同じことを繰り返してしまいそうな気がする。

九時になり、深夜勤務者の山本と古橋が店に戻ってきた。

「大変です、藤本さんがお酒飲みすぎて動けません、店長行ってやってください、店は僕たちがやりますから」

「もう、なんなの」

エプロンを外し、すぐに解散会が行われている居酒屋へと向かった。店内に入り、席を探した。聞き慣れた笑い声が聞こえてくる。私の姿に気付いた藤本が、

「あ、店長、店長」

と手を振った。少し酔っているようにも見えるが、全く元気そうだ。

「動けない、って聞いたから……」

「だって、そう言わないと店長来ないでしょ」

その意味が呑み込めていない私を見ながら、菅野が言った。

「息切らして跳んできちゃって、菅野さんの言ってた通りよ」

「すぐに騙されちゃって、ほんと単純なのね」

「そうなの、小さな子供よりも扱いやすいのよ。それはいいから、店はあの二人に任せて、店長も飲んでよ」

グラスにビールを注がれ、それを飲んだ。皆が楽しそうに笑っている。三十分程度の短い時間ではあったけれども、多くのことを共に語り合った。皆の笑顔が、店内の灯りに輝いている。その一つひとつが記憶の中に刻まれていく。ここが、たどり着いた夜の果て、そんな気がした。

酒の席を終了し店を出た。

「お疲れ様でした」

挨拶を交わして、皆がそれぞれの家の方向へと去って行った。私は店に戻らなければならなかった。矢島、菅野、藤本の三人が後をついてくる。藤本が私の横に来て、腕を組んだ。頭を私の肩に寄せ、二人並んで歩いた。その後ろに矢島と菅野がいる。

菅野が言った。

「店長、抱いてやんなよ、私が許す」

切ない思いで、胸が一杯になった。振り返りはしたものの、何も言えなかった。

店に到着した。店の前で、

「今日は、ありがとう」

三人にお礼を言った。

「店長、バイバイ……」

三人は笑顔で手を振って、帰って行った。

店の閉店まであと十日ばかりを残す頃となった。解散会の後、それまではあまり接触のなかった従業員同士の交流が増えてきた。閉店という共通の出来事が、従業員たちの連帯意識を自然と高めたということが背景にはあるのだろう、勤務時間外には共に遊びに出かけたり、食事に行ったりもしているらしい。皆が今後の就職やアルバイトについて、情報を交換し合ったりもしているという、そんなことも、私の耳に届いてくるようになった。矢島、菅野、藤本は特に変わる様子もなく日々勤務をこなしている。彼女たちも、次のことは自分なりに考え、準備もしているのだろう、閉店の日が近づき、その作業に追われる中、そんなことを思っていた。

午後の一時に売上金の精算をする、事務所では矢島と藤本が休憩している。菅野は売場でレジの対応をしている。

「私、新しいウォークマン買ったのよ」

矢島がそんなことを話している。

「今までのとどこが違うの」

藤本が問い返している。普段と何も変わることのない日常そのものだった。

「ぜんぜんちがうのよ、小さくなって、かっこいいしい、低い音がすごく出るの、ボンボンって、出勤の時はいつも音楽聴きながら来るの」

「矢島さんの家、ここから歩いて五分じゃない、何も通勤途中にわざわざ音楽聴かなくてもいいのに、一曲で終わっちゃうし」

　矢島がむっとしている。これも、ここではよく見る光景だ。かつては、あんなにも厭わしく感じていたものが、今では自分の生活の一部のようになってしまっている。

「それで、なに聴いてるの」

「チェッカーズよ、チェッカーズ、最高よ」

「へー、チェッカーズってまだいるんだ」

「なに言ってるの、いるにきまってるわよ」

　会話の内容はともかく、今も変わることのない光景を目の当たりにしながらも、心の内はどうしても感傷的な方向へと傾いていく。近頃は、ここで見てきたこと、ここで接したことの一つひとつを蒸し返すかのように、くどくどと思い返している。それは仕方のないことだ、誰であっても同じだと思う。その感傷的な思いに促されるかのように、つい二人の会話に口を挟んでしまった。

「もう次のとこは決まったの」

　そんな話を聞くことさえも、本音を言ってしまうならば辛い、一年前には全く思いもよらなかったことが、自分の心の中で起こっている。

「矢島さんがね、新しいウォークマン買ったんだって」

楽しそうに藤本が言う。

「そうじゃなくて……」

二人の顔を直視することもままならず、手元の売上金をまとめ、銀行に行く準備をしながら訊いた。

「次の、働く先のこととか、もう決まったの」

その問いを発したと同時に、ほんの僅かな沈黙が過ぎた。どこか、居心地の悪さを感じさせるような沈黙だった。そして、矢島が答えた。

「私たち、何もしてないわよ」

「ええっ」

その後の言葉が出てこない、矢島の言っていることの意味が理解出来なかった。

「なんで、それでだいじょうぶなの……」

やっとの思い言葉を繋いだ。

「だって菅野さんが、店長が何とかしてくれるから安心よ、って言ってたし」

全く想定外の返事が、藤本からも返ってきた。作業中の手が止まった。

「でも、菅野さんは、ずいぶん前のことだけど、私どこでも働けるって言っていたよ」

ざわつく心を抑えつつ、今度は二人の顔を見ながら訊いた。何か聞いてはいけないことを、聞いてしまったのかもしれない。

「菅野さんだって、何もしてないわよ、安心しきってるし」

心の底にあった感傷的な気分は、一気にどこかへと吹き飛んでしまった。銀行に行くために店を出た。店を出る間際に、レジカウンターにいた菅野と一瞬目が合った。心なしか、その表情には笑みが浮かんでいるようにも見えた。

「あと数日しかないじゃないか」

自分一人で身勝手な感傷に浸りきっていたことが、愚かしくも、情けなくもなった。自分の甘さがつくづく嫌になった。

「ばかばかしい、なにも変わってない、一年前と」

伊勢佐木モールを足早に歩きながら、一人呟いていた。

「なんなの、あの人たち」

夜のほとり　別れ

五月十七日、閉店の前日、この店の最後の深夜勤務に入った。従業員たちの勤務もこの日の夜が最後となった。誰もいない店のレジに立った。店の入口には明日の閉店を告知したポスターが貼られている。閉店の前日ということもあり、今夜納品されてくる商品は何もない。売場には、弁当やおむすび、パンなどの商品はかろうじて並んでいるけれども、それ以外は売り減らしをした結果の、売れ残った商品が僅かに並んでいるだけの無残な姿となってしまった。時折、入口から店内を覗いて、店頭に貼られたポスターを読み、そのまま立ち去っていく人がいる。この日に来店するかどうかは解らないけれども、いつもの習慣で、スポーツ新聞を一部取り置きした。ゆで卵も用意をした。そしてスチーマーにあんまんを四個入れた。売れ残るはずの一つは自分の朝食用にしようと思っている。

閉店は明日の午前十時。それが過ぎると本社や関連する業者から人が訪れ、売場に残った商品や食品メーカーから貸与されていた販売用の什器などを搬出していく。そして最後に看板が撤去され閉店の作業は完了する、その手筈となっている。その合間に、帳票類をまとめ、事務机の周りを整理し、銀行に行き売上金や両替金、ここにある金銭の全てを入金する。そして、最後に入口のドアに施錠をすれば、この店での私の業務は全て終了となる。

ここに勤務してからというものほぼ毎日のように通い続けてきた二本松総業にも、閉店の一週間前にその内容を告げた。

「なんだ、閉店するのか、それはまいったな、みんなも困るぞ」

そんな言葉が返ってきた。本社からは閉店を迎えるに当たり、トラブルを恐れてのことだろうと思う、これまで組事務所に届けていた商品に限っては最後まで品切れさせないようにといったよく解らない指示まで閉店の業務の一つとして付け加えられた。

深夜のレジに立つと、いつものように何かが聞こえてくる。夜の深い闇の中から何かが語り掛けてくる。その声に耳を傾けている。

「誰かが、川の流れを堰き止めていた」

それは先日、渡辺が私に語った言葉だった。その光景を思い描いた。堰き止められた川は地を潤すこともなく、何かを育むこともない。それどころか、堰き止められた水は淀み、いつか腐敗していく。けれども、川が流れること、それはごくありきたりな日常の光景であって、そこには特別なものは何もない。そして、渡辺はこうも言っていた。

「また誰かが、川の流れを止めようとしている」

なぜ、こんなことばかりが起こるのか。その問いに対する答えは、さほど難解なものではないと思う。それは、ここに限ったことでもなく、どこでも起こり得る、そして実際に起こっていることと何も変わることはない。加えて、今となってしまってはそう考え、自らを諦めさせるより他はない。

それよりも、気がかりな疑問の一つが、自分の中には残ったままになっている。一年前、ここに来るときは、一年後の今、こうして閉店を迎えることを知っていた。この店が、数多くの問題を孕んでいることも知っていた。一年後の閉店の日まで、とにかく我慢さえすればそれで良かった。そこまでが、自分に与えられた使命だった。けれども、何かを変えようとしていた。堰き止められた川の水を、再び流そうとしていた。なぜそんなことを、自分にとって何の得にもならないようなことを、ここでしようとしてしまったのか。自分の心の奥底にも、それこそ正義感にも似た何かが存在していたのだろうか。その思いが、自分を駆り立てたのか。けれども、そうではなかった。今ここで自分の心の内を飾ることも、隠すこともなく素直に語るのなら、そうしたものは何もなかった。他の店に異動したいと考え、すっかりそのつもりになっていたこともあった。それこそ、解らないことばかりだ。

取り置きしておいたスポーツ新聞の、返品伝票を書いた。用意しておいたゆで卵も、売れ残ったままになっている。店の入口のところから人の声が聞こえた。

「店長」

女装した、あの三人が店に入ってきた。自分の顔に自然と笑みが浮かぶのを感じた。

「いらっしゃいませ」

挨拶をして、お辞儀をした。三人は商品の少なくなった売場を見回しながら言った。

「今日でおわり」

「ええ、今日でおわりです」

「さびしいね」

　そして、一人がレジカウンター脇に置かれたスチーマーを覗き込み、他の二人に声を掛けた。そして三人一緒に、前屈みになりながら、スチーマーの中を覗き見た。彼らの顔に笑顔が浮かんだ。私が三本指を立てると、彼らは頷いた。そこに置かれたあんまんの一つひとつをトングで取り、袋に入れ、手渡した。

「ありがとうございました」

「バイバイ」

　手を振って、彼らは店を出て行った。

　間もなく夜が明ける。そして、いつものように想像している。壮大な宇宙の営みとともに、その壮大さとは全く無縁の、あまりにもありきたりな日常がいつか再び廻ってくることを、かつてここに立ち、再びここに立つ日が訪れることを、単純で、純粋な、遊びのように思い描いている。そして、その日常の傍らで再び何かを始める、与えられた小さな世界の片隅で、新しい何かを自らの手で始める。それをしなければならない理由と、その答えがどこかに隠されている、けれどもそれは見つからない。とにかく自分の心の導く通りにすればいい。方法はいくらでもある。無限と呼ばれるものは、きっとそういった些細なものなのだろう。そこに自由がある。夜の終わりとともに、そんな夢を見ていた。

五月十八日十時、閉店の時が訪れた。店頭に貼られていたポスターを、「本日閉店」のものに張り替え、自動ドアの電源を切った。本社から人が来て、冷蔵ケース以外の、商品棚に残された品を段ボールに掻き集め、運び出していった。商品は南太田店、上星川店、希望ヶ丘店に振り分けられるらしい。食品メーカーから人が来て、スチーマーとアイスクリームケースを撤去していった。出版社は雑誌を回収し、新聞販売店は新聞と販売用のラックを持ち帰った。工事業者が訪れ、店頭のガラスを覆うように木枠を組み、ベニヤ板を打ち付けている。ここには金属製のシャッターがないことから、応急の措置だと思う。釘を打つ音が響く店内で、冷蔵ケースから商品を下ろし、廃棄処分のため、その一品一品を台帳に記入し、金額を計算し、伝票を作成した。その処理が終わった後、二本松総業の事務所に行った。

「長い間、ありがとうございました、みなさんにもよろしくお伝えください」

深くお辞儀をして、最後の挨拶をした。組員二人が組事務所の玄関で見送ってくれた。

昼過ぎ、誰もいなくなった店で最後の売上金の精算をしていると、矢島、菅野、藤本の三人が来た。いつもとは違って、よそ行きのような綺麗な恰好をしている。

「ずいぶん、かわっちゃったね」

「なんにもなくなっちゃったし」

そう言いながらも、三人とも、取り立てて寂しそうな様子は見えない。

「これから、長者町の店に挨拶にいくの」

「向こうの店長には伝えてある、ちゃんとしなよ、初めが肝心だぞ……」

以前にここ来て、

「いい従業員たちですよね。明るくて、笑顔が絶えないし、本当に羨ましい」

と言っていた長者町店の店長のもとを訪ね、相談をした。若葉町店の三人の従業員を、そのまま三人一緒に雇ってもらえないかと懇願した。そして、今日の閉店の日を、次の職場の面接日とした。面接といっても、先方の店長は雇用を快く承諾してくれている。なんとかこの三人の行き場も決まった。

「店長はどうするの」

「まだ、きめていない。別の仕事を探すかもしれない」

「そうなの」

三十分程話をし、

「じゃあね、店長も元気でね……」

と言って、手を振り笑顔で矢島、菅野、藤本は店舗を出て行った。それが最後の別れとなった。

「あんなに大変な思いをして、あれだけ面倒みてやったのに、案外恩知らずなんだな……」

と心の中では思いつつも、一人店に残り、閉店のための業務に忙殺され続けた。

夕方に全てが終了した。看板も外され、レジスターも電子レンジも撤去された。店内には、売るものが何一つない商品棚だけが残された。掃除をして磨いた冷蔵ケースも、蛍光灯が空になった庫内を無意味に照らしている。その冷蔵ケースの上に掛けられた時計の秒針だけが、ここで時を刻んでいた。最後の点検をして、ブレーカーの電源を落とし自動ドアに鍵をかけて、帰宅した。

これまで取得出来なかった分の休日が溜まっている。その消化のためもあり、一週間の休みを取得した。二日間、特に何をすることもなく過ごした。張りつめていたものが一気に緩んでしまったためなのか、あまり感じたことのない、それまでとは違う疲労が全身を隅々まで覆っている。一週間の休みが終了した後は、本社に出勤することになっている。一旦は出勤するものの、その後のことは、あの時矢島、菅野、藤本に話したように、まだ何も決めてはいない。

本社に出勤するとなると、これまでのように私服で出社するというわけにもいかない。そのためには、スーツとワイシャツをクリーニングに出しに行かなければならない。革靴も磨き、床屋にも行かなければならない。そう思いながらも、テレビを見て、時折、昼寝をしながら過ごした。夕方には近所のスーパーマーケットに買物にも出かけた。どこかに遊びにでも行こうかと思ってはみても、どこへ行けばいいのかも解らない。とりあえず、横浜博覧会にでも行ってみようか、そんなことくらいしか思い浮かばない。気が付けば、心の中の何かが消えてしまっていた、

　三日目、いつも使用していた名刺入れがないことに気付いた。どこを探してみても見つからない。多分、店の事務所にでも置き忘れてきたのだろう。翌日、昼過ぎに家を出て、駅へと向かった。無くした名刺入れを探しに、再び店へと行くことにした。京浜急行の日ノ出町駅を降りる。幹線道路を歩き、途中を左に曲がり、一年と少し前、若葉町店の店長として着任するために初めて歩いた道を通って店へと向かった。その先の大岡川を渡ると店が見えてくる。店頭のガラス部分がベニヤ板で覆われた、その変わり果てた姿が一歩ずつ近づいてくる。

　店の前に立った。驚いたことに、ベニヤ板のいたるところに、文字が書かれている。その多くは、店を閉店させた本社への恨みを綴ったものだった。それらが、黒色のマジックペンで書き殴られていた。文字の形や大きさがそれぞれに異なることから、複数の従業員たちが書いたものに間違いはなかった。斉藤と渡辺の二人は閉店の思いを直接私に打ち明けはしたが、他の者たちはそれをしなかった。打ち明けはしなかった

ものの、それぞれの思いがそこに鬱積し、存在していたことを今更ながらに知った。何も知らなかった、気付こうともしていなかった、今となれば悔まれることばかりだ。その一つひとつを読み、書いた者の顔を思い浮かべた。誰が書いたのか、おおよそは解るものだ。

そこに書かれた言葉の中には、こんなものもあった。

店長、おせわになりました　「島田だな、これ」
店長、お店始めたら呼んでね　「安藤だな、これ」

自動ドアの部分だけは、ベニヤ板が打ちつけられていない。その前に屈み、ドアの下の穴に鍵を差し込み、施錠を解いた。立ち上がり、手でドアを開き、店内に入ろうとした時、ベニヤ板の右側、ドアから少し離れたところにも小さな文字が並んでいることに気付いた。近づいてみると、横書きに、こう書かれていた。

店長　ありがとう
店長　あいしてる
店長　わたしたちもつれてって

その言葉の前に、身動きすることも出来ずに、ただ立ち尽くした。

「もう、その手には乗らない」

そう思いながらも、涙が溢れてきた。そして呟いた。

「次は、ちゃんとやるから、もう少し良くなれるように、がんばるから……」

その呟きの言葉とともに、これまで自分がここでしてきたことの、その意味を悟った。そして、その答えはここに存在していた。始まりも終わりもなく、ここに存在し続けていた。

終わりと始まり

午後零時。オフィスビルの中にある店ということもあり、平日の昼はとにかく忙しい。十一時五十分を過ぎると一気に人が押し寄せてくる。あっと言う間に、レジの前に長い行列ができる。列は店内をそれこそ一周するくらいの長さにまで達する。この時間はレジには触らず、商品の袋詰めや弁当の温めなどの裏方に徹している。ここの従業員たちは慣れたもので、この時間帯に集中するレジ周りの業務を手際よくこなしていく。その姿を見ていると感心もし、少し羨ましい気持ちにもなる。かつては、自分もレジ打ちが得意だった。けれども、今はその思いだけで充分に足りている。レジを打つ従業員たちの後方に立ち、自分の役割を果たしていく。やがて、人の列は消え、店内はもとの状態へと戻っていった。

午後一時。今日の仕事が終了した。売場から事務所に移動し、ユニフォームを脱ぎ、帰り支度をしていると、店長が傍に来た。

「これ、ビールの新商品、試供品で貰った物ですけど、よかったらどうぞ」

「ありがとうございます」

「明日もよろしくお願いしますね、朝早くて、それに寒くて大変でしょうけど」

「だいじょうぶですよ、店長こそ、あまり無理をしないように」

ロッカーからコートとリュックを取り出し、袋に入ったビール二本をリュックに入れ、売場に出てサンドウィッチとあんパンを購入し、そして店を後にした。エスカレーターに乗り、オフィスビルを出て桜木町の駅へと向かう。そのまま改札には入らず、駅を通り過ぎ、その先の大通りにある横断歩道を渡り、その道に沿って関内方面へと歩く。暫くすると川が見えてくる。そこに架かる橋を過ぎ、川沿いを少し行くと公園が見えてくる。その公園へと入っていく。

今日は、店長からビールを貰ったこともあり、加えて天気も良かったことから、昼食がてら途中寄り道をしてから家に帰ることにした。公園のベンチに腰を下ろし、リュックから取り出したサンドウィッチの封を切り、少し速足で歩いた後の、身体がまだ少し暖かいうちにビールを一本開ける。ここで、昼食を済ませることにした。冬の寒さと冷たいビールが、仕事が終わったばかりの身体に染みわたっていく。公園内には小さな山が築かれ、その上には滑り台がある。子供達数人が、そこで遊んでいる。楽しげな声が響いてくる。店を出てから十分ほどしか歩いていないはずなのに、周りの風景は全く違うものとなっていた。この公園とそれを取り囲む街並みに、自分が何の違和感もなく溶け込んでいるような気がする。やがて酔いが回ってくる。酔いと午後の陽射しに包まれ、すっかりといい気分になる。リュックに残っていたあんパンを取り出し、袋を開く。ビールがもう一本残っているけれども、それは持ち帰ることにした。

かつて私が店長をしていた若葉町店は、ここからはもう目と鼻の先だ。あれから三十年余りの年月が経った。その後も、六十歳を過ぎるまで働いてきた。過去を振り返る余裕もなく、ただひたすら働いた。気が付いた時には、その仕事も終わってしまっていた。そして、ようやく過去を振り返る、そんな時間を持てるようになった。ここに至るまでの年月の間にも、様々なことがあった。様々なことと言っても、特別なものは何もなかった。人である以上は、誰もが経験するようなものばかりだった。もちろん、それで良かったと思っている。その出来事の中の一つが、あの一年間だった。

この歳になって、再びコンビニエンス・ストアで働いていることも、今この公園のベンチに座っていることも、そのそれぞれがあの日の記憶と、何かしらの細い糸のようなもので結ばれていることも、自分なりにも感じている。けれども、そこに存在していたものは、それこそ取るに足らないような些細な出来事ばかりだった。懐かしさを覚えるようなものはなく、あの頃は良かったと語ることの出来るようなものでもない。もちろん幸福な思い出であったはずのものでもない。そこに存在していた一年を、近頃はこうして時折、振り返っている。

それでも、ただ一つだけ思うことがある。あの頃、宇宙が誕生した百十億年後の、深夜のレジカウンターで聞き、思いを巡らせていたものは何だったのだろうと。その宇宙の誕生も、近頃では百十億年を更に遡る百三十七億年前と推測されるようになったらしいけれども、その夜のほとりで一人耳を澄ませていたものは一体何だったのか。その後、店を離れ、職場も変わり、やがて家庭を持ち、離婚も経験し、暮らす街も変わった。そうした時の移り変わりの中で、あの店の深夜のレジで聞いていたもの、語り掛けてきた言葉は、いつの間にかどこかへと消えてしまっていた。それはあの日の記憶、その全てとともに忘却の彼方へと流れ去ってしまったかのようだった。その失われてしまったはずの過去、その些細な出来事の断片の一つひとつが、なぜだろう、今頃になって記憶の底の方から浮かび上がってきた。それをこうしてぼんやりと見つめている。

この先、ゆっくり歩いてもあと十分も掛からないくらいのところに、あの店がある。先月にもそこを訪れたばかりだ。私の店は無くなってしまったけれども、そこは今も飲食店となって残っている。周りの風景も、あの頃とあまり変わってはいない。古い街並みが、より古くなったままの姿で残されている。けれども、今日はそこへは行かないことにした。立ち上がり、リュックを背負い、来た道を戻り、桜木町駅へと向かった。

「明日も仕事だ、それに少し寒くなってきたから帰ろう」

駅の改札を入り、階段を登った。

「急ぐことは、何もない」

ホームに電車が滑り込んでくる。目の前でドアが開き、電車に乗り空いている席に座った。すぐに電車が動き出した。

「まだ、三十年と少ししか経っていない、たったの……」

ふと、気が付くと下車しなければいけなかった駅を過ぎ、二つ先の、終着駅に電車は到着していた。空腹が満たされていたためなのか、酔いが残っていたせいか、もしくは歳のせいなのか、ついうとうととしてしまったらしい。慌てて電車から降り、ホームの反対側に停車していた折り返しの電車に乗り換えた。今度は寝過ごしたりしないように注意しなければ、と思いながら再び空いている席に座った。

「寝ている間は、とかく時間の経つのが早いものだ……」

そして、家に帰った。